Deux et demi

DU MÊME AUTEUR

La trilogie des Loups

1. *Les Loups de Fenryder,*
Plon, 2005 ; J'ai Lu, 2006.

2. *Etats primitifs,*
Plon, 2006 ; J'ai Lu, 2007.

3. A paraître

Alec Covin

Deux et demi

ou

Le roman du diable

thriller

Plon
www.plon.fr

ISBN : 978-2-259-20546-7

Que nous veulent les lois du juste et de l'injuste ?
Vierges au cœur sublime, honneur de l'archipel,
Votre religion comme une autre est auguste,
Et l'amour se rira de l'Enfer et du Ciel !

Baudelaire

En souvenir de l'une d'elles.

Prologue

Il y eut un précédent et même plusieurs.

Mais jamais personne n'en sut rien. C'était dans l'ordre des choses, l'ordre que la Villa Marguerite et son maître réussissaient toujours à imposer, et cela quels que fussent les événements en cause, leur gravité.

*

Il y eut deux nuits, notamment.

La plus récente vit un certain Jairo Carelli, dessinateur de grand talent, gémir des heures entières dans cette Villa Marguerite où il vivait seul depuis trois mois déjà.

Une heure auparavant, ce même Jairo Carelli venait de finir la partie graphique de sa nouvelle bande dessinée, puis il avait regagné sa chambre appelée la « chambre bleue », où il dormait (essayait de dormir) depuis son installation à la Villa.

Il était assis au bord du lit, les yeux rougis de fatigue. Ses mains tremblaient pire que celles du plus aviné des ivrognes et d'horribles sanglots le suffoquaient, telle une bête à l'agonie.

Il se leva soudain.

En pénétrant dans la salle de bains, il ne reconnut pas tout de suite l'homme qui s'approchait dans le miroir. *Moi*, pensa-t-il enfin avec un sourire grimaçant pour cet autre.

Il y avait un cutter ensanglanté dans le lavabo.

Jairo Carelli le contempla un long moment en battant des paupières. Il ne cessait de se répéter bêtement que c'était son cutter, et puis qu'il fallait qu'il le fasse.

L'aube se levait quand il fit ce qu'il pensait devoir faire, et le fit bien.

*

L'autre nuit eut lieu un peu moins d'un an auparavant, nuit de semblable épouvante à la Villa Marguerite, même si, cette fois, il n'y avait pas un mais plusieurs occupants : quatre membres d'un groupe de rock allemand appelés les Crepuscula.

Un coup de feu éclatait par moments avec une puissance sonore formidable, sans réussir pourtant à troubler la solitude de la Villa et de la forêt tout autour. C'était cela, sans doute, le plus terrifiant, ces coups de feu entrecoupés de longs silences, et qui indiquaient que la mort frappait et que rien au monde ne semblait à même d'empêcher qu'elle ne le fît encore, encore et encore.

Blessé à la jambe, Udo, vingt-huit ans, s'était glissé à la force des bras sous le lit au fond de cette chambre bleue où, quelques mois plus tard, Jairo Carelli devait gémir à son tour. C'était le batteur du groupe ; il savait que le tempo de son cœur était hors de mesure mais, vu la situation, il n'y prêtait aucune importance. Une peur atroce lui tenaillait le ventre. Les yeux fermés, il priait avec intensité, et tout son corps tressaillait à chaque nouvelle détonation.

Dans le salon, quelqu'un tenait une arme, une arme *qui n'existait pas*, Udo en était conscient, puisque personne du groupe n'en possédait, que personne n'était venu, que personne n'était jamais sorti. Pourtant il y avait une arme, et quelqu'un s'en servait pour anéantir tout ce qui prétendait à la vie.

Il y eut un long silence, enfin, et Udo cessa de prier. Son pauvre cœur lui battait jusque dans les tempes. Son souffle était court. Udo avait l'impression qu'il allait exploser.

Il ne restait plus que lui maintenant. Chose bizarre, cette

certitude accablante se doubla chez lui d'une lueur d'espoir. Peut-être qu'*elle* ne le trouverait pas, peut-être même qu'*elle* s'était lassée de tuer. Il fallait qu'il attende, c'était ça, oui, qu'il n'aille surtout pas commettre d'imprudence en se montrant.

Mais soudain la chaîne hi-fi du salon se mit à vomir le morceau qu'ils avaient composé dans l'après-midi. Le début était des plus saisissants. Les guitares de Werner et de Konrad se répondaient d'abord seule à seule dans une violente lutte pour quelque obscure suprématie tribale, puis tandis que leur rivalité s'envenimait jusqu'à un point qui semblait de non-retour, la voix de Nina, la chanteuse du groupe, se fit entendre, suave, comme un appel au calme. Il y avait quelque chose de céleste dans ses intonations mais aussi déjà la trace d'une séduction qu'on était en droit de tenir pour spécieuse, comme le laissait supposer le contrepoint des percussions de plus en plus insistantes d'Udo. Un moment, les guitares s'apaisèrent, fauves fascinés par ce chant cristallin et le miroitement doré de ses promesses. Pourtant ce que la voix de Nina versait sur le feu de leur discorde n'était autre qu'un terrible acide à l'action retardatrice, et bientôt le conflit se ranima, cette fois infecté par un chant devenu pur chaos, où la destruction, la haine, la mort affirmaient sans détour leur effroyable primauté.

La musique s'arrêta, et le long silence qui suivit avait quelque chose de plus glaçant que la mort. Udo fut envahi par une impression d'irréalité absolue qui, loin de rendre les choses moins menaçantes, leur donnait au contraire un tranchant et une puissance surnaturels. Son propre souffle, ses battements de cœur, tout lui semblait démultiplié.

A travers la maison, la voix de Nina appela :

– Udo ! Udo ! Où te caches-tu, mon amour ?

Un sanglot dans la gorge, il se remit à prier cependant qu'une urine brûlante se répandait sur ses cuisses.

*

Aux lueurs naissantes du jour, Nina retourna l'arme *qui n'existait pas* contre sa tête.

Un sourire se dessina sur son visage exténué, lui restituant un peu de son ancienne beauté à travers le sang qui la maculait.

Sans la moindre hésitation, son doigt pressa la gâchette. Le coup partit, une ultime détonation résonna dans la Villa solitaire, et son crâne vola en éclats sous l'impact, constellant de morceaux de chair et d'os les meubles, les murs et jusqu'au plafond de la chambre bleue.

Le silence se rétablit, pour de bon cette fois, comme s'il ne s'était jamais rien passé. Comme s'il ne devait plus jamais rien se passer...

Ainsi se termina cette nuit.

*

Puis deux femmes traversèrent la Manche pour venir vivre à la Villa.

PREMIÈRE PARTIE

I.
La Villa Marguerite

Salut ! Demeure chaste et pure..
J. Barbier et M. Carré

1.
L'arrivée

The Power of love[1] lui trottait encore délicieusement dans la tête.

Elles l'avaient entendu une heure auparavant, dans le métro parisien. Grace Austin en avait eu la chair de poule. Elle avait reconnu ce vieux tube des années 1980 dès les premières notes de piano, bien avant que ne s'élèvent les nasillements sensuels de Holly Johnson. Elle s'était alors tournée vers Kate qui lui avait jeté en réponse un sourire éclatant.

Et assise maintenant à côté de son amie, à l'arrière du taxi qu'elles avaient pris à la gare de Fontainebleau et qui les conduisait à la Villa, Grace ne cessait de repenser à cette chanson, et voulait y voir un signe. Un signe heureux, bien entendu.

C'était une splendide journée que ce samedi 1er septembre, une journée chaude et ensoleillée, une vraie journée d'été. La météo avait annoncé pour l'après-midi des températures dépassant les trente degrés en Ile-de-France. Du pur bonheur, comparé au temps pluvieux qu'elles avaient connu à Londres ces dernières semaines. Et cette chaleur estivale,

1. Célèbre morceau du groupe anglais Frankie Goes to Hollywood.

ce ciel bleu de part en part, Grace était disposée à les interpréter aussi comme des heureux présages.

Elle se sentait libre comme jamais, et tout lui apparaissait sous un jour léger, jusqu'aux coups d'œil du chauffeur dans le rétroviseur. Depuis qu'il les avait prises dans son taxi, il n'avait pas arrêté de les observer. Mais peut-être cet homme ne pouvait-il s'empêcher de regarder ses clients quand il leur parlait, surtout quand c'étaient deux étrangères dont l'une était jeune et d'une beauté à couper le souffle. Peut-être aussi avait-il deviné la nature de leur relation. Toujours est-il que Grace ne voulait voir là qu'une manifestation inoffensive de cette grivoiserie bien française. Rien à voir, en tout cas, avec les regards vénéneux qu'elles avaient essuyés lorsqu'elles s'étaient rendues à l'enterrement de son père dans le village de Dunfordee en Irlande. En France, latinité oblige, on vous regardait franchement bien plus qu'on ne vous jugeait. En Irlande (dans sa partie rurale, du moins) c'était le contraire. Ce n'était pas toute l'Irlande, bien sûr, ce n'était pas Dublin, mais c'était son Irlande, l'Irlande des petits villages recroquevillés sur leur église et leur cimetière, et là Grace avait pu toucher du doigt la haine, l'incompréhension, la « Bêtise au front de taureau ». Il lui avait semblé que sa simple présence au côté de Kate lors des obsèques de son père avait scandalisé le village de son enfance plus encore que si elle avait insulté la mémoire des victimes du Bloody Sunday. Elle avait tôt fait de comprendre que ç'avait été une erreur de revenir, et elle était repartie à Londres dès le samedi soir, avec la certitude pleine de colère que cette Irlande où elle avait grandi resterait toujours une indécrottable bigote.

Alors oui, ce Français pouvait bien les lorgner autant qu'il l'entendait. Pour Grace, cela ne prêtait pas à conséquence. Et quand elle surprit de nouveau ses yeux dans le rétroviseur, elle accrocha son regard et sourit. Il sourit à son tour et reporta son attention sur la route.

– Vous parlez très bien le français, dit-il, sans doute pour donner une raison à sa curiosité.

Le sourire de Grace s'accentua.

– J'ai traduit tout Baudelaire il y a quelques années pour un grand éditeur londonien. J'adore votre pays.

– Ah, fit-il et il lui jeta un nouveau coup d'œil dans le rétroviseur.

Elle ne jugea pas utile de lui apprendre qu'elle n'était pas seulement une bonne traductrice, mais aussi une romancière de quelque renom outre-Manche. Peut-être parce que depuis ces trois dernières années elle n'avait donné aucun livre à ses lecteurs et que ce séjour en France devait justement la renseigner sur sa capacité à écrire.

Grace se tourna vers sa jeune et belle compagne. Kate regardait la forêt autour d'elles avec un émerveillement d'enfant. Elle est pressée de vivre ici, pensa Grace, et, certaine que le chauffeur ne remarquerait rien, elle posa sa main sur la sienne. Kate lui sourit en retour de son sourire si beau, si fragile, puis, se penchant vers elle, murmura :

– Tu penses que c'est encore loin, Gracie ?

Elle avait formulé sa question en français, respectant ainsi la promesse qu'elles s'étaient faite de ne plus parler que cette langue le temps de leur séjour.

Grace sourit à son tour. Elle savait que Kate avait parlé bas de peur que son français ne fût pas parfait, ce qu'il était pourtant, n'était son léger accent qui ne la rendait que plus délicieuse. Mais Kate était ainsi faite. Elle pouvait se montrer d'une timidité excessive puis, la minute d'après, d'une incroyable audace, en amour notamment. Chaque fois que ces changements se produisaient chez la jeune femme, dans un sens comme dans l'autre, Grace restait stupéfaite et fascinée, et son amour pour elle s'en trouvait accru.

Elle entrecroisa ses doigts avec les siens puis, à l'adresse du chauffeur, reposa la question de son amante.

– Non, c'est plus très loin maintenant, répondit-il, un œil plissé dans le rétroviseur.

Bien, pensa Grace. Elle aussi avait hâte d'y être. Plus par impatience qu'à cause de la fatigue, le voyage n'ayant été en rien pénible.

Elles avaient quitté Londres le matin, à bord d'un Eurostar. A Paris, deux heures plus tard, elles avaient gagné sans difficulté la gare de Lyon et pris le Transilien pour Fontainebleau où elles avaient attrapé ce taxi. Par le meilleur des hasards (encore un signe de bon augure, selon Grace) il se trouva que le chauffeur connaissait la Villa Marguerite. Elles n'avaient pas eu besoin de l'itinéraire détaillé que les Fisto leur avaient envoyé.

L'unique incident de la matinée (ce devait être le seul de toute cette journée vraiment magique) avait été sans conséquence. Au sortir de Fontainebleau, juste avant de s'engager sur la route de Milly-la-Forêt, leur taxi avait manqué heurter un chien noir surgi de nulle part. La voiture avait pilé dans un crissement de pneus des plus sensationnels mais heureusement sans provoquer d'accident, et le chien, oreilles toutes rabattues, avait pu traverser la route sain et sauf. Sous le coup de la peur, le chauffeur avait passé la tête par la portière et insulté la pauvre bête comme s'il s'était agi d'un homme. Après quoi, le taxi s'était engagé sur la départementale 409 et la route, qui traversait d'est en ouest la forêt, avait commencé à faire défiler la splendeur humide et parfumée de ses kilomètres...

Pour tromper son impatience, Grace demanda au chauffeur s'il connaissait bien la Villa.

Dans le rétroviseur, les pattes-d'oie du Français se marquèrent un peu plus.

– Bien, ce serait trop dire, mais je la connais, oui. (Ses yeux glissèrent rapidement de Grace à Kate avant de revenir sur la route.) L'année dernière, c'est moi qui ai conduit le précédent locataire. Il débarquait comme vous de Paris. Un artiste, avec une queue de cheval. Je me rappelle bien. Il était pas très causant, ce type.

– Etranger, lui aussi ?

– Ouais mais me demandez pas de quel pays. Espagnol, peut-être. Franchement, il m'avait tout l'air d'être un péteux de première. Le genre de gars à vous remarquer que si vous faites tomber sa valise.

Il se tut, songeur, comme s'il n'avait toujours pas digéré cette attitude hautaine.

– On s'est paumés deux ou trois fois, en plus, reprit-il

après un instant. Le gars, il était pas content. Il pensait que je cherchais à l'entuber, ce petit con. Quand j'y pense, je me dis que c'est ce que j'aurais dû faire, nom de Dieu ! Mais la Villa, c'est un coin vraiment perdu dans la forêt et comme vous pouvez le voir vous-mêmes, faut prendre un tas de petites routes pour y aller. Quant au GPS, pas la peine d'y songer. Autant demander l'adresse du Père Noël.

– C'est si retiré que ça ? s'inquiéta Grace.

Le chauffeur hocha la tête.

– Le village le plus proche, Milly, se trouve à sept kilomètres par la route. Et Milly, c'est en plus pas bien grand. Vous aurez pour seul voisin la forêt, la forêt et encore la forêt.

Grace regarda autour d'elle. Depuis un bon moment déjà, ils avaient quitté la départementale 409 et sa circulation pour s'enfoncer par un labyrinthe de petites routes désertes dans cette partie des bois appelée le massif des Trois Pignons.

Fisto l'avait pourtant avertie les trois fois où ils s'étaient parlé au téléphone. Il ne lui avait pas dissimulé que la Villa était très isolée, précisant même qu'elle n'avait pas de gardien pour la surveiller, et que le jardinier qui s'occupait du parc ne venait qu'une fois par semaine, le vendredi. La plupart du temps, Kate et elle y seraient donc seules. Complètement seules. Fisto avait bien insisté sur ce point. Elle avait accepté l'invitation en connaissance de cause. Mais pouvait-on refuser une somptueuse Villa prêtée gracieusement à l'année au motif qu'elle était perdue en pleine forêt ? N'était-ce pas d'ailleurs ce qu'elle recherchait depuis longtemps ? Un endroit tranquille où elle pourrait essayer de se remettre à écrire, un endroit assez isolé, aussi, pour que jamais Andrew ne puisse la retrouver. Et puis c'était la France, c'était Fontainebleau. Elle s'était toujours rêvée sur les traces de Stevenson, son écrivain fétiche, qui, lui aussi, était venu vivre dans ces parages. A ce petit rappel, l'excitation en elle reprit le pas sur l'inquiétude. Elle s'éclaircit la gorge et demanda :

– Et les Fisto, vous les connaissez ?

– Pas vraiment. Sinon de réputation, bien sûr, un peu comme tout le monde par ici.

Il se tut, le temps de passer une vitesse, puis, observant Grace et Kate à tour de rôle dans le rétroviseur :

– Ça m'intéresserait de savoir comment ils sont. Vous les avez rencontrés, vous ?

– Non, répondit Grace en se tournant vers Kate avec un sourire. Nous n'avons pas encore eu ce plaisir.

Le chauffeur dodelina de la tête, puis l'œil de nouveau collé au rétroviseur :

– Ce que je peux vous dire, c'est qu'ils sont pleins aux as, et plutôt grands seigneurs avec ça. Mais je ne vous apprends rien à vous.

Grace répondit par un petit hochement de tête. La première fois qu'elle avait eu Fisto au téléphone, il s'était présenté comme un vieil homme fortuné qui, à l'heure de la retraite, aimait jouer les mécènes en cédant pour une année entière, à des artistes ou à des écrivains comme elle, la Villa que sa femme et lui avaient acquise près de Fontainebleau.

Grace se tut et se concentra sur la petite route qui décrivait à présent un virage filant vers la droite. Le soleil de treize heures frappait presque à la verticale la chaussée que bordaient d'épais buissons de fougères au vert intense et triomphant.

Puis la voie forma une longue ligne droite et un haut mur de pierre apparut en bordure.

– C'est là, fit le chauffeur avec un petit geste du pouce.

Les deux femmes se penchèrent en avant et contemplèrent le mur d'enceinte qui s'étirait devant elles sur tout le côté droit de la route. Au moins cinq cents mètres, estima à vue d'œil Grace, le cœur battant d'excitation. Tout au bout, la voie finissait par obliquer vers la gauche et semblait marquer la limite du domaine. Il n'y avait pas une seule autre maison aux alentours.

Ralentissant, le taxi arriva devant le portail situé à mi-longueur, dans un renfoncement du mur. Le chauffeur mit son clignotant bien que le trafic sur cette petite route fût totalement inexistant.

Grace sortit de son sac à main la télécommande que Fisto lui avait envoyée quelques jours auparavant avec d'autres clés et un itinéraire détaillé. Incertaine, elle pressa le bouton. Il y eut un petit déclic puis les vantaux du portail s'ouvrirent sans faire plus de bruit que le zonzonnement d'un moustique.

Le taxi s'engagea dans l'allée. Celle-ci montait sur cinq ou six mètres, de sorte que du portail on ne pouvait encore rien voir de la Villa. La côte franchie, le parc s'étala enfin devant Grace et sa compagne. C'était un magnifique jardin à l'anglaise d'une cinquantaine d'hectares, avec d'élégantes pelouses qu'ombrageaient par endroits des bouquets de grands arbres. Un haut mur de pierre, le même qui longeait la route devant, ceignait le domaine sur tous ses côtés. Un ouvrage que n'aurait pas renié Vauban, se dit Grace, tant il faisait penser à quelque fortification imprenable.

– Oh, Gracie, regarde !

Kate pointait du doigt la Villa qui venait de surgir de derrière un bosquet.

Celle-ci se dressait au milieu d'une vaste pelouse ensoleillée, tout au bout de l'allée qui formait une ample courbe. C'était un pavillon d'architecte, bâti tout en longueur sur un seul niveau, avec d'immenses baies vitrées qui ajouraient sa façade d'un bout à l'autre.

Une vraie maison de verre, songea Grace, et un sourire enchanté s'épanouit sur ses lèvres.

Remontant les derniers mètres de l'allée, elles laissèrent sur leur gauche le garage de la Villa, auquel elles ne prêtèrent que peu d'attention, leurs yeux étant fascinés par la maison. Sans doute pour ne pas déparer, on avait construit ce garage à quelque distance et planté un écran de vieux tilleuls pour en cacher la vue.

Le taxi se rangea devant la Villa.

Pleine de reconnaissance pour ce que l'existence leur offrait, Grace pensa : *C'est ici que nous allons vivre*, avec la conviction absolue qu'elles y seraient heureuses.

2.
Visite des lieux

Le chauffeur fut assez aimable pour porter leurs bagages à l'intérieur.

Elles entrèrent par l'une des grandes baies coulissantes du salon, auxquelles répondait, de l'autre côté, une autre série de baies, de même taille et coulissantes elles aussi. La pièce était de dimensions gigantesques et les baies du fond ouvraient sur une terrasse et une piscine qui longeaient tout l'arrière de la maison.

A la vue du bassin, Grace se figea. C'était encore une surprise pour elle, un autre enchantement.

– Tu as vu ça ? dit-elle en souriant à Kate qui déjà courait à la fenêtre.

Par un surcroît de générosité, Fisto s'était gardé de leur dire que la Villa était aussi belle et qu'elle possédait même une piscine.

Tout à sa joie, Grace versa au chauffeur un généreux pourboire. Il leur souhaita un bon séjour et leur remit sa carte professionnelle pour le cas où elles auraient besoin d'aller en ville ou ailleurs.

Elles ressortirent devant la maison afin de le regarder partir. Dès qu'il eut disparu, Kate se jeta dans les bras de Grace.

– Oh, Gracie, c'est le paradis, cria-t-elle, laissant enfin libre court à son excitation.

Elle était comme ivre de bonheur et Grace la serra contre elle. Kate inclina alors son front contre le sien, et, les yeux mi-clos fixant sa bouche :

– Comme je t'aime, Gracie ! murmura-t-elle avec une ferveur presque douloureuse. Comme je t'aime !

Un baiser la fit taire un instant puis elle écarta son beau visage de Grace et, du bout des doigts, lui replaça amoureusement deux longues mèches de cheveux qui lui tombaient sur les joues.

– Tu vas voir. Ici ça va marcher.

Elle parlait du roman que Grace essayait d'écrire depuis maintenant plus de trois ans.

Grace lui sourit puis promena son regard autour d'elles sur les beautés du parc.

Oui, pensa-t-elle dans un brusque élan de confiance. *Oui, ici, ça ne peut que marcher.*

3.
Le portrait dans la chambre bleue

Laissant leurs valises où le chauffeur les avait posées, elles s'empressèrent de visiter la Villa.

De plain-pied, le pavillon comptait quatre chambres plus spacieuses les unes que les autres, une salle de bains pourvue d'une cabine de douche et d'une baignoire, et ce vaste salon, quelque trois cents mètres carrés avec une hauteur de plafond digne d'un château, et que prolongeait un coin cuisine en léger surplomb. De grandes baies vitrées couraient le long de la plupart des pièces, sur la façade principale comme sur celle de derrière, en sorte que, du dehors, on pouvait voir à travers la maison tandis que l'intérieur offrait des aperçus panoramiques sur le parc et plus loin la forêt. Aux fenêtres, ni rideaux ni stores. En l'absence de voisinage, les Fisto avaient sans doute jugé ces protections inutiles, sinon contre-indiquées, vu la beauté du domaine.

Le salon, par ses dimensions, sa haute cheminée murale en tuffeau et son luxueux mobilier, formait la plus impressionnante de toutes les pièces. En son centre, deux interminables canapés en cuir blanc s'observaient de part et d'autre d'un épais tapis bakhtiar aux tons brun clair qui rappelaient la couleur des hautes cloisons. Plus loin, séparée du reste du salon par un muret de briques et trois petites marches en chêne, la cuisine à l'américaine proposait tous les équipements et robots qu'on pouvait rêver pour une cuisine en ce début de troisième millénaire.

Après avoir passé toutes les chambres en revue, Grace et Kate choisirent celle située dans la partie est de la Villa. Elle était isolée de l'enfilade des trois autres chambres par le salon et par la salle de bains dont elle était mitoyenne. Cette proximité, par son aspect pratique, emporta leur décision.

– Ainsi nous n'aurons pas à traverser toute la maison pour nous laver, fit Grace tandis que Kate s'allongeait en gémissant de plaisir sur le grand lit à deux places.

La dominante de la chambre était d'un beau bleu très pur. C'était non seulement la couleur principale des murs mais aussi de l'édredon et des deux fauteuils en reps, signés Jules Leleu.

Grace s'assit au bord du lit, près de Kate, et enfonça la main dans l'épaisseur de la couette pour tester le matelas. Elle en parut très satisfaite et dit :

– Nous allons bien dormir.

En retour, Kate lui adressa un petit sourire coquin qui semblait signifier : « Si je t'en laisse l'occasion ! » puis elle se redressa en position assise. Son sourire s'effaça lorsque ses yeux rencontrèrent l'unique tableau de la pièce.

C'était le portrait en pied d'un homme vu de trois quarts face, une peinture à l'huile, assez grande et de facture réaliste. L'homme était quasi chauve avec de grosses joues à la Orson Welles et de petites lunettes cerclées d'or. Il se tenait sur la terrasse de la Villa (que l'on reconnaissait aux grosses dalles ocre et à la piscine dont on apercevait une partie), debout, une main dans la poche de son élégant veston, l'autre s'appuyant du bout des doigts à une table en balau. N'était sa mise citadine soignée, il ressemblait à un chef d'état-major supervisant à la jumelle le déroulement d'une incroyable bataille. Son visage en avait l'autorité impassible, son maintien la majesté simple, presque rustique.

– Tu crois que c'est Fisto ? demanda Kate en se tournant vers Grace.

– Peut-être bien.

Mais c'était là une hypothèse sur laquelle ni l'une ni l'autre ne pouvaient se prononcer, n'ayant pas encore eu le loisir de rencontrer leur généreux mécène.

– Si c'est lui, il est très grand, murmura Kate dans un souffle, les yeux de nouveau fixés sur le tableau.

Grace l'approuva d'un petit hochement de tête. L'homme semblait en effet colossal.

– Je me demande ce qu'il peut bien regarder comme ça, fit Kate en murmurant toujours comme si la gêne qu'elle ressentait devant ce portrait l'empêchait de parler normalement.

A force de le contempler, Grace finit par nourrir à son tour l'intuition plutôt étrange que l'homme n'avait pas simplement pris la pose pour les besoins du tableau, qu'il regardait vraiment quelque chose et que cette scène se déroulait tout exprès sous ses yeux, en son honneur. Restait à déterminer ce qu'il scrutait de si captivant. Des enfants s'ébattant sur la pelouse du parc ? Des amis plongés dans une partie de croquet ? Une seule chose était certaine aux yeux de Grace. En préférant ne rien révéler de la scène observée, le peintre avait su renforcer son mystère avec une rare habileté.

Devant le trouble de Kate, Grace fit remarquer :

– Nous pouvons choisir une autre chambre, si tu veux.

Les beaux yeux clairs de sa compagne se détachèrent du portrait pour la considérer avec effarement.

– Mais non, Gracie ! C'est qu'un tableau, assura-t-elle, bien qu'elle semblât avoir besoin de s'en convaincre elle-même.

Après un instant, elle parvint à sourire et, magie de la jeunesse, recouvra tout à coup son entrain. Elle sauta du lit, alla entrouvrir la baie donnant sur la piscine.

– Allons la voir, dit-elle.

Elle n'en pouvait plus d'impatience, et Grace, tout sourire, se leva pour la suivre.

Dehors elles remarquèrent sur leur droite le grand bureau construit d'équerre avec la Villa et auquel on accédait par la terrasse.

Parvenue au bord de la piscine, Grace s'accroupit et trempa ses doigts dans l'eau claire.

– Elle est bonne, fit-elle avec un petit sourire ravi.

Elle resta assise sur ses talons encore un moment et parcourut du regard l'étendue du bassin en humant l'air chaud de l'été plein de l'excitant parfum des pieds de menthe qui, le long de la terrasse, buissonnaient dans de grands pots antiques.

Elle regarda de nouveau l'eau claire qui frissonnait à ses pieds.

– Que dirais-tu si nous mettions nos maillots ?

Elle entendit Kate pouffer derrière elle et, se redressant, vit qu'elle avait déjà ôté son chemisier et en était à dégrafer son soutien-gorge. Sa peau était d'un blanc si délicat qu'elle semblait de porcelaine. Grace se prit à rire.

– Mais que fais-tu, ma chérie ?

– Eh bien, tu ne veux pas te baigner ? répondit Kate en continuant à se déshabiller.

Elle ôta ses escarpins, fit tomber à ses pieds sa jupe, puis sa culotte.

Grace était sous le charme et la regardait faire en songeant : *Kate et ses audaces de timide !*

– Tu es folle, déclara-t-elle dans un petit éclat de rire ravi.

Superbement nue, Kate s'approcha, levant les bras derrière la tête pour dénouer ses beaux cheveux. Heureuse, elle irradiait d'une sensualité animale qui faisait d'elle une vraie femme sous ses dehors d'éternelle adolescente.

– Nous sommes seules, Gracie, lui rappela-t-elle.

Ses cheveux noirs et soyeux se répandirent sur sa nuque, touchant presque ses épaules. Elle ressemblait à la plus virginale beauté qu'eût jamais rêvée ce cher David Hamilton.

– Seules ! répéta-t-elle à tue-tête, tout enivrée de ce que cette brusque et complète solitude impliquait pour elles de liberté nouvelle. Seules ! Seules ! Seules !

Et, d'un bond gracieux, elle se précipita en riant dans l'eau scintillante de soleil.

4.
Réflexions

Après s'être longtemps baignées, elles entreprirent de défaire leurs valises.

Vêtues seulement d'un long T-shirt bleu clair pour Grace, blanc pour Kate, elles s'affairaient en silence, pendant leurs vêtements aux cintres et rangeant leurs chaussures au bas de l'armoire. Ayant fini la première, Kate s'assit sur le lit pour observer son amie un moment. Grace avait quarante-quatre ans mais, à la regarder, on lui en donnait trente, et encore, lorsqu'elle était fatiguée. C'était une très belle femme avec un nez finement retroussé, des yeux d'un gris clair bouleversant et des cheveux d'un beau blond naturel. Avec son mètre soixante-dix, elle était la plus grande des deux d'un tout petit centimètre et, comme elle avait conservé sa taille de jeune fille, il n'était pas rare qu'on les prît pour des sœurs. Les hommes, bien des fois, tentaient leur chance auprès d'elles, avec un total et constant insuccès.

Dans les gestes de Grace les plus ordinaires, dans ses attitudes de tous les jours, jamais rien ne perçait qui pût donner à penser qu'elle faisait « l'homme » dans leur couple, comme tant d'imbéciles homophobes supposaient que « ça » fonctionnait entre deux femmes. Grace, tout autant que Kate, respirait la féminité la plus suave et la plus achevée. Ni l'une ni l'autre ne savaient changer une roue, par exemple, ou déboucher un évier, et aucune n'avait pris de cours de karaté, ni de quelque autre sport d'ailleurs. Kate était heureuse et fière de savoir qu'elles étaient absolument femmes dans leurs qualités comme dans leurs faiblesses. La violence, la muflerie, l'arrogance des hommes l'insupportaient tellement, quand elles ne lui faisaient pas horreur.

Après un moment, Grace finit par remarquer son regard.

– Eh bien ? demanda-t-elle, un petit sourire en coin, alors qu'elle repliait une pile de chemisiers sur le lit.

Kate se leva d'un bond pour se blottir dans ses bras.

– Dis, Gracie, penses-tu vraiment que je serai aussi belle que toi quand je serai plus âgée ?

– Tu le seras plus encore, mon amour.

Le visage de Kate prit une expression soucieuse.

– Comment peux-tu en être si sûre ? fit-elle avec un petit soupir.

– Il n'y a qu'à regarder ta mère pour le savoir, non ?

Kate était la fille de la célèbre critique d'art américaine Shirley Zimmer, laquelle était une femme aussi belle qu'intelligente qui ne paraissait pas (loin s'en fallait) ses quarante ans, même si elle restait persuadée que sa vieille amie Gracie la surpassait sur tous ces points.

– Tu es plus attirante encore que l'était Shirley à ton âge, crois-moi, dit Grace en pressant sa joue contre la sienne.

Elle ferma à demi les yeux tandis que des bouffées d'une nostalgie douce-amère s'emparaient de son esprit. Le simple nom de Shirley Zimmer réveillait en elle tout un flot de souvenirs où le meilleur de sa jeunesse (sa relative insouciance, ses brillants premiers pas dans le milieu de l'édition, ses sorties avec Shirley, purement amicales, Grace étant encore dans sa période « hétéro », comme elle aimait à le dire) coudoyait le pire (le terrible fiasco de son mariage avec le poète Andrew Breach, les violences conjugales tant de fois subies et tant de fois cachées par honte du qu'en-dira-t-on).

Rouvrant les yeux, elle s'écarta un peu puis inclina la tête de Kate pour déposer un baiser sur son front.

– Allez, ouste, ma chérie, dit-elle. Laisse-moi donc finir de déballer mes affaires.

Elle se pencha pour sortir un autre chemisier de sa valise et, sous le regard de sa compagne, le replia avec soin avant de le mettre au-dessus de la pile posée sur le lit.

Kate resta indécise un moment puis elle dit :

– Je t'attends dans le salon, d'accord ?

– Très bien, dit Grace. Je te rejoins dans une minute.

Et se redressant un peu, elle jeta un regard attendri par-dessus son épaule à la fine silhouette de Kate qui se glissait dans le couloir. Elle soupira. Contre toute attente, ce n'était pas elle, la plus âgée des deux, mais sa jeune compagne de vingt-trois ans que tourmentait la question du temps qui passe. Cependant, en romancière habituée aux subtilités psychologiques, elle savait que la peur de vieillir qui obsédait Kate exprimait moins chez elle une quelconque crainte devant l'inévitable apparition des rides, un jour, sur son beau visage, que sa profonde angoisse face à l'incertitude qui minait tout avenir. Kate ne craignait pas les effets de l'âge pour elle, par narcissisme ; elle les redoutait par amour, pour leur couple. Ainsi combien de fois Grace l'avait-elle entendue lui demander : « Dans dix ans m'aimeras-tu toujours ? » Et malgré toutes les promesses passionnées qu'elle pouvait recevoir en réponse, Kate demeurait inquiète, en proie au doute, ses beaux yeux vert jade prenant dans ces moments l'expression égarée de quelqu'un qui était *déjà* abandonné. Un jour, à Londres, après qu'elles avaient fait l'amour, elle avait murmuré gravement : « Si tu devais me quitter, je me tuerais. » Et, le corps convulsé, elle s'était mise à pleurer longtemps contre l'épaule de Grace. Grace l'avait grondée, doucement, l'accusant de se comporter en enfant, même si la véhémence de cet amour la bouleversait jusqu'aux larmes.

Rangeant sur l'étagère de la penderie la dernière pile de chemisiers, Grace se répétait que jamais elle ne pourrait la quitter, que seule la mort serait assez puissante pour les séparer. Kate était l'amour de sa vie, un être si délicieux, si parfait que, par sa simple présence, il magnifiait tout ce qui l'environnait, un ange qui était entré dans son existence après seize années d'un mariage catastrophique avec le plus salopard de tous les poètes anglais, les morts compris, et qui, par sa tendresse et sa beauté, avait pansé une à une toutes les plaies que ce mariage avait laissées.

– Un ange, oui, murmura Grace en effleurant de la main les vêtements de Kate près des siens.

Elle eut une autre bouffée de souvenirs.

Et se revit arrivant à la Tate Britain où Shirley, de passage à Londres, lui avait donné rendez-vous pour un déjeuner. Les deux amies ne se voyaient plus que lorsque Shirley venait en Angleterre pour son travail. « Devine un peu qui j'ai amené de New York ? » lui avait dit Shirley en l'embrassant. Grace s'était retournée et elle avait découvert une splendide jeune femme qui venait tout juste de fêter ses vingt ans. La dernière fois que Grace l'avait vue, Kate n'était encore qu'une enfant. C'était au milieu des années 1990 et ç'avait été l'unique fois où Kate, alors en vacances, avait pu accompagner sa mère en Angleterre. Elle avait beaucoup grandi depuis et sa beauté, loin de passer, s'était affirmée d'une éclatante manière. C'était maintenant une vraie jeune femme qui attirait sur elle le regard de tous les hommes et Grace était restée un moment à la contempler, les larmes aux yeux, assaillie par les souvenirs de sa propre jeunesse, de cette époque qui lui paraissait si lointaine où elle pouvait encore se bercer de l'illusion du bonheur.

Elles étaient parties toutes les trois manger au restaurant, et là Grace leur avait appris son divorce d'avec Andrew. Elle était à la fois fatiguée et soulagée. La procédure avait été longue et semée de difficultés, Andrew ayant tout fait pour que jusqu'au bout rien ne se passât correctement entre eux.

– De sa part, il ne fallait pas s'attendre à moins, s'était exclamée Shirley. (Elle-même avait connu deux mariages soldés par deux divorces, et, en tant qu'amie de Grace, était à la fois ravie de la nouvelle de sa séparation et mécontente que celle-ci n'eût pas eu lieu plus tôt.) Mon Dieu, seize années avec ce gros connard d'Andrew, mais, Gracie, la reine devrait t'anoblir rien que pour ça !

Etonnamment, Kate s'était troublée, avait rougi, et Grace n'avait compris sa réaction que deux semaines plus tard, lorsque chez elle, sans qu'elle s'y attende, Kate l'avait embrassée sur la bouche. Après Andrew, la discussion au restaurant avait roulé sur les études d'art que Kate allait poursuivre en Angleterre car, comme sa mère l'avait fait au même âge, elle avait choisi de quitter quelque temps les Etats-Unis.

– Maman pensait que tu pourrais m'héberger jusqu'à ce que je trouve un appartement. Mais tu as bien assez de problèmes comme ça, Gracie. Je ne veux pas t'embêter.

C'étaient les premiers mots, si sérieux et si touchants à la fois, que Kate avait adressés à Grace, et Grace l'avait regardée un instant sans pouvoir lui répondre. Devant cet ange plein de jeunesse et de beauté, son esprit s'était enlisé dans un nouvel exercice de cette autodépréciation dont elle était alors coutumière et qui n'était que le triste résultat des années passées avec Andrew. Elle s'était soudain sentie affreuse, presque indigne, et vieille, si vieille.

Elle avait tout de même réussi à répondre. Son éditeur et ami Jack Murray lui prêtant un appartement depuis son divorce, elle ne voyait vraiment aucune raison de ne pas le partager avec la fille de sa meilleure amie. Ni Shirley ni Kate ne pouvaient d'ailleurs deviner à quel point elle se sentait seule et désemparée.

Une semaine après ce déjeuner entre amies, Shirley était repartie à New York et Kate, quittant l'hôtel où elle avait logé avec sa mère, avait emménagé chez elle, comme convenu. Jamais jusqu'alors elle n'avait aimé de femme et jamais elle n'aurait cru pouvoir le faire. Jamais non plus elle n'aurait imaginé s'éprendre de la fille de l'une de ses amies, de cette petite Kate qu'elle avait connue alors qu'elle n'était encore qu'un bébé du temps où sa mère vivait à Londres. Il y avait une attirance mais Grace était alors trop abîmée par son divorce pour voir un tant soit peu clair dans ses sentiments. C'est Kate qui était tombée amoureuse la première et c'est elle encore qui avait dû faire le premier pas, attendant que Grace fût un matin sous sa douche pour venir la rejoindre. Et tandis que Grace restait figée de stupeur, c'est encore elle qui avait pris l'initiative de l'embrasser.

5.
Un poète

Le mobile de Grace sonna, l'arrachant au flot de ses souvenirs.

Elle se dirigea vers la table de chevet où elle avait posé son téléphone en entrant, et chaussa ses petites lunettes cerclées d'or qui pendaient à son cou. L'écran éclairé du Motorola indiquait un numéro à étoiles. Se demandant qui ça pouvait être, elle rejeta sur le côté sa chevelure blonde et colla l'appareil à son oreille.

– Grace ? C'est moi.

Le cœur de Grace se mit à battre violemment.

– Andrew ? ! bredouilla-t-elle, stupéfaite.

Se penchant, elle lança un regard paniqué dans le couloir pour s'assurer que Kate ne pouvait l'entendre. Jusqu'à présent elle avait réussi à lui cacher les coups de téléphone dont la harcelait Andrew Breach, et elle espérait bien continuer.

– Comment as-tu eu mon numéro ? demanda-t-elle à voix basse et sans quitter des yeux le couloir au cas où Kate reviendrait.

Andrew n'arrivait toujours pas à se faire à l'idée qu'elle ait eu le courage de le plaquer, et cette idée lui était devenue carrément odieuse depuis qu'il avait appris qu'elle avait recommencé sa vie avec une femme. Qu'il eût été remplacé par un autre homme ne l'eût pas ravi plus que cela sans doute, mais que ce fût par une femme (de surcroît, jeune et superbe, à ce qu'on lui avait dit) avait quelque chose de vexant. Aussi s'était-il mis en tête de le lui faire savoir en l'appelant de temps à autre, et Grace avait dû changer de numéro de téléphone rien moins que six fois en sept mois, espérant à chaque reprise que c'en serait enfin fini d'Andrew et de ses appels orduriers.

Elle n'avait jamais cru nécessaire d'en parler à la police ni même à l'avocat qui s'était occupé de son divorce, sans doute parce qu'elle connaissait Andrew mieux que personne. Elle savait qu'il finirait par se lasser. La persévérance n'avait jamais été son fort, à l'image de ses poèmes qui n'excédaient que très rarement la dizaine de vers. Mais elle s'était trompée sinon sur son compte, du moins sur ce point. S'il était vrai qu'Andrew n'avait aucun goût pour les longs efforts et qu'il était ivre plus souvent que poète, il n'était pas moins vrai qu'il était rancunier. Et dans cette affaire, Grace avait quelque peu sous-estimé cette rancune. Andrew ne semblait pas disposé à passer à autre chose et encore moins à ce qu'elle le considérât si vite comme une affaire classée. C'est lui et lui seul qui déciderait quand ce serait fini, il ne laisserait à personne d'autre ce pouvoir, et surtout pas à Grace.

Quand elle avait enfin compris cela, elle avait demandé pour la sixième fois un nouveau numéro de téléphone. C'était à la mi-août, et elle venait juste d'accepter l'invitation de Fisto. Elle avait préparé leur départ à Fontainebleau dans le plus grand secret, ayant demandé à Kate de n'en rien dire à personne sous prétexte qu'elle voulait vivre seule avec elle sans être dérangée, ce qui était en partie la vérité, d'ailleurs. Elle-même n'avait rien révélé de leur destination, y compris à Jack Murray, son éditeur et meilleur ami.

Mais toutes ces précautions semblaient avoir été inutiles. Andrew était parvenu une fois de plus à se procurer son numéro et peut-être aussi son adresse en France.

– Comment j'ai eu ton putain de numéro ? fit Andrew. C'est bien ça que tu veux savoir, Poussin ? Ça t'en bouche un coin, pas vrai. Mais tu sais très bien qu'on ne peut rien cacher à Andrew Breach. En tout cas, jamais très longtemps.

Elle n'avait aucun mal à l'imaginer en train de sourire à s'en déboîter la mâchoire, très satisfait de son dernier petit coup de théâtre dans ce mauvais roman de gare qu'était devenue (que n'avait jamais cessé d'être) leur relation.

– Qui t'a donné ce numéro, Andrew ?

· Ta ta ta, Poussin. Je ne livre jamais mes sources.

Parfois Grace se prenait à penser qu'Andrew aurait fait des étincelles si seulement il avait choisi une carrière dans la mafia ou dans la police plutôt qu'en littérature. Il ne manquait jamais de ressources pour dégoter vos amis et les faire parler, transformant en indicateur chacun d'eux sans même qu'il le soupçonne. A l'occasion, il savait d'ailleurs être le plus charmant du monde et jouer les pauvres maris éplorés avec un art consommé. Presque toujours ça marchait, et il obtenait de vos amis ce qu'il voulait comme il le voulait.

Grace fit glisser les lunettes de son nez pour les laisser pendre à son cou.

– Quand vas-tu enfin comprendre que cela fait trois ans que notre divorce a été prononcé ?

Il ne jugea pas digne de sa personne de répondre à pareille petitesse et préféra demander :

– Où te planques-tu encore, Poussin ? C'est ridicule, à la fin, ce jeu de cache-cache à la con. Tu te planques, et moi, je te trouve. Tu te replanques alors, et moi ? moi, je te retrouve encore. Merde, Poussin, on va jouer à ça combien de temps ?

Grace respira.

Si Andrew avait réussi à mettre la main sur son nouveau numéro, il avait cependant fait chou blanc quant à sa nouvelle adresse. D'où ce ton faussement dégagé dont il usait avec elle et qui cherchait à lui donner le change. S'il avait trouvé son adresse (mais c'était impossible, elle le savait maintenant), il ne se serait pas privé de le lui faire savoir séance tenante, histoire de lui démontrer une fois de plus l'inanité de ses efforts, et il se serait alors servi d'un langage bien moins pacifique.

D'une certaine manière, cet appel était donc à la fois un coup de sonde et un aveu d'échec de sa part. Les échecs d'Andrew commençaient à se faire beaucoup trop nombreux ces derniers temps pour que sa vanité n'en prît pas ombrage, et Grace avait trop souvent subi ses violentes sautes d'humeur pour ignorer qu'il ne pourrait se maîtriser très longtemps. Il n'allait pas tarder à recouvrer sa nature véritable et se mettre à vomir des flots d'affreuses obscénités.

– Tu devrais tourner la page, Andrew... Comme je l'ai fait.

– Ah, tu crois ça, Poussin ?

– Arrête de m'appeler comme ça.

– Comme quoi, *Poussin* ?

Il le faisait exprès. Elle refusa de se laisser entraîner dans ce jeu puéril.

– Tu ne me fais plus peur, Andrew.

C'était la vérité. Cet homme l'avait tenue sous sa coupe seize interminables années, mais maintenant elle ne le craignait plus.

– Au fond, ajouta-t-elle, je te plains.

C'était cette pitié qui l'avait empêchée jusqu'à présent d'aller voir la police. Andrew Breach n'était qu'un poète raté, un pauvre type qui aimait à se vautrer dans l'alcool et les violences conjugales comme un cochon dans le fumier.

– J'en ai rien à branler de ta pitié, Poussin. Fous-la-toi où je pense, OK ? Je veux juste que tu me files ta putain d'adresse. J'ai fini *Les Fleurs d'automne* et je voudrais te les faire lire.

L'excuse était grotesque et pitoyable. Jamais une seule fois en seize années de vie commune l'avis de Grace sur ses poèmes n'avait compté pour le monumental Andrew Breach.

– Tu n'as qu'à les envoyer à Jack. Il me les transmettra.

– A ce suceur de nœuds ? Tu plaisantes, j'espère. C'est pas à cet enculé de travelo que je donnerai mes perles. C'est à toi, Poussin, que je veux faire lire mes *Fleurs d'automne*. Tu percutes ou pas ?

– Je suis sûre que Jack se fera un plaisir de me les envoyer plutôt que de les lire.

– OK. C'est à ce jeu de con que tu veux qu'on joue, hein ? C'est ça ? Tu veux qu'on joue à ce jeu de con, Poussin ?

– Andrew ! soupira Grace.

– Tu sais que je te retrouverai, Poussin. Où que tu sois.

Grace sourit. Cette fois, il n'avait pas l'ombre d'une chance.

– Je te retrouverai. C'est qu'une question de temps, fais-moi confiance. Je mettrai les moyens qu'il faudra.

– Je te fais confiance pour ça. Tu as toujours adoré perdre ton temps à des choses parfaitement inutiles.

Elle l'entendit rire. Ce qui était mauvais signe. Son rire annonçait toujours un déchaînement de saloperies, la seule chose dont Andrew Breach était prolixe.

– J'aimerais bien savoir, reprit-il, ce que vous pouvez vous faire, toi et ta copine, quand vous êtes au pieu. Est-ce que c'est elle, la petite salope, qui fourre sa langue dans ta putain de chatte, Poussin, ou bien est-ce le contraire ? J'ai du mal à imaginer le tableau. Bon, c'est vrai que c'est pas trop grave, parce que franchement, qu'est-ce que je peux bien en avoir à branler de vos saloperies de brouteuses, mais tout de même, va pas me dire, Poussin, que ça vaut mon bon gros biscuit et ses deux sorbets.

Dans la conversation de tous les jours comme dans ses poèmes (ceux-ci comme celle-là étant toujours alcoolisés), Andrew Breach nourrissait une singulière prédilection pour un lexique majoritairement obscène et imagé.

– Tu sais, Andrew, les autres hommes devraient te traîner en justice. Tu as fait un tort irréparable à leur cause. Ils n'ont plus aucune chance maintenant. Tu as été si... *décevant*.

Elle savoura ce dernier mot. Petite vengeance de femme heureuse, pensa-t-elle avec un sourire.

Et comme s'il pressentait qu'elle allait mettre fin à son appel, elle l'entendit rugir, à la limite de l'extinction de voix, dans une imitation assez réussie d'Antonin Artaud à Rodez :

– Ne raccroche pas, bordel de merde ! Ne raccroche surtout pas, connasse, ou je te préviens que ça va...

Cet ultime accès de rage fut sans effet sur Grace. Elle replia son portable et coupa net la communication, avec le sentiment qu'elle avait bel et bien échappé à Andrew Breach.

6.
Un autre appel

A peine avait-elle refermé son mobile qu'il se mit de nouveau à sonner. Elle rechaussa ses lunettes et découvrit avec soulagement le nom de Fisto sur l'écran bleu du Motorola. Elle avait entré son numéro dans le répertoire intégré quelques semaines auparavant. Elle rouvrit le téléphone et le porta à son oreille.

– Bonjour, Grace. Etes-vous enfin à la Villa ?

La voix de Fisto était grave et chaleureuse autant que celle d'Andrew avait été hystérique et menaçante.

– Oui, nous sommes arrivées il y a quelques instants, répondit-elle, heureuse.

– Très bien. Comment trouvez-vous l'endroit, Grace ?

– C'est fabuleux, monsieur Fisto. Vous auriez dû nous dire que c'était si beau.

– C'est encore mieux que ça, vous vous en rendrez compte.

Grace entendit Mme Fisto dire à son mari sur le ton du reproche :

– Arrête de leur faire l'article, Barth. Ces pauvres petites doivent être fatiguées de leur voyage.

– Patricia me dit que vous devez être mortes de fatigue. Désirez-vous que je vous rappelle plus tard ?

Grace eut un petit sourire. Ce vieux couple querelleur lui rappelait ses grands-parents.

– Non, non, assura-t-elle, ça va très bien.

– Vous êtes bien certaine que je ne vous ennuie pas ?

Voix de Mme Fisto, de nouveau :

– Allons, Barth ! tu vois bien qu'elles sont trop polies pour t'envoyer balader.

– Mon épouse pense que...

Grace l'interrompit avec douceur :

– Je vous assure que vous ne nous dérangez pas, monsieur Fisto.

– Nous vous appelons pour vous expliquer comment fonctionne l'alarme. Où êtes-vous, Grace ?

– Je suis dans la chambre qui est à côté de la salle de bains.

– La chambre bleue. Très bien. Je ne sais pas si vous êtes comme moi, mais j'adore cette chambre. C'était ma préférée quand nous vivions à la Villa et...

– Barth ! le rappela à l'ordre Mme Fisto.

– Je peux quand même dire un mot à Grace, non ? répliqua-t-il.

– Barth, tu commences à ennuyer tout le monde, et quand je dis tout le monde, c'est moi comprise.

– Vous ne m'ennuyez pas, dit Grace par politesse.

– Vous êtes bien gentille, Grace, dit Fisto. Pourriez-vous aller dans la cuisine ? C'est là que l'alarme se trouve.

– Je suis déjà dans le couloir, dit-elle.

Elle passa devant la salle de bains et déboucha dans le salon qu'elle traversa en faisant un petit sourire à Kate assise sur le canapé. Surélevée de trois marches, la cuisine à l'américaine surplombait le salon. Un muret de brique coiffé d'un plan de travail servait de délimitation entre les deux pièces.

– J'y suis, monsieur Fisto.

– Bien, dit-il. Que pensez-vous de ce magnifique plan de travail ?

Grace entendit Mme Fisto s'exclamer :

– Pour l'amour du Ciel, Barth !

– Oui, oui. Grace, est-ce que vous voyez le petit voyant vert ? Il doit être en train de clignoter en ce moment.

– Oui. A côté du frigo, c'est ça ?

– C'est ça. Bon, ce truc n'est pas très compliqué, vous allez voir. Un enfant de deux ans saurait le faire marcher.

Et il lui expliqua comment fonctionnait le dispositif. C'était vraiment très simple, en effet. Elle apprit que l'alarme se déclencherait automatiquement à la moindre intrusion dans le parc, et que la gendarmerie la plus proche, à laquelle elle était reliée, serait avertie dans l'instant. Le mur d'enceinte était surmonté de capteurs capables de détecter la plus petite fourmi s'il lui prenait l'envie de venir jouer les clandestins à la Villa.

– On peut enclencher l'alarme et la déconnecter de l'extérieur. C'est ce que nous faisons quand ma femme et moi laissons inoccupée la Villa. Mais si on enclenche l'alarme en étant comme vous à l'intérieur de la Villa, alors personne à l'extérieur ne peut plus la débrancher. Elle considérera toute tentative comme une effraction et se mettra à beugler aussitôt et fera intervenir la police, vous comprenez.

Elle comprenait. Il était en train de lui expliquer que même lui ne pourrait entrer sans faire retentir l'alarme. Elle apprécia cette manière élégante de lui faire saisir qu'elles étaient vraiment à l'abri de toute intrusion.

A côté de l'alarme se trouvait l'interphone qui commandait le portail. Un petit écran vidéo montrait les hautes grilles fermées. Là encore, tout semblait fait pour entretenir un sentiment de parfaite sécurité.

– Vous ne craignez rien à la Villa, croyez-moi, dit Fisto avec conviction.

Et par-dessus lui, Mme Fisto ajouta :

– Il y a moins de danger à vivre dans une forêt que dans des grandes villes comme Londres ou Paris.

– C'est vrai, ma femme a raison. Avec tous ces détraqués qu'on nous montre à la télé, comme ces poseurs de bombes, vous savez. Et je ne vous parle pas de la pollution de l'air. C'est ça, le vrai danger, Grace. La pollution de l'air. Bon, maintenant faut que je vous dise un mot des courses.

Ce qu'il fit cette fois sans trop de digressions.

Il y avait dans un coin du salon une station informatique dernier cri connectée à l'Internet et sur l'écran de laquelle Grace trouva un Post-it avec dessus le nom du site commercial d'un grand magasin de la région. Elles pouvaient y commander n'importe quoi, assura Fisto. Le service de livraison connaissait bien la Villa.

– Côté approvisionnement, plaisanta-t-il, vous ne rencontrerez donc pas de problèmes. Quant à l'entretien du parc, c'est Thomas qui s'en occupe. Un jeune gars plein de courage, vous verrez. Il vient tous les vendredis après-midi, je préfère vous avertir tout de suite afin que vous n'ayez pas de mauvaise surprise.

– Vous m'en aviez déjà touché un mot, dit Grace puis elle ajouta avec un sourire : Ça nous fera au moins un peu de compagnie.

– Puisque vous parlez de compagnie, Grace, Pat et moi, nous ferons un saut pour voir si vous êtes bien installées, d'accord ?

Il ne donna pas plus de précision sur la date de cette visite, et Grace n'osa pas le lui en demander.

– J'espère que votre séjour à la Villa vous comblera, vous et votre amie, dit-il enfin pour finir. Vous verrez, on y vit comme des dieux.

II.
Les Fisto

> *Une seule conclusion raisonnable s'imposait : quelqu'un avait pris, ici, une liberté presque monstrueuse.*
>
> Henry James
> (traduction M. Le Corbeiller)

1.
Les premiers jours

Très vite la Villa leur apparut comme un sortilège intense réalisant leurs désirs les plus profonds. Tout semblait, il est vrai, confluer à l'accomplissement de leur bonheur. Après l'été pluvieux passé à Londres, n'avaient-elles pas rêvé de soleil et de chaleur, et voilà que par magie elles connaissaient ici de longues journées chaudes et ensoleillées. Et combien de fois, depuis qu'elles vivaient ensemble, avaient-elles recherché ce havre de paix et cette liberté de vie que leur apportait enfin cette Villa, et cela au-delà de leurs plus folles espérances.

Elles ne connaissaient plus la peur ni la gêne, comme elles avaient pu les connaître à Londres par la faute d'Andrew ou en Irlande quand il leur avait fallu se rendre à l'enterrement du père de Grace dans le petit village de Dunfordee. Ici, il n'y avait personne pour les voir, pour les juger. La forêt tout autour faisait bien plus que de les protéger du monde extérieur ; elle annulait ce monde extérieur, elle annulait sa laideur, ses contraintes, ses périls.

Ces chauds après-midi de septembre, elles se baignaient, s'étendaient au soleil, faisaient l'amour. Elles vivaient nues et n'en rougissaient pas, se sentant innocentes, comme purifiées par l'absolu de leur passion et l'isolement de la Villa.

A part les premiers mois de leur relation, jamais elles ne s'étaient aimées si follement. La Villa semblait opérer sur elles comme un puissant aphrodisiaque. C'étaient des attractions irrésistibles, des étreintes à n'en plus finir, de longues tendresses aussi. La beauté de l'une se reflétait dans l'autre comme dans un miroir et y trouvait le signe certain de son élection. C'était s'aimer un peu soi-même que d'aimer cette autre si pareille, et pourtant, d'une certaine manière, jamais le narcissisme ne fut plus éloigné de l'égoïsme que dans leur amour puisque l'autre y était tout et régnait en maître absolu.

Comme Fisto les avait averties, elles reçurent les vendredis après-midi la visite de Thomas, le jardinier. C'était un jeune homme sensiblement de l'âge de Kate, qui aimait porter de larges bermudas battle-dress, le buste moulé dans des tunisiens beiges. Sa peau était brunie par le soleil, et une barbe de trois jours lui conférait une virilité décontractée, presque insolente.

Ce fut, avant celle des Fisto, la seule visite qu'elles reçurent durant ces deux premières semaines. Tant que le jardinier était à la Villa, elles évitaient de se baigner. Elles attendaient son départ, sur les cinq heures, pour ôter de leurs corps toute trace de vêtement.

2.
Un cauchemar

Durant ces deux premières semaines, leur bonheur ne fut troublé qu'une seule fois, par un affreux cauchemar que fit Kate. Elle s'était endormie, lovée contre Grace, et sur les trois heures du matin se mit à pousser de terribles hurlements. Paniquée, Grace alluma la lumière pour découvrir son amie tremblante au bas de leur lit, les yeux vitreux d'effroi et le visage baigné de sueur.

– Il est là ! Il est là ! hurlait-elle.

Aussitôt Grace se précipita pour l'entourer de ses bras.

– Kate ! Que se passe-t-il ? Qui est là, Kate ? Dis-moi qui est là.

Au contact de ses bras, Kate se détendit tel un accumulateur soudain vidé d'une trop grande charge.

– Oh, Gracie, serre-moi fort !

Grace resserra son étreinte autour de ses frêles épaules et couvrit de baisers son beau visage apeuré.

– Tu as fait un cauchemar, mon ange.

– Serre-moi fort, fort ! J'ai eu si peur.

Grace attendit que ses tremblements cessent pour aller lui chercher un peu d'eau dans la salle de bains. Elle s'agenouilla pour l'aider à boire.

– Tu es brûlante, ma chérie, constata-t-elle avec inquiétude, sa main libre posée sur son front trempé. Tu es sûre de ne pas être malade ?

Penchée sur le verre qu'elle lui tenait, Kate fit oui de la tête.

– Tu es bien certaine ? (Grace posa le verre vide sur la table de chevet, puis se releva.) Tu veux te coucher ?

– Oui, mais n'éteins pas tout de suite, d'accord ?

Elles se remirent au lit, Kate se blottissant contre Grace.

– Tu veux me raconter ton rêve, ma chérie ?

Elle sentit Kate se raidir.

– J'ai vu..., commença-t-elle mais un frisson d'horreur l'empêcha de poursuivre tout de suite.

Grace l'embrassa sur le front plusieurs fois.

– Qu'as-tu vu, mon ange ? l'encouragea-t-elle, les yeux dans les yeux.

Kate émit un long sanglot et frissonna de tout son corps.

– Il y avait un homme..., commença-t-elle.

– Un homme ? demanda Grace.

Quand Kate l'avait réveillée en hurlant : « Il est là ! Il est là ! », elle avait tout de suite pensé non sans terreur à Andrew. N'avait-il pas menacé de les retrouver ?

Elle fut rassurée d'entendre Kate répondre :

– Lui, l'homme du portrait.

Et Kate jeta un regard anxieux à l'unique tableau de la chambre.

A son tour, Grace tourna les yeux vers le portrait accroché au mur d'en face. La lumière de la lampe de chevet éclairait en partie seulement le visage de l'homme représenté. Son front et ses yeux restaient dissimulés dans la pénombre.

– Lui ? répéta Grace, incrédule.

– Oui. Il était dans mon rêve. Il... Il était immense, Gracie. Mon Dieu ! comme il était immense ! Il devait bien mesurer deux mètres.

Oh, Seigneur, se dit Grace. Elle va me raconter qu'il l'a violée.

Même si ce n'était qu'un rêve, l'idée seule épouvantait Grace. Elle savait que Kate avait une peur maladive des hommes, ce qui expliquait en partie son homosexualité.

– Ce n'était qu'un cauchemar, ma chérie, dit-elle pour se rassurer avec elle.

Elle n'était plus du tout certaine de vouloir connaître la suite. Mais Kate continua :

– Il était dans notre chambre et il nous observait. Nous... Nous faisions l'amour. Je... Je n'étais plus dans mon corps. Je nous voyais sur le lit, comme lui pouvait nous voir. A un moment... A un moment il a souri et j'ai alors vu ses dents. Toutes étaient noires et pointues. Il m'a dit qu'il voulait me montrer quelque chose. Alors la chambre a changé. Tu n'étais plus là et moi non plus, je n'étais plus là. Il y avait un autre homme dans notre lit. Il était... normal, lui. Il se tenait assis sur le bord du lit et serrait sa tête entre ses mains comme s'il cherchait à la faire éclater. Un moment, il s'est levé et a disparu dans la salle de bains. Quand il est revenu, il avait quelque chose dans la main et il a commencé à se donner des coups comme ça. (Kate se passa la main sur le visage et la poitrine.) J'ai vu alors couler du sang. Il en avait partout sur lui et j'ai compris qu'il tenait un cutter. Il... (Sa voix défaillit.) Il était en train de se taillader le corps, Gracie !

– Oh, ma pauvre chérie ! s'exclama Grace.

– Attends, ce n'est pas fini. Après la chambre a encore

changé. C'était toujours cette chambre mais le couvre-lit était différent. Il faisait encore nuit. Et il y avait un jeune homme qui se cachait sous le lit, il était blessé à la jambe et il était si terrifié que j'entendais battre son cœur dans sa poitrine. Puis il y a eu un violent coup de feu venant du salon et il a frissonné en étouffant un cri. Quelqu'un l'a alors appelé d'une voix affreuse : « Udo ? Udo ? » Puis il y a eu un bruit de pas dans le couloir. Quelqu'un... Quelqu'un approchait. Quelqu'un de vraiment dément. Moi, j'étais cachée sous le lit avec Udo. Je ne pouvais voir qui approchait mais, à travers tout mon corps, je sentais l'intensité de sa menace. Et j'ai vu... j'ai vu des baskets couvertes de sang s'arrêter juste devant les yeux d'Udo. Puis la voix affreuse a dit : « Udo ? » et tout de suite après il y a eu plusieurs détonations et le corps d'Udo a tressauté sous l'impact des balles. Alors la chambre est redevenue comme maintenant et c'était de nouveau nous dans le lit. Nous faisions toujours l'amour et le géant était de nouveau là, lui aussi, et, quand je l'ai regardé par-dessus ton épaule, il m'a souri de toutes ses dents noires et pointues. Il m'a souri, Gracie ! comme si tout ça, c'était qu'un jeu ou une espèce d'invitation.

Elle tremblait comme une feuille, encore sous le coup du cauchemar, et Gracie se demanda si elle ne ferait pas mieux d'aller lui préparer une tasse de lait chaud pour l'aider à se calmer. Mais Kate refusa qu'elle la laissât seule, fût-ce un instant, et finalement elles réussirent à se rendormir dans les bras l'une de l'autre.

3.
Toujours

Elles se levèrent tôt le lendemain.

Vêtue de sa nuisette blanche, Kate sortit sur la terrasse. A l'est, le soleil jetait ses premiers feux au-dessus des bois, dans un ciel si clair qu'il ressemblait à une aquarelle. Des oiseaux chantaient, invisibles, dans les arbres encore sombres du parc tandis que s'exhalaient les frais parfums de septembre et que l'herbe des vastes pelouses scintillait de rosée telle une féerie de cristal.

Kate croisa ses bras sur sa poitrine, ses mains étreignant ses épaules. Un fin sourire ourla ses lèvres. C'était merveilleux de sentir monter la douce chaleur de cet été qui semblait ne jamais vouloir finir. Tout était si beau, si parfait.

Derrière elle, Grace s'étira en silence puis s'approcha pour l'embrasser.

– Tu as bien dormi ? demanda-t-elle en lui arrangeant une mèche de cheveux.

Kate lui répondit par un petit hochement de tête et un sourire éblouissant. Le teint frais, elle semblait parfaitement reposée. C'était comme si le cauchemar de cette nuit n'avait jamais eu lieu, songea Grace, et, soulagée, elle préféra ne pas en reparler.

Elles restèrent un long moment silencieuses, côte à côte, les yeux perdus dans la contemplation de l'aube naissante.

Puis, alors que Grace s'apprêtait à rentrer pour préparer le déjeuner, Kate lui prit la main pour la poser sur sa poitrine. Grace se tourna et vit que des larmes lui sillonnaient les joues.

– Mais tu pleures, mon ange ! dit-elle avec un sourire ému.

L'hypersensibilité de son amante la chavirait toujours autant. A Londres, déjà, combien de fois l'avait-elle vue tomber en larmes à la simple évocation d'un souvenir heureux ou à l'audition d'une parole qui l'avait emplie de bonheur comme lorsque, au sortir d'un restaurant, Grace lui avait essuyé la joue avec un mouchoir et lui avait chuchoté qu'elle était l'amour de sa vie. Et dans tous ces moments, Grace éprouvait pour cette belle âme si délicate un amour si infini qu'il lui faisait presque mal, et elle frémissait à l'idée de ne pas être toujours auprès d'elle pour la protéger, pour la rassurer, pour l'aimer.

Kate lui sourit à travers ses larmes. Un petit sourire

tremblant, glorieux et fragile comme l'aube de cette matinée de septembre.

– Je suis si heureuse, Gracie, murmura-t-elle, posant sa tête sur l'épaule de sa compagne. Je voudrais que...

Et comme elle se taisait, Grace demanda :

– Tu voudrais, ma chérie ?

– Je voudrais que cela dure toujours. (Et relevant son beau visage baigné de larmes :) Toujours, tu comprends ?

4.
Une journée particulière

Le samedi 15 septembre fut pour elles une journée particulière.

Contrairement aux habitudes qu'elles avaient prises, à seize heures, ce jour-là, elles délaissèrent la piscine et rentrèrent. Par contraste avec le soleil éclatant qui régnait sur la terrasse, la pénombre de la cuisine les aveugla un instant et la fraîcheur leur donna la chair de poule. Sans échanger un mot, elles ouvrirent le frigo pour en sortir plusieurs boîtes d'amuse-gueules qu'elles avaient commandées.

Elles s'étaient fait livrer ce matin. Quand elles avaient passé la commande la veille, elles savaient précisément ce dont elles avaient besoin (un pain surprise de trente-deux toasts, des gougères et des pruneaux au lard fumé) bien qu'elles eussent été incapables, sur le moment, d'en expliciter la raison.

Elles éventrèrent les boîtes avec application puis, sans se concerter, retirèrent du pain surprise toutes les tranches garnies de saumon et les jetèrent à la poubelle. Elles disposèrent dans plusieurs coupelles le reste des amuse-gueules.

Avec ça, elles avaient acheté du vin. Deux bouteilles de Ruinart, année 2000. Là non plus, elles n'auraient su dire pourquoi. Elles sentaient simplement qu'il leur fallait ce vin.

Grace plaça les bouteilles dans un seau à champagne qu'elle posa sur la table basse du salon avec quatre verres.

Puis elles allèrent s'habiller.

Kate hésita entre un short en denim et une jupe volantée. Elle les avait couchés sur le lit avec le chemisier qu'elle comptait mettre. Sur le conseil de Grace, elle opta finalement pour le short. Quant à Grace, elle enfila sa plus belle robe. Une robe en mousseline de soie noire sur fond de tulle.

Avec application, elles se coiffèrent, se maquillèrent.

Puis, sans regarder l'heure, elles surent que c'était le moment. Elles revinrent dans le salon se placer devant la baie coulissante qui servait de porte d'entrée. Là, elles attendirent debout, en silence, les yeux tournés vers l'allée du parc.

Elles échangèrent un sourire quand la Jaguar apparut.

5.
Les Fisto

En y repensant plus tard, Grace devait se dire que tout avait vraiment commencé avec la visite des Fisto, deux semaines après leur emménagement à la Villa.

Elle était à peu près certaine que Fisto, à aucun moment de leurs conversations téléphoniques, ne lui avait communiqué le jour et l'heure que sa femme et lui avaient choisis pour venir les rencontrer à la Villa. Pourtant Kate et Grace avaient *deviné* le moment précis de leur arrivée ; et comme des sujets sous hypnose, elles s'étaient habillées et elles avaient préparé des amuse-gueules et du vin, pas n'importe quels amuse-gueules, pas n'importe quel vin non plus, mais ceux-là mêmes que Fisto appréciait et cela sans que jamais il ne leur en eût parlé une seule fois. Puis elles s'étaient postées devant la baie, comme des officiels attendant sur quelque tarmac d'aéroport l'avion d'un chef d'Etat.

Ce jour-là, en voyant Bartholomé Fisto pour la première fois, Grace se rendit tout de suite compte qu'il n'avait pu servir de modèle pour le tableau qui avait tant impressionné Kate. C'était un homme de taille moyenne, dans les un mètre soixante-dix, ce qui était sans doute grand pour sa génération, mais sans commune mesure avec les dimensions de géant de l'homme du portrait. Ses cheveux, d'un beau gris argenté, étaient ramenés en arrière et plutôt clairsemés sur le dessus du crâne, et il avait des yeux noirs, incroyablement attentifs quoique toujours rieurs, que surplombaient des sourcils broussailleux poivre et sel. Jeune, il avait dû être un très bel homme.

Le vieux couple leur fit la bise, à la façon de parents affectueux, et les complimenta sur leur beauté. Quand Fisto parla d'elles comme « de belles jeunes femmes », son épouse le reprit sans ménagement.

– Belles ? ! Je crois que ta vue baisse, mon pauvre Barth ! Kate et Grace sont splendides !

Patricia Fisto était, quant à elle, telle que Grace se l'était imaginée au téléphone : petite, bavarde et délicieusement impossible. A peine descendue de leur Jaguar, elle parlait déjà par-dessus son mari, finissait ses phrases à sa place et le faisait taire au besoin. Fisto semblait s'accommoder plutôt bien de ces manières, riant le plus souvent, et quand il se fâchait (ou feignait de se fâcher), Grace devinait que c'était par pur amusement, et que ces deux-là, malgré leurs agaceries mutuelles, s'aimaient d'un amour profond.

Grace remarqua aussi que sa jeune compagne, d'habitude si réservée devant des inconnus, se montra tout de suite en confiance avec les Fisto. Sur le coup, cela lui parut rien de plus normal : les Fisto étaient le type même des gens sympathiques.

6.
Les autres résidents

Après les présentations, ils décidèrent de rentrer dans la Villa et s'installèrent sur les deux canapés du salon, Grace assise à côté de Fisto, et Kate à côté de Patricia avec qui elle était en grande conversation. Grace eut un sourire attendri quand elle vit sa jeune compagne se pencher vers la vieille femme pour lui confier quelque chose à l'oreille. Elle était « splendide », oui, comme l'avait souligné Patricia, avec ses longues jambes hâlées à demi repliées sous elle. Elle conjuguait à elle seule les sortilèges de la jeunesse et de la beauté.

Fisto, lui, ne semblait avoir d'yeux que pour Grace. Il l'entourait de ses attentions, se penchait pour lui proposer des amuse-gueules, dont il raffolait lui-même, lui resservait du vin quand son verre était vide. Un parfait gentleman, pensa Grace, tout à fait séduite.

Il se déclara très satisfait des hors-d'œuvre et du vin choisis car c'était *justement* ceux qu'il adorait depuis toujours, et comme il avait en détestation le poisson (« tout poisson », précisa-t-il avec une grimace amère), il fut au comble du ravissement quand il sut de la bouche de Grace que, par quelque extraordinaire *coïncidence*, son amie et elle avaient pris soin de retirer du pain surprise tous les toasts au saumon. Et devant l'étonnement qui gagnait Grace finalement, il lui assura qu'il avait dû lui en parler au téléphone. Il ne voyait pas d'autre explication pour sa part.

– A moins, bien sûr, que vous nous cachiez un formidable talent de médium, plaisanta-t-il soudain pour clore le sujet.

Là-dessus, il se mit en devoir de lui parler de la Villa. Il l'avait acquise en 1968 tandis que Paris faisait voler les pavés aux cris de « CRS SS ». Il raconta les journées merveilleuses qu'ils y avaient vécues, sa femme et lui, et aussi comment, après qu'ils avaient décidé de s'établir en ville, l'idée leur était venue d'y faire vivre des artistes à l'année, le temps pour eux de réaliser une œuvre.

– Vous verrez, dit-il en piquant un pruneau enveloppé de lard pour le porter à sa bouche, cette maison est ce qu'il y a de plus propice au talent. Elle a inspiré tous les créateurs qui nous ont fait le plaisir d'y séjourner. Tenez, l'année dernière, c'était un dessinateur.

– Un dessinateur de bandes dessinées très talentueux, intervint Patricia en regardant tour à tour Grace et Kate tandis qu'elle reposait son verre sur la table basse.

– Jairo Carelli. C'est son nom. Vous connaissez ? demanda Fisto à Grace.

– Il est brésilien, dit Patricia avec un sourire de complet ravissement. J'adore Jairo.

– Elle adore Jairo ! répéta son mari, les yeux levés au plafond.

Kate et Grace échangèrent un petit sourire amusé.

– Barth est un vieux jaloux, mes chéries, leur précisa Patricia en feignant la confidence.

– Jairo par-ci, Jairo par-là. Jairo est beau, Jairo est intelligent. Mais demandez donc à ma femme de vous parler du travail de ce Jairo Carelli !

Le visage de Patricia prit un air dédaigneux.

– Ce n'est pas ce qui compte à mes yeux, reconnut-elle avec hauteur.

– Je préférerais être sourd que d'entendre ça, nom de Dieu ! Ce n'est pas ce qui compte à ses yeux ! Le merveilleux travail de Jairo ! Vous connaissez sans doute, Grace ? Dites à mon épouse que Jairo Carelli est avant tout un immense artiste.

– J'aimerais vous donner raison, malheureusement je ne le connais pas, avoua Grace avec un sourire.

– Il dessine pour les enfants, lui apprit aussitôt Patricia.

– Des albums d'une finesse rare, dit Fisto.

– C'est à Angoulême, il y a trois ou quatre ans, que nous l'avons rencontré. Vous savez, le festival de la bande dessinée.

– Jairo y avait été invité..., commença Fisto.

– ... pour son album tiré de la comtesse de Ségur, poursuivit Patricia. Comme vous, il parle très bien notre langue. D'après ce qu'il m'a dit, sa mère était professeur de français à Rio de Janeiro. Quand j'ai vu Jairo, j'ai tout de suite dit à Barth : il faut qu'il vienne à la Villa. Si vous saviez comme j'ai été heureuse quand il a accepté.

Fisto piocha dans le pain surprise un mini-sandwich au fromage et dit :

– C'est vrai que nous sommes très fiers d'avoir invité Jairo à la Villa.

– C'est ici qu'il a fait sa dernière œuvre en date. *Les Grandes Vacances*, voilà comment ça devrait s'intituler, à ce qu'il nous a dit. L'album devrait bientôt sortir. Avant Jairo, nous avons eu des Allemands, aussi. Des musiciens. Les Crepuscula.

– Un groupe de rock, glissa Fisto qui semblait ne pas s'être encore résigné au fait que sa moitié s'était rendue maître de la conversation.

Ladite moitié poursuivit comme s'il n'avait rien dit :

– La chanteuse, Nina, vous ressemble un peu, Kate, mais vous êtes encore plus belle, de toute évidence.

– C'est vrai, dit Fisto en mâchant.

Kate baissa les yeux, à la fois fière et gênée, puis lança un sourire furtif à Grace.

– Je n'irai pas jusqu'à dire que j'aime la musique de Nina, continua Patricia qui avait repris son verre. Ça non, Seigneur ! toutes ces vociférations et ces affreux raffs !

– Riffs, corrigea son époux.

– Ça me casse les oreilles, fit Patricia sans daigner prendre acte de la remarque. Mais Nina est quelqu'un que j'aime énormément. Je suis sûre que vous vous entendriez très bien, toutes les deux, dit-elle à l'adresse de Kate puis, se tournant aussitôt vers Grace : Et vous aussi, naturellement, ma chère Grace.

Tout en piochant de nouveau dans les pruneaux, Fisto réussit à dire :

– Nina est venue vivre ici avec ses quatre musiciens. Ils

ont travaillé leurs nouvelles chansons pendant plusieurs mois.

Sa femme le foudroya du regard.

– Barth ! s'exclama-t-elle. Si tu veux faire la conversation tout seul, dis-le-nous franchement. Nous pouvons partir.

Utilisant le pronom *nous* avec une indiscutable largesse, Patricia semblait bien en passe de décrocher le grand prix d'excellence de la mauvaise foi, avec les félicitations du jury.

Ignorant la sortie de sa femme, Fisto tenta une dernière fois de reprendre la main.

– Ils ont même fait une vidéo sur leur séjour ici, lança-t-il.

– Ils nous l'ont envoyée pour nous remercier, poursuivit aussitôt Patricia, bien décidée à damer le pion à son rebelle d'époux. *Les Crepuscula à l'état sauvage* que ça s'appelle. On les voit répéter leurs morceaux et puis surtout s'amuser comme des petits fous. Inutile de vous dire qu'ils se sont vraiment plu à la Villa. Mais vous en conviendrez, notre Villa est un petit paradis. (Elle tapota le genou nu de Kate tout en adressant un sourire à Grace et répéta :) Un vrai petit paradis, n'est-ce pas ? J'aurais beaucoup aimé vous montrer la cassette mais je ne sais plus ce que nous en avons fait. Barth a dû y toucher, c'est tout lui, ça. Il prend mes affaires mais ne se donne jamais la peine de les remettre à leur place. (Elle soupira.) Il faudrait que j'appelle Nina pour savoir si elle voudrait bien nous envoyer une autre copie.

Patricia Fisto parla encore un moment des anciens résidents, puis, voyant qu'elle avait enfin réduit son époux au silence (il se contentait à présent de hocher la tête pour approuver ses dires, tout en se fourrant des toasts dans la bouche), elle reposa son verre puis se leva du canapé, satisfaite de sa nouvelle et écrasante victoire, et se tourna vers Grace.

– Kate m'a demandé tout à l'heure quels étaient ces arbres que nous avions plantés au fond du parc. J'aimerais la renseigner. Cela vous ennuierait-il, ma chérie, si nous vous laissions un instant seule avec Barth ?

– Bien sûr que non, répondit Grace en échangeant un sourire avec Fisto.

– Nous ne serons pas longues, promit Patricia.

Et elle tendit ses petites mains tavelées vers Kate qui se leva.

7.
Confidences

Quand elles furent sorties sur la terrasse, Fisto se pencha vers Grace.

– Pat a raison. Cet endroit (il respira soudain avec force comme pour s'imprégner de l'air de la Villa) c'est un véritable paradis. Vous allez l'adorer.

– Nous nous y plaisons déjà beaucoup, dit Grace, pas seulement par politesse mais parce que c'était aussi la vérité.

Elle jeta un regard vers la terrasse. Patricia Fisto et Kate se tenaient de l'autre côté de la piscine. De la main, Patricia montrait à Kate certains des arbres du parc. Kate avait glissé son bras sous celui de la vieille dame et souriait pour un oui, pour un non. Toutes deux donnaient l'impression d'être sur le même pied d'intimité qu'une grand-mère et sa petite-fille, et devant ce spectacle si touchant, Grace eut un petit serrement de cœur car elle savait ce que cette situation devait à la vulnérabilité de sa compagne. Malgré toutes les qualités qu'elle avait reçues du Ciel, Kate était en effet si peu sûre de sa valeur qu'elle se montrait reconnaissante envers la première personne qui voulait bien lui manifester un peu de sympathie.

– Cet hiver, n'hésitez surtout pas à faire des flambées, dit Fisto en désignant du menton la grande cheminée. Quand nous étions jeunes, Pat et moi, on adorait ça, les flambées.

Grace reporta son attention sur Fisto qui l'observait avec un sourire.

– Puis-je savoir pourquoi vous avez préféré vivre ailleurs ? demanda-t-elle en lui rendant son sourire.

– Oh, c'est très simple, Grace. Cette maison était devenue

bien trop grande pour nous. Et puis, elle est loin de tout comme vous vous en êtes sans doute aperçue, et quand on vieillit... (D'un geste de la main, il empêcha les protestations que Grace s'apprêtait à émettre.) Je sais que vous allez me dire que nous ne sommes pas si vieux, et je vous remercie, Grace. Vous êtes une femme charmante, si, si. Mais tout de même, quoi que vous puissiez dire, on n'est plus tout jeunes, Pat et moi.

De nouveau elle regarda vers la terrasse. Kate et Patricia étaient toujours en grande conversation, mais Patricia ne lui désignait plus les arbres de la main et, de temps à autre, elle jetait par-dessus son épaule un coup d'œil comme pour s'assurer que personne ne les écoutait. Près d'elle, son bras sous le sien et un sourire épanoui aux lèvres, Kate rayonnait.

– ... bien s'entendre.

Grace se rendit compte que Fisto était en train de parler.

– Excusez-moi, j'étais ailleurs. Vous disiez ?

– Je disais que Pat et votre amie ont l'air de bien s'entendre.

Il observait lui aussi les deux femmes sur la terrasse.

Grace approuva d'un petit hochement de tête.

– Vous vivez ensemble depuis longtemps ? demanda-t-il en lui jetant un regard de côté, à la fois espiègle et appuyé, sous la broussaille de ses sourcils.

– Trois ans. J'espère que notre couple...

– Bien sûr que non, la coupa-t-il. Pat et moi, nous sommes très larges d'esprit. D'ailleurs, pour ma part, je ne comprends tout simplement pas qu'on puisse s'offusquer des libertés de l'amour. Vous formez un très beau couple, votre amie et vous, permettez-moi de vous le dire.

– Merci.

Il plongea ses lèvres dans son verre.

– De toutes les choses que la vieillesse écarte de nous, c'est, je crois bien, le sexe qui me manque le plus. On aimerait pouvoir faire l'amour jusqu'à la fin, mais ça (de sa main libre il empoigna son entrejambe), ça n'est plus aussi performant que jadis, voyez-vous.

Cette grivoiserie inattendue laissa Grace sans voix.

– Je ne vous choque pas, au moins ?

Il paraissait presque catastrophé mais Grace comprit que cela aussi était un jeu pour lui.

– C'est vrai que nous, les Anglo-Saxons, nous ne parlons pas de sexe aussi librement que vous, les Français. Un tort, sans doute, concéda-t-elle avec un petit sourire.

– Entièrement d'accord, Grace. D'ailleurs j'ai toujours pensé que des écoles comme Cambridge, qui ne sont devenues mixtes que très tard, ne pouvaient qu'être nocives. Et de fait, reconnaissez-le, Grace, ç'a été de jolies usines à frustrés. Excusez-moi mais c'est vrai, non ? Comment voulez-vous, tous ces jeunes hommes qui de toutes leurs études ne voyaient jamais un seul jupon ! Pas étonnant qu'ils rosissaient dès qu'ils voyaient une cheville féminine et que, devenus enfin des hommes, ils ont continué de se protéger derrière les murs lambrissés de leurs clubs.

Grace éclata de rire, sans trop savoir si c'était parce qu'elle était choquée ou parce qu'elle était simplement d'accord avec lui. Une chose était claire cependant : Fisto était un personnage haut en couleur.

Il sourit, les yeux pétillant de malice.

– Balancez le sexe par la porte et il reviendra par la fenêtre, c'est ce que je dis toujours à Pat. Freud, le Viennois, avait compris ça et avant lui, et plus profondément que lui, P. B. Randolph avec sa *Magia Sexualis*. Vous l'avez lue, Grace, sa *Magia Sexualis ?*

Elle répondit par la négative. Fisto lui fit alors un petit exposé plein d'intelligence et d'une joyeuse verdeur sur le pansexualisme de Randolph.

– Le sexe est tout, résuma-t-il enfin. Le refoulement n'a jamais rien produit de bon, c'est mon humble avis, Grace, et je suis sûr qu'au fond de vous, tout anglo-saxonne que vous soyez, vous êtes mille fois d'accord avec moi.

Grace repensa à toutes les folles étreintes qu'elle avait connues avec sa compagne ces derniers jours. Depuis qu'elle avait quitté la grisaille de Londres, elle se sentait libre, épanouie, enfin réalisée. La liberté avait du bon, oui. Au fond d'elle, Grace ne pouvait qu'être d'accord avec ce qu'affirmait ce vieil épicurien.

– Remarquez bien que si les Français en parlent beaucoup, ça ne veut pas dire qu'ils sont désinhibés de ce côté, loin s'en faut. Prenez Fontainebleau, par exemple. Eh bien, ça a jamais vraiment baisé dans le coin. C'est tous des culs-serrés de provinciaux par ici, vous vous en rendrez vite compte. Ils font tous dans l'adultère petit-bourgeois, le notaire comme le pharmacien, mais dès qu'il s'agit de donner un peu d'ampleur aux choses, alors là, plus rien, c'est la débandade générale. Tenez, Grace, l'affaire Alègre à Toulouse. Vous vous souvenez de cette histoire de putes à Toulouse ? Eh bien, moi, j'ai tout de suite compris que c'était du flan, tout ça. Dans notre pays, ce genre d'histoire c'est pas crédible une seconde. Pour nos parties, Pat et moi, on était obligés de faire venir des amis d'Allemagne et de Belgique, vous imaginez. (Il en semblait encore atterré et cela fit rire Grace.) Mais je ne vous choque pas, au moins ?

Elle crut poli de lui répondre non, même si le terrain sur lequel avait glissé la conversation lui déplaisait.

8.
Un ami nommé Natas

– Barth ne vous a pas trop ennuyée, j'espère ? s'enquit Patricia.

Grace fut soulagée de voir Kate et Patricia de retour au salon. Les souvenirs d'un vieil érotomane, fût-il sympathique, avaient quelque chose de dérangeant. Elle tourna les yeux vers Kate qui lui souriait. La jeune femme revenait radieuse de son tête-à-tête avec Patricia sur la terrasse.

Grace se leva et répondit à Patricia en souriant à son tour :

– Non, pas du tout. Votre mari dissertait sur la mentalité française.

Fisto, resté assis, lui fit un clin d'œil complice.

Se penchant, Grace attrapa les trois coupelles vides sur la table et les plaça l'une dans l'autre.

– Je vais chercher le reste des pruneaux, annonça-t-elle.

– Si vous ne voyez pas d'inconvénient, je viens avec vous, dit Patricia sur ses pas.

Elles se rendirent ensemble dans le coin cuisine à l'autre bout du séjour. Là, Patricia la devança en ouvrant le frigo. Elle en sortit la dernière boîte de pruneaux, puis remplit les coupelles que Grace avait disposées sur le plan de travail.

Grace la regarda faire puis demanda après un moment d'hésitation :

– Je ne sais pas si Kate vous en a parlé ?

– De quoi donc, mon enfant ?

Patricia se pencha et jeta la boîte vide dans la poubelle sous l'évier.

– Kate vous a-t-elle parlé du portrait tout à l'heure ?

Patricia se redressa, étonnée.

– Du portrait ? Quel portrait ?

– Kate ne vous a rien dit ?

– Non, nous avons parlé... *d'autre chose.*

Grace eut soudain envie de savoir ce qu'elles avaient bien pu se dire, toutes les deux sur la terrasse. Elle avait le sentiment étrange que, si elles n'avaient pas parlé du tableau, elles n'avaient pas non plus parlé des arbres du parc, comme Patricia l'avait annoncé avant d'emmener Kate.

Grace se força à sourire.

– Il y avait un portrait dans la chambre que nous occupons. Kate a fait un horrible cauchemar à son sujet, aussi j'ai pris la liberté de le mettre dans une autre pièce.

– Mais vous avez bien fait, Grace.

Patricia lui tourna le dos pour ouvrir le robinet et passer ses mains sous l'eau.

– Il représente quelqu'un de votre famille ? voulut savoir Grace.

– Oh, ce tableau ! Non, c'est notre ami Natas.

Elle arracha deux Sopalin au dévidoir et, se retournant vers Grace, s'essuya les mains.

– Natas venait souvent à la Villa quand nous y vivions, Barth et moi. C'était devenu un peu chez lui. Cette chambre, la chambre bleue, c'était la sienne. Barth et moi, nous avons laissé son portrait en son souvenir.

– Votre ami est mort ?

– Qui ça ? Natas ? fit-elle en riant soudain aux éclats. Oh, bien sûr que non, ma chérie.

– C'est un drôle de prénom, fit remarquer Grace, désireuse d'en apprendre davantage.

– Mais ce n'est pas un prénom.

Et là-dessus, Patricia Fisto se tut, visiblement décidée à ne pas en dire plus. Dans ses mains, les Sopalin ne formaient plus qu'une petite boule ramollie ; elle les jeta à la poubelle.

– Savez-vous ce que votre ami regarde au loin, dans ce tableau ? demanda Grace en attrapant deux des coupelles remplies de pruneaux.

Prenant la troisième, Patricia fit un brusque sourire à Grace.

– Le parc, sans doute. Enfin, je suppose. Que voulez-vous donc qu'il regarde, mon enfant ? Le coup d'œil était déjà plutôt pas mal à l'époque. Mais demandez à Barth. Il s'en souvient peut-être, lui.

Elle passa derrière Grace pour sortir puis soudain revint sur ses pas.

– Oh ! nous allions oublier les piques.

Et elle tendit la main vers une étagère, au-dessus du plan de travail.

Ensemble, elles regagnèrent le salon.

Fisto racontait à Kate son ancien métier de joaillier, place Vendôme. La fortune des Fisto venait de là, du commerce des pierres. Patricia, fatiguée, ne le coupa presque plus de la soirée ; il put donc donner libre cours à sa faconde et régala Grace et Kate d'anecdotes sur ses anciens clients, de riches étrangers pour la plupart, et sur les deux ou trois braquages dont il avait failli être victime mais que, par miracle, il avait su déjouer. Il leur apprit que les gemmes étaient d'autant plus prisées qu'elles étaient résistantes. Il en avait tiré l'axiome que la véritable beauté ne pouvait être que dureté.

9.
Ce que Natas regarde

Une heure plus tard, elles raccompagnèrent les Fisto à leur voiture.

Kate et Patricia, de nouveau en grande conversation, marchaient devant, et Grace profita d'être une dernière fois avec Barth pour assouvir sa curiosité concernant le tableau.

– Vous possédez un portrait qui nous intrigue beaucoup, Kate et moi, commença-t-elle.

Fisto s'arrêta.

– Et vous voulez savoir ce que Natas peut regarder comme ça, fit-il en arquant un de ses sourcils touffus vers elle. Pas vrai ?

– Oui, j'ai posé la question à votre épouse tout à l'heure. Elle m'a dit ne pas s'en souvenir.

– Pat vous a dit ça ? (Et il se pencha vers elle, avec un petit air de conspirateur.) Pourtant elle s'en souvient, croyez-moi.

– Ah, fit Grace, décontenancée.

– Ça, oui. Je me rappelle tous les détails, moi. Il faisait un temps magnifique. On était le 23 juin, la veille de la Saint-Jean. Pat et moi avions organisé une petite fête. Le tableau a été peint ce jour-là, par un de nos amis artistes. Et pour répondre à votre question, ce que Natas regarde, c'était nous.

– Vous ?

– Oui. Pat, moi et puis tous nos amis qui étaient là. C'était le bon temps, vous savez. La fin des années 1960, merde, des années de folie. Et puis on était jeunes. On bouffait la vie à pleines dents.

Il se rapprocha un peu plus.

– On baisait, Grace.

Il haussa ses sourcils broussailleux d'un coup et un sourire rêveur flotta sur ses lèvres.

– Oui, ce jour-là on baisait devant lui, et, croyez-moi, on était pires que des bêtes.

Sa femme, arrivée à la voiture, le héla, ne voulant pas rentrer trop tard.

– C'était le bon temps, marmonna-t-il et il se remit à marcher.

Alors qu'il s'éloignait, Grace resta interdite quelques secondes, puis elle lui emboîta le pas, de façon machinale, sans trouver rien à dire tant elle se sentait gênée.

Près de la Jaguar, Patricia et Kate se faisaient la bise, se promettant de s'appeler.

La vieille femme se tourna vers Grace :

– Kate m'a dit combien vous vous plaisiez à la Villa. J'espère que ça débouchera sur un très bon roman. Il me tarde vraiment de vous lire.

Elle se pencha pour l'embrasser.

– Merci, fit Grace avec de nouveau le sourire. Je vais bientôt me remettre au travail, promis.

Son sourire se crispa un peu quand elle entendit dans sa tête une petite voix ironiser : *Te remettre au travail ? Vraiment ? Tu ferais mieux d'avouer que tu n'y as pas beaucoup songé jusqu'à présent.* Après trois longues années de page désespérément blanche, elle savait que Patricia Fisto n'était pas la seule à attendre un nouveau bouquin de sa plume. Il y avait aussi son éditeur et ami Jack Murray. Il lui avait fait comprendre qu'il serait temps pour elle de rendre quelque chose, et lui avait donné un an pour cela. Un an et pas un jour de plus.

Fisto ouvrit grands ses bras pour l'embrasser à son tour.

– Faites-moi plaisir, dit-il avec un large sourire. Essayez très vite.

– Pardon ? dit Grace, se demandant s'il parlait bien de la même chose.

– Essayez de vous remettre à écrire, Grace. Je suis certain que notre Villa va vous porter chance à vous aussi.

– Pour tout vous dire, je comptais m'y coller après le week-end.

– Bien, mais pourquoi attendre lundi, Grace ? Tentez votre chance dès demain. Qui a dit que les écrivains ne devaient pas travailler le dimanche ?

10.
Après le départ des Fisto

Silencieuses, elles débarrassaient la table basse du salon. Elles se sentaient comme étourdies. La faute n'en était pas au champagne, dont elles n'avaient bu que deux coupes chacune. Non, Grace le devinait, la cause était à chercher ailleurs. C'était une sensation de vide, teintée de vertige, qu'elles éprouvaient après le départ des Fisto.

Grace ramena les coupelles et les verres à la cuisine et les posa à côté de l'évier. Kate, qui venait d'ouvrir le lave-vaisselle, entreprit de les mettre à l'intérieur.

Grace la regarda faire un instant puis demanda :

– De quoi avez-vous parlé, Patricia et toi, tout à l'heure sur la terrasse ?

– Je ne sais plus. (Kate releva son visage, les yeux agrandis par l'étonnement.) Pourquoi ?

Elle semblait sur la défensive, et Grace la scruta d'un air perplexe, flairant l'odeur du mensonge.

– Tu avais l'air tellement heureuse, fit-elle remarquer.

– C'est vrai ?

Son étonnement se mua en un petit rire nerveux, et Grace acquit la certitude qu'elle se souvenait très bien de cette conversation.

Kate repoussa le tiroir du lave-vaisselle et, cherchant à dissimuler sa nervosité, lui retourna la question :

– Et toi, de quoi as-tu parlé avec son mari ? Il avait vraiment l'air de t'avoir à la bonne.

– C'est un sacré lascar, ce vieux ! convint Grace sans la quitter des yeux.

– Il t'a draguée ? demanda Kate, amusée.

– Non, il ne m'a pas « draguée ». (Grace eut un petit sourire, puis redevint songeuse :) Je ne dirais pas ça.

A la vérité, elle ne savait que penser des souvenirs licencieux que Fisto avait cru bon de lui confier. L'avait-il fait par jeu, pour voir si elle serait choquée ? Ou avait-il cherché à la séduire, à la « draguer » comme Kate semblait le penser ? Mais cette dernière hypothèse ne tenait pas la route. On ne « drague » pas une femme en mettant en avant des exploits sexuels vieux de quarante ans.

Peu désireuse de rapporter à Kate les grivoiseries de Fisto, elle demanda cependant :

– Kate, ils ne t'ont pas paru un peu... étranges, les Fisto ?

– Etranges ? ! Patricia et Bartholomé ? ! (Kate paraissait tout étonnée, voire même un peu scandalisée.) Gracie ! Moi, je les ai trouvés super sympas.

Grace nota que ses derniers mots étaient prononcés avec un sincère enthousiasme. Elle remarqua aussi, avec une certaine gêne, que, si elle disait « les Fisto » pour parler d'eux, Kate, elle, les appelait par leurs prénoms. L'impression que « Patricia » et « Bartholomé » avaient faite sur sa jeune compagne était plus favorable encore que ce que Grace avait d'abord pensé.

Elle hésita un instant avant de demander :

– Et nous ?

– Quoi, nous ? fit Kate tandis que son sourire s'accentuait.

– N'avons-nous pas été un peu... étranges aujourd'hui ?

– Gracie, que vas-tu imaginer !

– Je ne sais pas, je ne sais pas. C'est juste que... Tiens, comment savions-nous qu'ils viendraient nous rendre visite aujourd'hui ?

Kate haussa les épaules, toujours souriante.

– Bartholomé a dû te le dire la dernière fois que tu l'as eu au téléphone.

La voix même du bon sens, pensa Grace. Au demeurant,

Fisto lui avait fait la même réponse à propos des amuse-gueules et du champagne.

– Le problème c'est que je ne m'en souviens pas, insista-t-elle. Et c'est ce qui me trouble, tu comprends ?

Le sourire de Kate perdit quelque peu de son éclat, et Grace comprit qu'elle était troublée elle aussi, même si elle refusait de l'admettre par crainte, sans doute, de jeter la plus petite ombre sur leur merveilleux bonheur à la Villa.

Grace décida de ne pas l'inquiéter davantage. Après tout, il n'y avait là rien de bien grave. On ne parlait que de champagne, de petits-fours et de deux petits vieux (au demeurant, il est vrai, fort sympathiques et extrêmement généreux).

Dans le même esprit de ménagement, elle préféra ne pas évoquer les parties fines qui s'étaient tenues ici, et ne rien dire non plus de l'ami des Fisto, cet étrange Natas, sorte de grand général en chef, à ce qu'elle avait compris, régnant sur une troupe d'érotomanes, et dont le saisissant portrait avait terrifié Kate. En taisant ces renseignements, Grace avait à cœur de protéger Kate bien sûr, mais aussi de ne pas augmenter ses propres réticences à l'égard des Fisto, réticences nées de toutes ces « confidences » plutôt scabreuses malgré le ton enjoué sur lequel elles avaient été faites, et qui deviendraient, à ses yeux, encore plus scabreuses si elle les rapportait maintenant à Kate, si elle les lui inoculait pour ainsi dire. C'était déjà bien assez qu'elle fût au courant, elle qui aurait préféré ne rien savoir.

Elle garda donc ces informations pour elle et songea non sans malaise qu'elles avaient maintenant chacune leur secret : Kate, sa conversation avec Patricia, et elle, les orgies de jadis à la Villa.

DEUXIÈME PARTIE

I.
Le roman de Grace

Personne n'est maître de la vraie créativité et tout le monde en est réduit à la laisser agir à son gré.

Goethe
(traduction P. Deshusses)

1.
Grace au travail

Elle suivit le conseil de Fisto et ce dimanche matin 16 septembre la vit pénétrer seule dans le bureau, son Compaq Presario sous le bras. Elle ne savait pas si ça marcherait mais elle voulait tenter sa chance.

Construit un peu à l'écart de la Villa, le bureau formait une pièce aussi agréable et vaste que le salon. Il fallait traverser la terrasse pour s'y rendre et on y entrait par une grande baie vitrée coulissante qui regardait la piscine.

A l'intérieur, un canapé en tissu et deux poufs encadraient une table basse en wengé où l'on avait posé deux volumineux livres d'art. S'approchant, Grace découvrit que c'étaient des monographies sur le peintre Balthus, très richement illustrées. Elle se demanda si les Fisto aimaient vraiment cet artiste ou bien s'ils avaient acheté ces beaux ouvrages pour le seul plaisir de leurs invitées.

A droite, au fond de la pièce, se dressaient un grand bureau et, derrière, une longue bibliothèque dont les étagères de bois blanc couvraient tout le mur.

Après avoir installé son ordinateur, Grace s'accroupit pour le raccorder au secteur *via* une multiprise, puis se redressa et appuya sur ON. En attendant le chargement des paramètres, elle regarda les livres sur les rayonnages.

Il y avait une vieille édition de *Malaise dans la civilisation* écrit par Freud. Il y avait aussi *Walden*, le chef-d'œuvre de David H. Thoreau. Un livre parfaitement indiqué pour l'endroit, songea Grace en s'en emparant pour le feuilleter. Sur la page de garde, quelqu'un (Fisto, sans doute) avait écrit : « Thoreau, un saint Antoine qui n'aurait pas été tenté... » Cela la fit sourire. Peut-être parce qu'elle décelait dans cette annotation un fond de vérité. Il y avait aussi des livres plus récents, des thrillers notamment. Elle eut la surprise de trouver deux titres d'Alec Covin, un auteur avec lequel elle avait participé à plusieurs séminaires sur Stevenson. Elle détestait ses romans, violents et pessimistes, mais appréciait l'homme, plutôt secret. Les personnages inventés par Covin étaient aux antipodes des siens, et ses histoires se terminaient toujours effroyablement mal tandis que les siennes proposaient des fins heureuses.

Les petites notes de Windows XP résonnèrent dans la pièce, indiquant la mise en route de l'ordinateur. Elle replaça le Thoreau sur l'étagère, et s'assit sur le siège du bureau, qui lui parut très confortable. Ellc sortit ses lunettes de leur étui, passa le cordon à son cou et les chaussa.

Anxieuse, elle fixa un moment l'écran de son portable en repensant à la dernière conversation qu'elle avait eue avec son éditeur.

– Il faut absolument que tu te remettes au travail, ma petite Grace, lui avait dit Jack. Tes lecteurs vont finir par t'oublier sinon, et tu l'auras bien cherché. Je me fous de ce que tu vas écrire mais je veux que tu écrives, compris ? Fais-moi un traité sur le commerce de l'or en Afrique ou bien un manuel de savoir-vivre chez les Windsor, n'importe quoi mais un livre. Je te donne une année, pas plus.

– Et sinon ? avait-elle voulu savoir.

Jack l'avait foudroyée des yeux.

– Grace, nom de Dieu ! Il n'y a pas de *sinon* qui tienne avec moi. Je veux ton prochain livre sur mon bureau dans moins d'un an. Ou tu as intérêt à planquer tes fesses en Corée du Nord pour que je ne te retrouve pas.

Jack pouvait être délicieusement terrifiant quand la colère

le possédait. Mais il avait raison. Elle devait secouer sa léthargie.

Ne connaissant rien au commerce de l'or et ne s'intéressant guère aux bonnes manières des Windsor, elle décida de faire ce qu'elle savait faire : un roman policier.

Elle ouvrit un document Word vierge et sentit un léger picotement au bout des doigts quand elle les approcha du clavier, comme s'ils étaient impatients de reprendre du service.

Elle aimait commencer par le titre. Souvent c'était en partant d'un bon titre qu'elle inventait toute une histoire. Cette fois-ci, il vint à elle sans qu'elle eût à chercher très longtemps. *Barbarian State.* Voilà. Elle sut aussitôt en le tapant que c'était un très bon titre. Elle aimait l'idée qu'il sous-tendait même si cette idée était encore vague ou plutôt embryonnaire.

Barbarian State.

– C'est déjà ça, dit-elle.

Elle en éprouva de la fierté. Après tant d'années de stérilité, enfin une lueur d'inspiration. Ça commençait plutôt bien.

Elle sentit que ce titre appelait d'autres mots, d'autres images. Elle les laissa venir à elle comme un médium s'ouvrant aux esprits qui l'entourent. Ce fut un déferlement. Ses doigts se mirent à courir sur le clavier. Un immense soulagement s'empara de son cœur dès qu'elle prit conscience qu'elle s'était enfin remise à écrire.

2.
Joie et soulagement

A treize heures, elle sortit du bureau pour aller déjeuner et surtout annoncer à Kate la bonne nouvelle. Lorsqu'elle apprit que la « machine » fonctionnait à nouveau, Kate en fut si heureuse qu'elle éclata en sanglots dans ses bras.

– J'avais si peur que ce fût à cause de moi, expliqua-t-elle dans le salon quand elle fut un peu calmée.

– A cause de toi ? Mais tu es folle !

Pourtant, Grace dut reconnaître en son for intérieur, et presque avec honte, qu'il lui était arrivé de penser comme Kate. Sa longue période de page blanche n'avait-elle pas débuté avec leur liaison ? Il aurait fallu être aveugle pour ne voir dans ce fait qu'une simple coïncidence. Avant, à l'époque où Grace vivait avec Andrew, la « machine » (comme elle aimait appeler son propre cerveau) avait fonctionné plutôt bien, même (et surtout) lorsque Andrew se montrait odieux et violent, ce qui arrivait quand ce nouveau Shelley avait bu, à savoir presque tout le temps. La machine créative de Grace avait tourné avec ce carburant-là : les saloperies d'Andrew. Et si ses romans se finissaient toujours bien, c'était que sa propre vie n'était alors qu'épreuves et déception. La littérature lui avait servi de compensation sentimentale. Ç'avait été un parfait dérivatif. Puis Kate avait surgi dans sa vie, et presque aussitôt l'inspiration et même l'envie d'écrire l'avaient désertée. La machine s'était arrêtée d'un coup, comme si elle n'avait vraiment plus aucune raison de fonctionner, Grace connaissant enfin l'amour et le bonheur. Peut-être que le bonheur et l'amour étaient tout simplement contre-indiqués pour qui avait la tâche de créer, à moins que ce fût non pas l'amour et le bonheur en général, mais cet amour et ce bonheur-là, si intenses, si purs. Grace ne s'en était jamais plainte, même si elle s'était sentie amputée d'une partie de son être. Mais pouvait-on raisonnablement se plaindre d'être heureuse ? Pouvait-on se plaindre d'aimer et d'être aimée ? De vivre avec un être qui à chaque instant vous bouleversait par l'éclat de sa beauté et la pureté de son âme ?

Elle se mit à rire en étreignant Kate.

– C'est merveilleux, dit-elle. Je suis là avec toi, mon bel ange, dans cette Villa de rêve sous ce ciel de paradis et – cerise sur le gâteau – voilà maintenant que l'inspiration me revient. Qu'ai-je fait pour mériter cela ?

Cette félicité si complète l'enivrait, et, tenant Kate par les mains, les bras tendus, elle la fit tourner autour d'elle jusqu'à en perdre le souffle. Folles de gaieté, elles ressemblaient à deux petites filles sur une île déserte et généreuse.

A table, plus tard, malgré les questions pressantes de Kate, Grace refusa de dire sur quoi portait son roman. Tout était encore trop flou, trop récent, et même si elle ne boudait pas son bonheur, elle ne voulait pas se laisser griser par l'enthousiasme. Il lui semblait prudent d'attendre quelques jours pour s'assurer qu'elle tenait enfin une histoire solide. Il entrait aussi dans cette réserve une part de superstition. Grace craignait de faire preuve de présomption et de voir, comme en représailles, les élans de l'inspiration se briser tout à coup.

A sa joie de s'être remise à écrire se mêlait aussi un autre sentiment. Grace éprouvait de la reconnaissance à l'égard de Fisto. Sans la Villa et les encouragements sympathiques de ce vieil original, elle savait qu'elle ne serait jamais parvenue à rien. Quant aux « révélations » qu'il lui avait faites la veille, elles lui apparaissaient sous un jour beaucoup moins choquant. Elle se sentait même encline à tout lui pardonner. En tant que Français, il était porté à parler sexe avec une certaine liberté de ton, voilà tout, et cette liberté, sans doute inusitée outre-Manche, n'avait d'ailleurs rien de criminel. Grace se disait aussi qu'elle avait fait preuve d'une stupide intolérance en s'arrogeant le droit de le juger. N'avait-elle pas un peu trop vite oublié que, de son côté, elle vivait avec une femme, de vingt ans sa cadette, qui plus est, et que, depuis leur arrivée ici, elles pouvaient rendre des points aux pires débauchés que la Villa ait jamais connus ? Aussi Grace se félicita-t-elle intérieurement de n'avoir rien dit à Kate des préventions qu'elle avait pu nourrir contre Fisto.

Elles passèrent le reste de la journée à profiter de la chaleur estivale et des plaisirs de la piscine. Elles étaient heureuses d'être ensemble. Pourtant, sur le soir, Grace eut le remords d'avoir ainsi paressé. Elle ne s'en ouvrit pas à Kate pour ne pas gâcher sa joie, mais elle se promit de consacrer dorénavant plus de temps à son livre. Il le fallait. L'inspiration était chose si fragile. Grace ne devait pas lui laisser l'occasion de s'éteindre une nouvelle fois au risque de la voir disparaître pour toujours.

3.
« Personne d'autre que toi »

Au jour ensoleillé qui filtrait à travers ses paupières closes, Grace sut tout de suite qu'il était tard. Neuf heures déjà, peut-être dix, même. Elle pensa à son roman *Barbarian State* qui l'attendait. Elle se sentait profondément heureuse. Kate et elle avait passé une grande partie de la nuit à faire l'amour. Epuisées, elles avaient fini par s'endormir vers les trois heures du matin, la joue de Grace posée sur le ventre tiède de sa jeune compagne.

Au matin, les deux amantes n'avaient pas bougé de cette position. Grace ouvrit enfin les yeux, et tandis que, sous sa joue, le ventre chaud de son amie montait puis s'abaissait doucement, au gré de sa respiration calme et profonde, la première chose qu'elle vit fut les taches de sang qui maculaient le pubis et le haut des cuisses de Kate. Bien qu'inquiète, elle n'osa bouger de peur de la réveiller, et la joue toujours appuyée à son ventre, elle déposa un baiser sur son nombril comme pour se faire pardonner les sauvageries de la nuit. Elle sentit alors la main de Kate lui caresser les cheveux. Etonnée, elle se redressa à demi. La tête sur l'oreiller, Kate souriait, resplendissante.

– Je croyais que tu dormais, fit Grace en lui rendant son sourire.

– J'attendais que tu te réveilles pour aller faire pipi.

Grace se poussa et Kate quitta le lit.

Dans l'encadrement de la porte, elle se retourna et dit :

– Gracie ?

– Oui ?

– Merci pour cette nuit. Je suis si heureuse.

Et elle entra dans la salle de bains.

Debout, Grace récupéra sa chemise de nuit qui gisait par terre près de celle de Kate, et l'enfila. Au pied du lit, elle aperçut les objets. Un frisson lui remonta l'échine.

Je me suis servie de chacun d'eux, pensa-t-elle avec stupeur, comme un coupable avouant ses crimes.

Le bruit de la chasse d'eau se fit entendre.

Elle se retourna. Kate la regardait.

Grace fit observer :

– Tu ne t'es pas lavée, ma chérie ?

– J'aimerais rester comme ça encore un peu. Tu veux bien, Gracie ?

– Bien sûr.

Elle se pencha pour retirer du lit le drap souillé de sang et le roula en boule. Une chanson de P. J. Harvey lui revint, qui affirmait que la honte était l'ombre de l'amour.

Kate s'approcha.

– Laisse, je m'en occuperai, dit-elle, lui prenant le linge des mains.

– Je peux le faire, dit Grace.

– Je t'en prie, laisse. Tu as bien assez de travail avec ton roman.

Et, souriante, elle s'empara du drap.

Grace hésita un moment puis demanda :

– Je ne t'ai pas fait mal, au moins ?

Le sourire de Kate s'épanouit.

– Je voulais que ce ne soit personne d'autre que toi, Gracie.

4.
Dans le bureau

A onze heures, ce matin, Grace essaya de se remettre à son roman.

Ce fut difficile car les objets dont elle s'était servie cette nuit ne cessaient de la hanter. Elle avait ressenti un malaise voisin de l'effroi en les voyant ce matin, au bas du lit, si réels, si anodins. C'était elle qui en avait eu l'idée, c'était elle qui les avait appliqués à Kate. Kate avait d'abord été surprise puis l'avait laissée faire, et même l'avait encouragée de ses sourires, lui passant parfois les mains dans les cheveux, se cambrant de plaisir, gémissante, victime offerte et folle d'amour, susurrant à son oreille des serments insensés.

Que le retour de sa créativité ait pu agir ainsi sur son instinct sexuel la troublait beaucoup. Etait-elle déjà en train de s'identifier à son personnage principal qui, pour une fois, était un homme, un détective anglais nommé Jonathan Stirner ? C'était bien possible. Après tout, l'inspiration qui l'avait saisie la veille avait été étonnamment puissante, comme une énergie trop longtemps retenue par quelque digue et qui, brusquement libérée, pouvait enfin déferler en Grace de toute sa force torrentielle. Peut-être que, comme elle ne s'était pas remise à écrire dans l'après-midi, cette énergie surabondante avait écoulé une partie de son trop-plein par l'entremise de son corps.

Oui, cela était possible, et, tout bien considéré, normal. Grace n'ignorait pas que la sublimation n'était que de la libido transcendée et qu'à tout instant elle pouvait donc redevenir une énergie purement sexuelle. Elle n'ignorait pas non plus que l'inspiration plaçait souvent les écrivains et les artistes qui la connaissaient dans des états seconds très proches de la folie et de l'extase amoureuse, qu'elle pouvait aller jusqu'à les déconnecter du monde extérieur, frappant d'irréalité tout ce qui n'était pas leur création et, parfois même, ôtant à leur corps habité l'envie de dormir et de manger.

Le rappel de ces vérités finit par apaiser sa mauvaise conscience, et elle eut de nouveau faim de création.

Ses lunettes sur le nez, elle alluma l'ordinateur, puis ouvrit le document « *Barbarian State* » créé la veille. Il comptait déjà douze pleines pages, à simple interligne. Ce nombre lui arracha un petit sourire de contentement. Mais, d'un autre côté, c'était peut-être ça le plus terrifiant. Non pas ce qu'elle avait fait cette nuit, mais ce qui lui était arrivé la veille et qui se reproduisait maintenant, ce saisissant besoin d'écrire. Depuis qu'elle était romancière, elle n'en avait jamais connu de si impérieux, même lorsqu'elle écrivait *Les Civilisés*, son deuxième roman, et qui avait été de tous ses livres le moins difficile à composer. À cette époque où le sentiment de sa vocation littéraire ne lui avait jamais paru plus certain et où l'enthousiasme l'habitait malgré les efforts quotidiennement demandés, elle parvenait à produire deux feuillets, parfois trois – c'était alors dans ses meilleurs jours.

Mais la veille, elle avait écrit douze pages ! Et, comble de l'extraordinaire, ç'avait été douze pages écrites sans une seule hésitation. Elle n'en revenait toujours pas et devinait qu'elle aurait pu en écrire beaucoup plus si elle n'avait préféré passer *(perdre)* son après-midi avec Kate au soleil. Elle n'avait ressenti ni fatigue ni lassitude, mais au contraire une grande et constante exaltation. Elle s'était sentie possédée par son roman, et au souvenir de ce moment de puissance créatrice, son sourire s'élargit, agrandi par l'impatience de plonger à nouveau dans cet état de pouvoir et par la joyeuse certitude d'y parvenir.

L'histoire de *Barbarian State* lui était venue aussitôt après qu'elle en eut trouvé le titre. C'était comme si cette intrigue avait longtemps dormi dans un tiroir secret de son cerveau. Elle semblait déjà là, déjà prête, comme déjà écrite. Il suffisait à Grace de *l'écouter* maintenant. De l'écouter se raconter toute seule quelque part au fond d'elle-même.

L'argument était d'une simplicité biblique : Jonathan Stirner, le personnage central du roman, était un détective anglais qu'une milliardaire américaine, Margaret Blackqueen, une femme aussi secrète que misanthrope, embauchait pour retrouver sa fille Hélène disparue depuis plusieurs semaines alors qu'elle séjournait à Paris. *Barbarian State* raconterait la longue et éprouvante enquête de Stirner, mais Grace savait déjà que, derrière cette intrigue policière, le thème cardinal et quasi métaphysique du livre serait le Mal et sa réalité.

Les premières pages, celles qu'elle avait écrites la veille, étaient centrées sur l'entretien préliminaire qu'avaient Stirner et Margaret Blackqueen dans le bureau du détective à Londres. Margaret Blackqueen avait traversé l'Atlantique rien que pour rencontrer Stirner et, lors de leur entretien, elle lui expliquait que, n'accordant qu'un très faible crédit à la police française, elle voulait mettre sur l'affaire le meilleur détective qui opérât en Europe. Aussi avait-elle pensé à Stirner qui jouissait d'une réputation de sérieux et d'efficacité. Margaret Blackqueen donnait ensuite au détective une photo de sa fille. Hélène Blackqueen était la beauté même et Stirner était d'emblée subjugué. (Pour construire le personnage d'Hélène, Grace pensa naturellement à sa jeune compagne. Elle lui donna le même âge, vingt-trois ans, elle lui donna sa beauté, ses cheveux noirs, son sourire.)

Page 7, le lecteur apprenait avec Stirner qu'Hélène avait disparu au sortir du Ritz, où elle avait pris une suite, et que plus personne ne l'avait revue depuis. L'enquête devrait donc commencer en France.

L'entretien se poursuivait les pages suivantes. Margaret Blackqueen tenait à connaître l'état de santé de Stirner, ayant entendu dire qu'il avait eu quelques soucis. Préférant jouer cartes sur table, le détective avouait avoir en effet subi un pontage deux années auparavant, et c'était l'occasion pour Grace de glisser quelques informations utiles sur son personnage.

Margaret Blackqueen posait encore d'autres questions, à propos notamment des dispositions qu'il aurait pu prendre concernant son enterrement. Si par malheur il devait trouver la mort dans cette enquête, expliquait Blackqueen, on devait connaître ses volontés. Selon toute apparence, Margaret Blackqueen ne cherchait pas à dissimuler ni même à minorer les dangers qu'il allait rencontrer. Etait-ce un moyen d'éprouver le courage du détective ? Ou y avait-il une autre raison, moins évidente ? C'est avec une grande finesse que Grace laissait entière la question. Les motivations de Margaret Blackqueen devaient apparaître ambiguës.

Stirner répondait qu'il était de confession catholique, non pratiquant mais croyant tout de même, et qu'il souhaitait être inhumé dans son village natal du comté de Dorset. Ces renseignements semblaient donner toute satisfaction à

Margaret Blackqueen qui déclarait page 9 : « Très bien, Stirner, je vous confie l'affaire. » Ce qui étonnait Stirner, surtout après ce qu'il venait de lui dire sur son état de santé. Il pensait que Margaret Blackqueen opterait pour un détective sinon plus compétent, en tout cas plus jeune et en bien meilleure forme. A quarante-six ans, il se voyait comme un homme presque fini. « J'ai besoin d'un privé expérimenté, pas d'un jeune loup écervelé », répliquait alors plutôt sèchement la milliardaire américaine. Stirner était bien conscient que Margaret Blackqueen n'était pas femme à financer des recherches sans s'assurer qu'elle avait quelque chance de réussite, et le fait qu'elle le choisisse, lui, plutôt qu'un autre, le remplissait d'un légitime orgueil.

Stirner acceptait de se charger de l'enquête. Il acceptait pour le million de dollars que Margaret Blackqueen lui promettait au terme de ses investigations, mais pas simplement. L'argent n'était pas la moins forte de ses motivations, mais ce n'était pas la seule ni, finalement, la plus puissante. Stirner voulait se prouver à lui-même qu'il était encore un professionnel capable. Et surtout il voulait *savoir*, lui aussi. La photo d'Hélène l'avait bouleversé au point que la simple idée qu'il ait pu arriver quelque chose de terrible à ce visage d'une beauté si parfaite lui causait un grand malaise. L'éventualité d'un pareil malheur ne pouvait avoir que des répercussions morales sur cet homme profondément intègre. Il voulait connaître la vérité autant, sinon plus, que Margaret Blackqueen... C'est sur cette exigence de lumière que se terminait le premier chapitre de *Barbarian State*.

Après avoir pris le temps de relire ces pages, Grace commença le chapitre suivant. Elle écrivit quatre feuillets, d'un seul jet, sans jamais éprouver le besoin de se reprendre, et, bien malgré elle, dut s'arrêter pour aller déjeuner. Kate avait préparé un délicieux taboulé. La jeune femme ne fit pas trop de difficultés quand Grace l'informa qu'elle aimerait consacrer son après-midi à son roman afin d'en finir le deuxième chapitre. Si Kate céda, c'est qu'elle pensait qu'avec la chaleur estivale et les séductions que ne manquerait pas d'exercer son beau corps dénudé, sa compagne ne persévérerait pas longtemps dans sa résolution. Elle ne pouvait imaginer un seul instant que c'était de sa part sous-estimer la volonté de Grace et la force d'attraction de *Barbarian State*.

5.
« Je ne te dérange pas ? »

Après le déjeuner donc, vers quatorze heures, Grace retourna à son roman. Devant son ordinateur elle n'eut aucun mal à replonger dans l'histoire, et, sous ses doigts impatients, les touches du clavier crépitèrent de plus belle.

Au chapitre deux, Stirner, le détective anglais, quittait son bureau de Londres pour se rendre à Paris où Hélène avait été vue pour la dernière fois, selon les renseignements fournis par Margaret Blackqueen. Menant son enquête dans la jet-set parisienne et les couloirs luxueux du Ritz, place Vendôme, il découvrait qu'Hélène avait été en proie à un profond ennui durant son séjour et que son désœuvrement l'avait poussée à rechercher des distractions toujours plus étranges. Hélène, sur ses derniers jours, avait côtoyé des jeunes gens aussi riches que tordus, et Stirner réussissait à apprendre de l'un d'eux que la jeune fille avait peut-être été enlevée et qu'elle se trouvait peut-être à Thélème. Il y avait encore trop de *peut-être* pour que cette information pût constituer une piste sérieuse aux yeux de Stirner. Mais c'était tout de même un début de piste qu'il ne devait pas négliger. Thélème était un lieu à tous points de vue fantasmatique et qui se prêtait à toute sorte de rumeurs. On racontait que des jeunes femmes, voire des petites filles et des petits garçons, étaient enlevés chaque année un peu partout dans le monde et qu'ils disparaissaient pour toujours à Thélème. Il n'y avait jamais eu de preuves certaines, seulement çà et là des soupçons mais Thélème n'avait jamais coopéré aux enquêtes d'Interpol et s'était toujours refusée à livrer la moindre information sur ses résidents et leurs activités.

Dans le roman, Thélème constituait une principauté indépendante sur la mer Noire, aux marges de l'Europe, entre l'Ukraine et la Roumanie, et Grace la décrivit en quelques lignes. C'était une sorte de super Monaco vivant du commerce du vice, un minuscule Etat de trois kilomètres carrés dont l'indépendance remontait à l'effondrement du bloc soviétique. Thélème comptait trois gigantesques hôtels de luxe où tout était possible, sexuellement parlant, pour qui en avait les moyens. Inévitablement, la clientèle de ces palaces était riche, inventive et dépravée. Etat souverain, Thélème avait sa propre législation, qui ne réprimait ni le viol ni l'inceste. Depuis des années, l'Union européenne essayait en vain de fermer ce que ses fonctionnaires qualifiaient avec horreur de plus grand bordel du monde sur ses frontières.

L'idée qu'Hélène fût à Thélème effrayait Stirner à bon droit. C'était le lieu du Mal par excellence. (Pour inventer cet Etat, Grace s'était souvenue d'un épisode de la vie dissolue du mage Aleister Crowley, l'homme qui se faisait appeler « la Bête ». En 1922, Crowley avait fondé quelque part en Sicile une abbaye de ce nom en référence à celle, utopique, imaginée quatre siècles plus tôt dans *Gargantua* mais avec cette différence capitale que le « Fais ce que voudras » qui régentait la Thélème de Crowley n'avait plus grand-chose à voir avec celui plein d'humanisme de Rabelais.)

Le chapitre deux contenait plusieurs pages rien que sur ces questions géopolitiques et morales. Puis l'histoire reprenait son cours.

D'inquiétante, la piste de Thélème devenait dramatiquement sérieuse lorsque Stirner déjeunait, page 18, avec un de ses amis de la police criminelle de Paris. Il apprenait en effet de la bouche de celui-ci que les autorités françaises penchaient maintenant elles aussi pour la thèse de l'enlèvement et qu'elles venaient de lancer un avis de recherche *via* Interpol. Mais Stirner, comme son ami, d'ailleurs, savait très bien que si Hélène Blackqueen était déjà à Thélème, les chances de la retrouver un jour vivante se réduisaient à presque rien. Stirner prenait alors la décision de se rendre là-bas pour continuer ses investigations, et son ami français lui donnait le nom d'un homme susceptible de l'aider lorsqu'il serait sur place. C'était un prêtre orthodoxe grec nommé Pharmakon. A ce qu'on disait, le père Pharmakon avait quitté son monastère du mont Athos il y avait dix ans de cela, avec l'intention de sauver les âmes pécheresses de Thélème. On ne savait pas où le saint homme logeait dans la principauté du Vice, celle-ci formant un Etat extrêmement verrouillé, mais on savait que c'était là-bas le seul homme sur lequel on pouvait compter pour obtenir des informations. L'ami policier de Stirner lui conseillait donc d'entrer en contact avec le prêtre dès son arrivée à Thélème.

Avant de quitter Paris, Jonathan Stirner se rendait boulevard Saint-Germain où se trouvait l'étude de l'un des avocats de Margaret Blackqueen. Pour pouvoir entrer à Thélème et y vivre quelque temps, il fallait qu'on lui ouvrît là-bas une ligne de crédit illimité. L'avocat, un petit homme sec, prenait alors un air affreusement pincé mais décrochait tout de même son téléphone pour appeler Margaret Blackqueen et lui rendre compte de la situation. Margaret Blackqueen donnait son accord, évidemment. N'avait-elle pas laissé toute latitude à Stirner ? Ce que Stirner voulait, Stirner devait l'obtenir. L'avocat n'osait pas aller contre ces ordres mais on sentait que, en son for intérieur, il les désapprouvait. Il raccrochait, songeur, puis fixait ses petits yeux sur Stirner pour demander : « Vous êtes bien sûr que ce soit votre enquête qui vous dirige là-bas ? » Il laissait entendre que Stirner pourrait y aller pour son seul plaisir et le détective n'en avait que plus de mépris pour cet homme insignifiant.

Puis un jet privé affrété par Margaret Blackqueen l'emmenait vers Thélème.

Une hôtesse de bord lui annonçait qu'ils seraient à destination dans un peu plus de trois heures. Elle lui souriait et...

– Je ne te dérange pas ?

Page 23, Grace, emportée par son élan, tapa cette question

avant de prendre conscience qu'elle ne faisait pas partie de son roman.

6.
Kate

Levant les yeux de son ordinateur, elle découvrit Kate qui se tenait dans l'encadrement de la baie, une serviette de bain autour de la taille et les cheveux mouillés.

– Je ne te dérange pas ? répéta la jeune femme, incertaine.

Encore tout hébétée, Grace mit un certain temps avant de répondre :

– Non, entre, dit-elle enfin avec un semblant de sourire.

Kate pénétra dans le bureau.

– Ça avance ? demanda-t-elle.

Grace hocha la tête avec lenteur, l'esprit tout plein de ce qu'elle venait d'écrire.

– Merveilleusement, dit-elle.

Kate passa derrière elle et se pencha pour l'enlacer, le menton posé sur son épaule.

Grace rabattit l'écran de son portable.

– Tu ne veux pas me faire lire ? demanda la jeune femme d'une voix douce.

– Pas tout de suite, ma chérie, dit Grace en lui caressant l'avant-bras.

– Je suis heureuse que ça marche pour toi. Tu es ma belle romancière, tu sais ?

Kate l'embrassa sur la tempe puis sur la joue.

– Que dirais-tu de te baigner ? Il fait si beau dehors.

Grace jeta un long regard à la piscine. Kate avait raison. Le soleil brillait dans un ciel bleu Matisse vierge de tout nuage.

Elle ramena les yeux sur son ordinateur à demi fermé.

– J'ai encore du travail, ma chérie, répondit-elle, songeuse.

– Tu as bien assez travaillé pour aujourd'hui. Allez, viens. Tu vas perdre ton bronzage, Gracie, si tu restes enfermée comme ça. Et puis j'ai envie de t'avoir près de moi.

– Kate, il faut que je finisse mon chapitre. Mais peut-être après.

Elle sentit les bras de Kate desserrer leur douce étreinte et l'entendit soupirer en se redressant.

– Mais tu viendras ?

– Promis, dit Grace.

Elle la suivit des yeux jusqu'à ce qu'elle fût sortie, avec l'étrange sentiment qu'elle s'assurait que Kate partait bien. Dans l'encadrement de la baie, la jeune femme se retourna une dernière fois avec un pauvre sourire. Mais Grace ne prit même pas la peine de lui répondre. Elle avait rouvert son portable et s'était déjà remise à écrire.

7.
A table

De nouveau le temps s'envola.

Elle écrivit jusqu'à dix-neuf heures et sans doute aurait-elle continué encore longtemps si Kate ne l'avait appelée pour dîner.

A table, elle ne put que s'excuser de lui avoir fait faux bond cet après-midi.

– Ce n'est pas grave, répondit Kate.

Mais il était évident qu'elle avait été peinée de son absence.

Il y eut un silence, entrecoupé du tintement des couverts.

– Je me suis ennuyée de toi, Gracie, confessa soudain la jeune femme, les yeux baissés.

S'il y avait quelque chose chez Kate qui bouleverserait toujours Grace, c'était bien sa sensibilité à fleur de peau. Elle ne cherchait jamais à la masquer, et sa beauté était d'autant plus émouvante que son âme paraissait vulnérable, comme ces fleurs fragiles qu'il faut abriter de la moindre pluie afin qu'elles puissent s'épanouir. On ne pouvait en sa présence que l'adorer et se jurer de la protéger contre les duretés du monde.

Grace lui prit la main et la porta à ses lèvres.

– Je suis désolée, dit-elle avec sincérité.

Kate leva les yeux, et tout son visage s'illumina.

Une enfant, pensa Grace, le cœur soudain gonflé d'une infinie tendresse.

– Qu'est-ce qu'il raconte, ton roman ? voulut savoir Kate.

– Je t'en parlerai quand il sera fini, ma chérie. C'est un livre... (Grace chercha le mot) *étrange*. Oui, un livre très étrange, tu verras.

– Etrange dans quel sens ?

– Il devrait être assez... (Grace hésita un instant) violent.

Elle pensait déjà à l'inévitable moment où son héros Stirner arriverait à Thélème, le lieu de toutes les corruptions.

– Violent ? reprit Kate, ses beaux yeux se voilant d'une légère inquiétude. Ça ne te ressemble pas.

– Mais écrire, ma chérie, ce n'est jamais que faire l'expérience de l'autre en soi-même, dit Grace sur un ton qu'elle aurait voulu moins professoral.

Kate sourit, moins par moquerie que parce qu'elle était heureuse de s'entretenir avec elle.

– Il parle un peu de nous, au moins ? voulut-elle savoir.

Grace éclata d'un petit rire gêné. Elle ne pouvait ignorer que son amie en eût été ravie.

– Non, ma chérie, avoua-t-elle. Tu sais, c'est un roman policier. Il y a une enquête qui est aussi une quête métaphysique. C'est vraiment un livre très... étrange.

Elle ne trouvait pas d'autre mot pour qualifier *Barbarian State*.

Mais tout ne l'était-il pas, étrange, dans ce roman, son histoire bien sûr, mais aussi le choix de ses personnages (c'était la première fois que la romancière prenait pour héros un homme et qu'elle sentait un personnage masculin vivre en elle avec autant d'intensité), sans parler de son écriture qui par sa rapidité défiait toute raison.

Et puis il y avait eu aussi cette impression, cette impression de n'être pas seule dans le bureau alors qu'elle écrivait et que Kate se baignait. Et deux ou trois fois même, Grace avait cru réellement sentir un souffle sur sa nuque comme l'haleine chaude de quelqu'un qui se tiendrait penché par-dessus son épaule pour lire ce qu'elle était en train d'écrire. Elle s'était retournée, n'avait vu personne bien sûr, mais l'impression d'une présence était demeurée très vivace en elle.

Malgré toutes ces étrangetés, ou peut-être grâce à elles, la romancière avait réussi à écrire un peu plus de quatorze feuillets dans la journée. Un record de plus ! songea-t-elle avec orgueil. Il paraissait très probable qu'à cette vitesse son éditeur aurait bientôt sur son bureau le nouveau Grace Austin. Et Jack Murray, lorsqu'il la lirait, serait sans doute encore plus étonné qu'elle de découvrir combien son style s'était modifié. Son écriture, Grace en était consciente, avait à présent quelque chose de viril, parfois même de brutal, qui la jetait dans un étonnement ravi. Elle savait aussi que son texte grouillait d'un fourmillement presque obscène de références et que ces références se présentaient à la fois comme des clins d'œil et des mines antipersonnel. Elles pouvaient éclairer le lecteur ou le détruire. Par exemple, ces noms : Stirner, Hélène ou bien encore Thélème étaient surchargés de sens qui pouvaient être salvateurs ou mortels, tantôt terrain solide où trouver appui, tantôt sables mouvants où se perdre...

8.
Au lit

Au lit, Kate sembla décidée à rattraper le temps que Grace ne lui avait pas accordé dans la journée. Elle se mit à parler de tout ce qu'elles feraient le lendemain. Grace travaillerait à son roman toute la matinée, d'accord, mais après elles passeraient le reste de la journée à se baigner. Elle n'avait pas envie de la voir redevenir blanche comme une vieille Anglaise. Elle ne pensait qu'à son bien Elle voulait qu'elle soit heureuse, que toutes les deux soient heureuses.

Elle chuchotait comme elles en avaient pris l'habitude quand elles vivaient dans leur appartement de Londres à cause des voisins. Sa voix était douce et mélodieuse.

Avec un sentiment de honte, Grace prit conscience qu'elle n'écoutait pas ce que Kate lui disait. Elle sentait une tiédeur la gagner. Ses paupières étaient lourdes. Elle entendait la voix de son amante devenir de plus en plus faible, de plus en plus lointaine, et de suave murmure ne plus être qu'un filet de voix, menu, menu.

Je suis en train de m'endormir, songea-t-elle.

Et un sourire aux lèvres, elle ferma les yeux pour sombrer aussitôt dans un sommeil délicieux.

9.
« Réveille-toi ! »

– Gracie ! Gracie ! Réveille-toi !

C'était Kate qui appelait. Sa voix semblait venir de très loin et se répercuter en échos caverneux à travers tout un dédale sombre de couloirs infinis.

– Réveille-toi, Gracie ! Je t'en prie. Réveille-toi !

Tirée des chaudes profondeurs du sommeil, Grace entrouvrit les yeux avec peine et cligna des paupières, éblouie par la lampe de chevet qui jetait à travers l'obscurité de la chambre un ovale jaunâtre au plafond.

Kate, penchée vers elle, la dévisageait avec des yeux pleins d'inquiétude.

– Que se passe-t-il ? marmonna Grace.

– Comme tu m'as fait peur ! Tu parlais dans ton sommeil.

– Je parlais dans… ?

Elle ne put finir tant l'idée lui semblait incroyable. Jamais cela ne lui était arrivé.

Kate la fixait toujours avec anxiété.

– Oui, tu parlais en dormant, dit-elle.

– Qu'est-ce… (Grace passa sa langue sur ses lèvres légèrement pâteuses.) Qu'est-ce que je disais ?

– Tu parlais de ton roman, je crois.

Grace se redressa sur les coudes, complètement réveillée maintenant.

– Tu en es certaine ?

Kate hocha la tête.

– Tu m'as récité des pages entières dans l'obscurité. C'était fascinant… et aussi très effrayant, Gracie. J'ai vraiment eu peur. (Elle lui adressa un petit sourire comme pour signifier que maintenant c'était bien fini.) Ton héros, Stirner, il était à bord d'un avion et il faisait un horrible cauchemar. D'après ce que j'ai compris, le vol avait pour destination un endroit nommé Thélème, c'est bien ça ?

– Oui. Thélème.

– Mais ce lieu… (elle s'interrompit, le souffle encore oppressé). Ce lieu est si atroce que ton héros est terrifié à l'idée d'y aller, et c'est pourquoi il fait ce cauchemar. Il doit y aller mais il est terrifié comme un petit enfant. C'est bien ça ? Tu me dis si je me trompe, Gracie ?

– Non, non, tu ne te trompes pas. Thélème c'est un peu l'enfer, ou, si tu préfères, son antichambre terrestre. Mais dis-moi, mon personnage, dans mon rêve, tu es bien sûre qu'il faisait un cauchemar ?

Kate opina vivement de la tête.

– Un horrible cauchemar. Tu m'as flanqué une de ces frousses, Gracie.

Grace la regarda, une expression de totale stupéfaction sur le visage.

– C'est fou, pas vrai ? fit la jeune femme en nichant sa tête sur son épaule.

– Oui, ça l'est.

Grace se sentit envahie par une immense perplexité. Kate se trompait sur un point. C'était encore plus fou qu'elle ne l'imaginait, mais Grace se garda bien de le lui faire remarquer. Ce n'étaient pas des pages *antérieurement écrites* qu'elle avait récitées, non, ces pages, elle les avait *créées* de toutes pièces, pendant son sommeil, les lisant à voix haute à mesure qu'elles s'écrivaient quelque part dans le bureau secret de son inconscient. Grace savait aussi et de façon certaine qu'elle n'avait pas été en proie à quelque délire cette nuit. Elle n'avait pas raconté une histoire sans queue ni tête, ainsi qu'il arrive souvent dans les rêves. Elle n'avait fait que continuer son roman, en dormant. Ou plutôt son roman s'était continué tandis qu'elle était endormie. Car cette scène où le détective Stirner faisait un cauchemar dans l'avion pour Thélème, elle n'en avait pas même eu la plus petite idée quand elle avait cessé de travailler la veille au soir, mais à présent la scène était là tout entière, elle la sentait vivante dans sa tête, écrite d'une ligne à l'autre, cadencée, parfaitement ponctuée, n'attendant plus que d'être jetée sur le papier. Il suffisait que Grace se concentrât un peu pour qu'elle la vît sourdre à la surface, telle une eau claire jaillissant du plus sombre des roches, ou comme des perles de lait au bout d'un sein maternel.

10.
Barbarian State

Il faisait toujours aussi beau et chaud, et c'était incroyable de penser qu'on était déjà le 19 septembre.

Depuis quatre jours, Grace écrivait avec une facilité qui ne cessait de la surprendre tant elle semblait miraculeuse. « Ça » venait à merveille, « ça » coulait tout seul. Maintenant elle était à son bureau le matin mais aussi l'après-midi ; en tout, deux fois quatre heures. A quoi il fallait ajouter les efforts de son inconscient qui, la nuit, continuait d'œuvrer de son côté, en pilotage automatique. N'ayant plus une seule fois réveillé Kate, elle en avait déduit qu'elle ne s'était pas remise à parler dans son sommeil, ce dont elle se réjouissait mais elle savait aussi que ses nuits n'étaient que superficielles et peu réparatrices, son esprit étant habité en permanence par *Barbarian State*. Malgré la fatigue qui commençait à peser, elle était heureuse et fière. Jamais elle n'avait écrit autant ; jamais, surtout, elle ne l'avait fait aussi bien.

Quant à Kate, elle ne venait plus la déranger. Elle semblait s'être faite à l'idée que Grace avait besoin de travailler.

Parfois, quand il arrivait à Grace de lever les yeux de son écran, elle voyait par la baie Kate qui nageait ou bien bronzait, étendue de tout son long sur une serviette rouge, beauté nue, solitaire et superbe, en parfaite harmonie avec la Villa et la nature alentour. Alors, étouffant de tendresse, elle sentait son cœur se serrer, et mesurait combien elle rendrait heureuse sa compagne si seulement elle sortait un moment la rejoindre. Mais elle n'en faisait rien et se remettait à son roman. Et la pitié, les remords, le désir même, tout cela se dissolvait aussitôt dans un océan d'oubli et de félicité. *Barbarian State* anéantissait tout ce qui n'était pas *Barbarian State*, exactement comme Kate, avant lui, avait effacé tout ce qui n'était pas elle.

Et une partie de Grace se félicitait qu'il en fût ainsi. Ce n'était pas seulement qu'avec *Barbarian State* elle avait enfin réussi à mettre un terme à des années de stérilité ; c'était aussi, c'était surtout, qu'avec lui, elle composait enfin un grand roman.

Un jour, son éditeur lui avait dit :

– Ma pauvre Grace, quoique tu écrives mieux que n'importe quel homme, tu as une âme de midinette ! Et franchement, je ne sais pas si ça, c'est bien compatible avec le métier de romancier.

Elle avait ri de ce reproche mais elle savait que Jack, à son habitude, avait vu juste. C'était son « âme de midinette » qui l'avait fait fondre d'amour devant Kate, au point de perdre toute appétence pour l'écriture, de renoncer à tout effort qui ne concernât Kate exclusivement. Mais déjà bien avant qu'elle ne rencontrât son amie, ses livres portaient les stigmates de cette faiblesse sentimentale. Ses quatre précédents romans se finissaient tous bien sans exception, et les rares scènes de violence qui s'y trouvaient étaient de loin les plus faibles qu'elle eût jamais écrites.

A tous les points de vue, *Barbarian State* était différent.

Comme elle l'avait deviné lorsque, devant Kate, elle avait qualifié son livre de violent, celui-ci se faisait de plus en plus sombre et oppressant. Le chapitre trois et les suivants racontaient les premiers jours de Jonathan Stirner dans la principauté de Thélème, « le plus grand bordel du monde », où il croyait pouvoir retrouver la trace de la jeune et sublime Hélène. Commençait alors pour le détective une terrifiante plongée en enfer, exercice narratif que Grace avait toujours voulu traiter sans en avoir le courage. De toute évidence, le moment semblait être venu avec *Barbarian State*.

Grace Austin, *Barbarian State*

Chapitre 3

A la douane de l'aéroport, comme tous les voyageurs comptant résider à Thélème, Jonathan Stirner dut remettre ses papiers d'identité, signer un document juridique où il attestait savoir où il se trouvait, et faire enfin le choix d'un pseudonyme qui serait dorénavant son unique nom durant tout son séjour. Il opta pour « Tamino », en souvenir d'un opéra de Mozart qu'il affectionnait particulièrement.

Comme il était aussi d'usage, il fit le serment aux douaniers qu'il n'était pas un agent de l'Union européenne, qu'il ne se livrerait pas sur le territoire de Thélème à des actes de subversion proeuropéens et qu'il n'intenterait jamais aucune action en justice contre la Principauté. Il fut ensuite conduit avec les autres arrivants dans un salon de l'aéroport où les accueillit un homme en queue-de-pie, nœud papillon noir et gants blancs, flanqué de deux hôtesses aussi longilignes que court vêtues. Là on les fit asseoir et on leur distribua le texte de la charte de la principauté thélémite, charte d'une concision ironique qui pouvait se résumer en ces mots : « Faites ici ce que vous voulez » ou plus encore : « Faites ici ce que vous ne pourrez jamais faire ailleurs. » A Thélème, la permissivité absolue formait l'unique impératif et seul l'argent dont un individu disposait fixait les limites de sa liberté.

L'homme en habit de gala leva la main.

– Mesdames, messieurs, je sais qu'il vous tarde de connaître les délices de Thélème mais il me faut vous dire deux mots avant. Puis-je avoir toute votre attention, s'il vous plaît ?

Rompu à ce numéro de présentation, l'homme parlait avec aisance dans un anglais international.

– Bien, dit-il après avoir obtenu le silence. Ce ne sera pas long. Permettez à votre humble serviteur de se présenter d'abord. Je suis l'un des régisseurs travaillant ici. Je suis chargé de vous présenter Thélème et de vous rappeler quelques règles communes. Naturellement je serai à votre disposition durant toute la durée de votre séjour pour satisfaire vos moindres désirs et résoudre les problèmes que vous pourriez rencontrer.

» En tant que clients de Thélème, vous bénéficiez, à compter de maintenant, d'une liberté intégrale, d'une impunité totale et du secret le plus absolu concernant l'ensemble de vos faits et gestes durant votre séjour ici. Pour peu qu'on se donne la peine d'y réfléchir, chers clients, liberté, impunité et secret ne peuvent être que corrélatifs l'un de l'autre, dès lors qu'on les considère de manière absolue. Ces notions forment à Thélème les trois piliers de votre statut de client-résident.

» Pour des raisons évidentes, nous demandons à chacun de nos clients de s'abstenir de toute curiosité qui pourrait paraître indiscrète et compromettre la sécurité des autres clients. Il est interdit de chercher à connaître le véritable nom d'un client. L'usage du pseudonyme doit être respecté pour le bien et la sécurité de tous. Les contrevenants à ces règles seront expulsés sans délai et frappés d'une interdiction de séjour à vie. Ce qui serait vraiment dommage, avouez-le, dit-il en caressant du regard l'une des hôtesses.

Le public se mit à rire, et même certains passagers

applaudirent. Stirner resta à l'écart de cette excitation collective.

Le régisseur leva de nouveau la main.

– Avant de vous rendre votre liberté, ou plutôt, avant que vous ne connaissiez la liberté pour la première fois de votre vie, il me faut vous dire encore un mot. En fonction de vos *appétences* particulières, vous serez conviés à participer à ce que nous nommons ici des sets, à savoir des cérémonies organisées spécialement à votre intention.

» Que vous soyez client ou cliente, vous trouverez dans votre chambre d'hôtel un smoking à votre taille coupé selon votre sexe, ainsi que d'autres effets comme des chemises et des chaussures. Lorsque vous assisterez à l'un de nos sets, il faudra vous présenter vêtus de ce smoking sous peine de vous voir interdire l'entrée. Voilà, il me semble vous avoir tout dit. Avez-vous des questions ? (Il balaya du regard l'assistance.) Pas de questions ? Bon, eh bien, chers clients, il ne me reste plus qu'à vous souhaiter un agréable séjour parmi nous...

Le client Tamino *alias* Stirner attrapa un taxi en sortant de l'aéroport et se rendit aussitôt dans le centre-ville. Là il prit une suite au Marquis-de-Sade, le plus grand des trois palaces de Thélème avec ses 9 332 chambres dont la plupart avaient vue sur la mer Noire.

La suite était aux frais de Margaret Blackqueen. Il aurait pu descendre dans un des deux autres hôtels, un peu moins chers, et n'y prendre qu'une chambre mais d'instinct Stirner savait que s'il voulait avoir quelque chance d'obtenir des renseignements sur Hélène Blackqueen, ou sur le prêtre orthodoxe qui pouvait l'aider dans son enquête, il devait se fondre dans le moule, ce moule fût-il comme ici plein de dépravation et d'ordure. Il devait devenir (ou du moins feindre de devenir) un parfait « Thélémard », car, comme on aimait à dire à Thélème, seul un « Thélémard » pouvait savoir ce qu'était et ce que faisait Thélème.

Le monsieur Loyal de l'aéroport avait du reste annoncé la couleur. Il n'était pas question de se montrer trop curieux dans cet Etat où la discrétion formait un dogme aussi intangible que le secret bancaire en Suisse. Pour se renseigner, il faudrait donc observer et écouter sans en avoir l'air, s'abstenir de poser trop de questions. Dans de pareilles conditions, l'enquête pourrait se révéler aussi longue que délicate. Cette perspective n'enchantait pas Stirner. Il n'avait aucune envie de s'éterniser à Thélème. Cet enfer du vice le dégoûtait autant qu'il le terrifiait. Nul, d'ailleurs, n'y pénétrait sans frémir, il le savait, mais pour les débauchés qui s'y donnaient rendez-vous, cette peur même se muait en excitation sacrée.

Son ami de la crim' à Paris lui avait rapporté des bruits qui, selon lui, n'étaient hélas pas seulement des bruits. On racontait qu'un homme suspecté d'espionnage pour le compte de l'Union européenne avait été atrocement torturé lors d'un de ces sets que Thélème se plaisait à organiser. On racontait que des clients disparaissaient parfois et qu'on ne retrouvait jamais leur corps. On disait que ces clients s'étaient rendus coupables de « curiosité »...

Par bien des aspects, cet Etat libertin était aussi le plus totalitaire qui existât au monde.

11. Les inquiétudes de Kate

Elle ne portait sur elle qu'un joli chapeau de paille et, assise sur une longue serviette de bain étendue sur la terrasse, elle s'enduisait les bras avec une crème solaire à fort indice de protection. Sa peau ferme et lisse était parfaitement brune maintenant. Elle savait que jamais elle n'avait été aussi attirante mais elle ne se sentait pas heureuse pour autant.

On était l'après-midi du dernier mercredi de septembre et cela faisait onze jours que Grace s'était remise à écrire. Le soleil brillait sans discontinuer depuis l'aube, chauffant à blanc les grandes dalles de la terrasse. Le ciel était d'un bleu ample, profond et uniforme, que seul rayait d'une fine traînée laiteuse le passage de quelques rares avions. Ils volaient si haut qu'eux-mêmes n'étaient jamais que des petits points brillants et silencieux, semblables à de très lointaines étoiles. Quand elle en remarquait un, Kate se demandait si les passagers, à cette altitude, pouvaient seulement apercevoir la

Villa des Fisto perdue dans l'océan vert sombre des bois. Ou si la forêt elle-même formait au sol une tache trop abstraite pour discerner quelque chose.

C'était les seules fois où la jeune femme se rappelait que le monde existait.

Quand elle eut fini avec la crème, elle reboucha la bouteille puis s'allongea sur le ventre, joignant les mains sous sa joue et regardant vers le bureau.

Gracie tapait son roman. L'air sérieux et concentré, elle ne quittait pas des yeux l'écran de son ordinateur tandis que sur les touches du clavier ses doigts couraient comme ceux d'une pianiste virtuose. Avec ses lunettes sur le nez, elle était encore plus belle que Nicole Kidman dans le dernier film de Kubrick.

Kate aimait la regarder travailler. C'était la seule chose qu'elle lui laissait encore faire. Mais Grace le savait-elle au moins, qu'elle la regardait ? Elle était tellement absorbée par son roman qu'elle ne levait plus le nez de son ordinateur. Les premiers jours où elle s'était remise à écrire, elle prenait au moins le temps de lui adresser un sourire ou un signe de la main, mais plus maintenant. Et ce n'était pas tout. A table, elle écoutait à peine ce qu'on lui disait, et les nuits, harassée, elle s'endormait presque aussitôt. Il ne s'était plus rien passé entre elles depuis onze jours ; Kate en souffrait.

Malgré cela, elle était bien consciente qu'elle n'avait aucune envie de rentrer à Londres si Gracie le lui proposait. C'est ici qu'elle voulait être. C'est ici qu'elle voulait vivre avec Gracie.

Ici, à la Villa, et nulle part ailleurs.

Et son ventre se nouait à l'idée qu'un jour, dans moins d'un an maintenant, elles devraient quitter cet endroit de rêve. Elles s'y sentaient si bien, si protégées du monde. Elles y avaient connu des jours d'intense bonheur et pourraient en connaître bien d'autres si seulement Gracie faisait un effort. Pour sa part, elle vivrait ce départ comme un arrachement, elle le savait, de même qu'elle savait que, ce jour-là, elle ne pourrait s'empêcher de pleurer comme une enfant. Jamais ailleurs elles ne retrouveraient ces instants de félicité qu'elles avaient connus à la Villa, c'était une certitude. Quitter ce lieu signifierait pour elle se défaire du bonheur, donner son congé à ce que la vie pouvait avoir de plus beau.

Etre séparée de Gracie, en quelque sorte.

Et Kate eut soudain à cette idée la chair de poule malgré l'éclatant soleil qui chauffait son corps.

Pourquoi fallait-il donc que les plus belles choses connaissent une fin ? se demanda-t-elle, les yeux brouillés de larmes. C'était si atroce, c'était si cruel, c'était...

... l'œuvre d'un dieu jaloux et sadique.

C'est exactement ce que lui avait dit Patricia Fisto quand elles étaient sorties toutes les deux sur la terrasse après avoir laissé son mari avec Grace dans le salon.

Oui, Patricia avait raison. Que tout soit appelé à vieillir, à passer, à disparaître un jour était la preuve la plus sûre, la plus abominable, que le temps était l'œuvre d'un dieu jaloux et sadique.

Kate, d'habitude si réservée, s'était tout de suite sentie bien avec Patricia. Elles avaient discuté ensemble comme si elles se connaissaient depuis des années. Ou plutôt comme si Patricia la connaissait depuis des années. Kate s'était sentie comprise. La vieille dame avait su deviner ses frayeurs, ses inquiétudes, ses angoisses, et, jamais une seule fois, elle ne lui avait opposé qu'elle n'était qu'une enfant, ainsi que Gracie le faisait souvent pour balayer ses appréhensions.

Quand elle était sortie sur la terrasse au bras de Patricia, celle-ci lui avait désigné du doigt l'un des plus beaux arbres du parc et lui avait demandé de dire un âge, pour voir.

Incertaine, Kate avait répondu cinquante ans.

– Cinquante ans ? ! s'était exclamée Patricia en la regardant avec des yeux ronds et un large sourire. Mais ma pauvre chérie, ce châtaignier a deux mille ans ! (Elle s'était penchée soudain pour lui glisser à l'oreille :) Jésus aurait pu le planter lui-même si seulement il était venu par ici. (Puis se redressant, elle avait continué :) C'est l'un des arbres les plus vieux de France. Barth et moi, on en est très fiers. Mais vous savez, ma chérie, il y a des châtaigniers qui peuvent atteindre le double de cet âge. C'est très rare, bien entendu. Quatre mille ans ! Vous imaginez, ma chérie ? Hein, vous imaginez ? Allez, avouez que vous aimeriez bien vivre quatre mille ans près de votre Gracie, n'est-ce pas ? (Kate avait souri tout en se disant que c'était exactement ce qu'elle souhaiterait.) C'est vrai qu'à l'échelle du châtaignier, l'existence humaine est comme celle d'un papillon. Tout est si éphémère, si fragile, si incertain... C'est triste à mourir quand on y pense, pas vrai ? (Elle avait donné deux petites tapes sur la main de Kate comme pour la consoler.) La vie file si vite. On ne la voit pas passer, et quand on s'en aperçoit, eh bien, il est déjà trop tard, et alors on ne vit plus que de regrets et c'est affreux... affreux. A croire qu'on ne nous a donné la possibilité de mordre à pleines dents dans le bonheur que pour aussitôt nous le retirer de la bouche. Je le dis souvent à Barth, si Dieu existe, eh bien, ça ne peut être qu'un dieu jaloux et sadique. N'est-ce pas que j'ai raison ? Regardez un peu son paradis, il nous y met un jour et puis hop, le lendemain, par ici la sortie. Bah, notre bonheur ne l'intéresse pas. C'est un vieil aigri. Mais nous, que pouvons-nous faire ? C'est ce que vous devez vous demander, ma chérie. Que pouvez-vous faire ? Eh bien, profitez de votre jeunesse, ma jolie, et accrochez-vous de toutes vos forces à ce que vous aimez. Si vous aimez quelqu'un, ne laissez jamais rien ni personne vous en séparer. Croyez-en ma petite expérience. Barth et moi, nous avons beaucoup aimé, nous avons beaucoup vécu et c'est pourquoi nous ne regrettons rien. On a profité de toutes les occasions que la vie nous a offertes, croquant dedans sans nous poser de questions. Et nous les avons fait durer plus que de raison, croyez-moi, ma chérie. Cette Villa vous comblera de bonheur comme elle nous a comblés, Barth et moi. Mais si elle nous a rendus heureux c'est aussi parce que nous avons su nous montrer à la hauteur. Combien de gens veulent être heureux sans rien faire pour cela ? Et quand par le plus grand des hasards il arrive que le bonheur leur tombe dessus, c'est alors pour eux comme un habit trop grand qui les rend mal à l'aise.

Oui, il faut se battre pour décrocher le bonheur et il faut se battre encore pour qu'il dure car si tout ce à quoi nous tenons est voué à disparaître, est-ce une raison pour dire amen ? Ne doit-on pas plutôt tout faire pour résister ? Ce n'est pas aimer que se résigner. N'est-ce pas que j'ai raison, ma chérie ? Moi, j'aurais tué père et mère pour Barth. Et Barth lui-même s'il le fallait ! avait-elle ajouté dans un petit éclat de rire en tapotant la main de Kate.

Il fallait essayer de tout faire, oui. Kate en y réfléchissant ne pouvait qu'être d'accord avec Patricia.

Mais elle ne se voyait quand même pas saboter le roman de Gracie. Elle en avait terriblement envie, pourtant. Elle s'imaginait parfois surgissant dans le bureau, s'emparant de l'ordinateur et le jetant dans la piscine avant même que Gracie ait le temps de comprendre. Gracie serait furieuse, il va sans dire, mais elles seraient débarrassées de *Barbarian State*.

Du moins pour un moment.

Car il *reviendrait* se mettre entre elles. Il n'existait pas que sur le disque dur du portable, il vivait aussi dans la tête de Gracie. On pouvait le contrarier mais pas le détruire. Elle sentait qu'il formait comme une présence entre elles, une demi-présence qui se plaisait à les séparer. Elles n'étaient plus deux à la Villa, mais, avec cet autre, deux et demi. Comment lutter contre quelque chose qui n'était qu'une demi-présence ? Sa part d'irréalité rendait ce rival insaisissable à Kate et tout-puissant sur l'esprit de Gracie.

Tout cela était la faute de Jack Murray, l'éditeur de Gracie. C'est lui qui la forçait à travailler, à se ruiner la santé, à délaisser leur couple. Gracie adorait Jack mais ce n'était qu'un méchant. Kate le détestait maintenant aussi fort qu'elle détestait Andrew Breach quand Grace lui racontait ce qu'il lui avait fait vivre durant leurs seize années de mariage. Jack cherchait peut-être à prendre la place d'Andrew Breach ? Mais Kate ne le laisserait pas faire. Elle irait à Londres un matin, oui, et elle le giflerait en le sommant de laisser tranquille sa Gracie s'il ne voulait pas que...

Kate, soudain, interrompit l'emballement de ses pensées.

Elle divaguait et en eut honte. Gracie avait raison, elle se comportait comme une petite fille déraisonnable, incapable de grandir. Elle devait pourtant comprendre qu'on ne pouvait pas toujours faire ce qu'on voulait. Que la vie n'était pas qu'une suite de plaisirs et de divertissements. Qu'il fallait accorder sa part au travail.

Elle devait bien se mettre en tête aussi que les Fisto ne leur avaient prêté la maison qu'à seule fin que Gracie écrivît. C'était l'unique raison de leur séjour ici.

Elle soupira puis, se redressant sur les coudes, consulta sa montre posée près de la serviette. Bientôt dix-huit heures trente.

Elle regarda de nouveau vers le bureau.

Gracie écrivait toujours, les yeux rivés sur l'écran de son ordinateur, et Kate se mit à prier. *Regarde-moi, Gracie. Je t'en prie, regarde-moi. Juste un peu.*

Mais Gracie ne lui accorda pas un regard.

Alors, le cœur triste, elle se leva et, serrant la serviette autour de sa taille, rentra préparer le dîner.

12.
Malaise

A dix-neuf heures, par deux fois, Kate vint la chercher pour manger.

Elle finit par céder à ses instances, quoique à contrecœur. Elle aurait aimé travailler encore un peu. En pénétrant dans le salon, elle trouva la table dressée, et sa compagne assise et maussade. Ne sachant que trop bien ce que Kate allait lui reprocher, elle feignit de ne rien remarquer pour ne pas faire d'histoire mais à la fin, n'y tenant plus, elle demanda :

– Allons, qu'est-ce que tu as ?

Les yeux perdus dans son assiette, Kate marmonna qu'elle n'avait rien.

– Rien ! ? s'exclama Grace. Arrête, veux-tu.

– Tu..., commença la jeune femme avant de s'interrompre, en levant sur elle des yeux humides.

Kate aimait trop sa compagne pour laisser le moindre orgueil dissimuler plus longtemps sa souffrance.

– Tu ne m'aimes plus, voilà ce qu'il y a, lui avoua-t-elle soudain.

– Mais c'est ridicule ! s'exclama Grace, un sourire attendri aux lèvres.

Elle l'enlaça par les épaules.

– Tu sais bien que je t'aime. Non ?

Elle se sentait coupable pourtant. Il est vrai qu'elles ne passaient plus autant de temps ensemble, et elle n'ignorait pas non plus, même si Kate n'en parlait pas, qu'elles n'avaient plus fait l'amour depuis cette nuit sauvage où elles s'étaient servies d'objets, juste après que Grace se fut remise à écrire. Elle comprenait donc sa frustration et tenait ses plaintes pour justifiées, même si elle n'était pas prête à leur faire droit car c'eût été porter un coup d'arrêt à son roman, ce qu'elle ne voulait en aucune manière, ni ne pouvait d'ailleurs se permettre.

Elle essaya de la raisonner.

– Kate, ma chérie, j'ai mon éditeur qui attend ce foutu livre. Tu sais combien cela est important pour moi. Il faut que je prouve à Jack mais aussi à moi-même que je ne suis pas complètement finie.

– Je sais bien, Gracie, mais c'est dur pour moi. Tu pourrais travailler les matinées seulement, non ?

Grace flaira le piège. Céder sur son emploi du temps si peu que ce soit l'entraînerait par la suite à faire d'autres concessions, plus importantes encore.

Elle soupira.

– Dis-toi, mon ange, que plus vite j'en aurai fini avec ce satané roman et plus vite nous pourrons reprendre notre vie comme avant.

Avec honte elle se rendit compte qu'elle en était réduite à présenter son travail comme un affreux pensum. Ce qui était aussi près de la vérité que l'optimisme affiché par le président Bush à propos de l'Iraq. Elle prenait du plaisir à écrire *Barbarian State*, un plaisir qu'elle n avait jusqu'alors jamais éprouvé, un plaisir plus intense que n'importe quel autre plaisir.

Elle prit la tête de Kate entre ses mains et l'embrassa sur le front.

– Et moi qui pensais que tu serais heureuse de me voir écrire à nouveau. Tu as toujours souhaité ce jour, non ?

D'une main, elle lui lissa sur le front ses beaux cheveux noirs puis, brusquement, partit d'un petit rire plein de gaieté.

– Tu ne vas pas être jalouse d'un roman, tout de même !

Cela fut dit sur le ton de la plaisanterie. Kate essaya d'en rire elle aussi, mais sans conviction, et Grace se rendit compte avec stupeur qu'elle venait de mettre le doigt sur leur problème : Kate était jalouse des heures et de l'attention qu'elle consacrait à son livre. Kate était jalouse de *Barbarian State*.

Un profond malaise gagna Grace, son sourire se crispa, et par crainte de voir la conversation s'envenimer si elle continuait dans cette direction, elle se mit aussitôt à parler d'autre chose.

13.
« Merde ! »

Deux jours plus tard, comme tous les vendredis après-midi, elles reçurent la visite de Thomas, le jardinier. Avec un certain soulagement, Grace laissa Kate s'en occuper, sachant que sa compagne aurait ainsi quelqu'un à qui parler et qu'elle, de son côté, n'aurait pas à perdre de temps avec ce genre d'affaire qui l'ennuyait au possible. C'était l'unique moment de la semaine où elles n'étaient pas seules, où il leur fallait composer avec le monde extérieur en la personne de ce Thomas. Au début, elles avaient vécu péniblement cette intrusion que nécessitait l'entretien du jardin, mais maintenant qu'elle avait son roman, Grace voyait tout cela d'un autre œil, et Kate aussi, à l'évidence.

Fait exceptionnel depuis qu'elle s'était remise à écrire, *Barbarian State* semblait lui résister.

Elle avait pondu dans la matinée quelques lignes, à peine un feuillet, une vraie misère en comparaison de l'abattage des jours précédents. Cela l'avait rendue nerveuse. Peut-être que son inspiration commençait à se tarir, qu'elle entrait à nouveau dans une phase de disette. Grace redoutait par-dessus tout de connaître un âge de fer après celui d'or qu'elle avait vécu ces derniers jours, où tout avait été si facile et abondant.

Elle avait caché ses inquiétudes à Kate durant le déjeuner. Puis quand tout à l'heure elle était revenue s'asseoir à sa table de travail, elle avait eu l'espoir que l'après-midi serait meilleur que ne l'avait été la matinée. Mais non, il n'en était rien. C'était même pire. Les mots ne coulaient plus et lorsqu'ils venaient, ils venaient mal à propos.

Déplaçant son doigt sur le pavé tactile de son ordinateur, elle saisit ce qu'elle avait écrit puis l'effaça en pressant la touche ENTER. Elle poussa un gros soupir. Le coude appuyé à la table et le front dans la main, elle secoua la tête en fixant d'un œil morne à travers ses lunettes le curseur qui clignotait sur l'écran.

– Je t'en prie ! murmura-t-elle entre ses dents. Je t'en prie. Pas maintenant.

Elle s'adressait à son roman comme un conducteur à sa voiture qui peine dans une côte. Elle l'implorait, le suppliait. Depuis ce matin elle n'avait pas arrêté.

Elle ôta ses lunettes et du bout des doigts se massa le haut du nez pour dissiper sa fatigue.

– Merde ! fit-elle.

Son impuissance la faisait rager. Elle se sentait ridicule, aussi, d'en être réduite à prier presque son roman. C'était puéril et grotesque. Ça relevait de l'animisme, de la superstition la plus imbécile. Et pourtant elle ne pouvait s'empêcher d'implorer *Barbarian State* de la laisser une fois encore se connecter à son univers.

De la laisser une nouvelle fois boire à sa source miraculeuse.

14.
Colère

A quinze heures trente, elle n'avait toujours pas écrit une ligne.

Elle se sentait perdue, déboussolée. Elle était aussi de plus en plus en colère contre Kate, qui ne l'avait jamais comprise, jamais vraiment soutenue dans cette entreprise, et qui allait pouvoir se réjouir maintenant, ça oui. Kate n'était qu'une égoïste, qu'une petite insouciante et...

Soudain elle entendit des éclats de rire.

Elle leva les yeux. Ce qu'elle vit lui coupa le souffle. Kate et Thomas avaient enfilé un maillot de bain et se baignaient dans la piscine. Thomas s'amusait à la soulever par la taille et à la jeter en arrière. Et elle, elle riait !

D'un bond, Grace fut sur la terrasse.

– J'aimerais savoir ce que vous faites ?

Une colère froide la possédait au point qu'elle avait du mal à reconnaître sa propre voix.

– Quoi ? dit Kate avec un sourire radieux tout en se débouchant une oreille.

Elle se redressa, ruisselante. Dans cette partie de la piscine, l'eau lui arrivait au nombril.

Grace répéta sa question sur le même ton sec.

– Nous nous baignons, Gracie, répondit Kate, toujours souriante.

– Je vois bien que tu te baignes, mais lui, que fait-il là ?

– Quoi, Thomas ? Il fait si chaud que je...

– Votre amie m'a proposé de venir me baigner avec elle, intervint le jardinier.

Il était toutes dents dehors, lui aussi. Le salopard, pensa Grace. Elle le dévisagea d'un air dur.

Il devait avoir dans les vingt ans, l'âge de Kate. Une publicité vivante pour une eau de toilette pour homme.

Grace gronda entre ses dents :

– Et cela vous arrive souvent de vous baigner avec des étrangers dans leur piscine ?

Malgré l'agressivité de la question, Thomas ne se départit pas de son sourire.

– J'ai dit à Kate que je n'avais pas de maillot. Elle m'a répondu que je n'avais qu'à me baigner avec mon caleçon, que ça ne faisait rien.

– *Que ça ne faisait rien !* répéta Grace, estomaquée.

Elle sentit la colère monter encore d'un cran, à lui faire mal au ventre.

La riposte fusa comme un missile.

– C'est pour vous occuper de Kate ou du parc que M. Fisto vous paie ?

Cette fois, le coup porta. Le sourire du jardinier se figea. Il balbutia quelque chose à Kate puis, à grandes enjambées alourdies par l'eau, regagna l'autre côté du bassin où gisaient ses vêtements.

Kate s'approcha du bord où Grace se tenait et haussa les sourcils d'un air d'incompréhension, ses beaux yeux fouillant dans ceux de son amie comme pour y trouver une réponse. Elle souriait toujours. Mais son sourire, que dans d'autres circonstances Grace aurait trouvé tout à fait irrésistible, lui semblait proprement insupportable.

– Qu'est-ce que tu as ? demanda Kate avec douceur dès qu'elle fut arrivée à ses pieds.

– Toi, qu'est-ce que tu as ? lui retourna-t-elle, la voix sifflante de rage.

– On ne faisait que se baigner, se défendit Kate en s'accoudant au bord.

Grace croisa les bras.

– Tiens donc ! (Puis n'y tenant plus, elle explosa, sentant là comme une allégresse.) Pour l'amour du Ciel, Kate, peux-tu me dire quand tu vas cesser d'agir comme la dernière des petites connes ? Hein, tu peux me le dire ? Parce que moi, j'ignorais jusqu'à présent que je vivais avec une petite allumeuse écervelée.

Sous le choc, le regard de Kate se troubla et des larmes brillèrent au coin de ses yeux. Son sourire s'effaça.

La colère de Grace retomba aussitôt. Elle savait que, l'eût-elle frappée, elle ne lui aurait pas fait plus mal.

– Je ne voulais pas..., commença-t-elle, désolée.

En trois ans de vie commune, elles ne s'étaient jamais disputées. C'était la première fois qu'elle la traitait ainsi et elle en fut toute honteuse.

Les yeux embués, Kate prit appui sur ses bras pour sortir de l'eau, puis pivota et s'assit sur le rebord, tournant le dos à Grace. De l'autre côté, Thomas finissait de reboutonner son bermuda. Sans un regard pour elles, il s'éloigna vers la pelouse où l'attendait la tondeuse autoportée.

Grace s'accroupit sur les talons.

– Pardonne-moi, ma chérie. Je t'en prie, pardonne-moi.

Elle voulut l'enlacer mais Kate se déroba en se penchant en avant. Ses pieds battaient l'eau devant elle, d'un petit mouvement mécanique sans faire d'éclaboussures.

– Je suis désolée, Kate, vraiment désolée, dit-elle une nouvelle fois.

Puis, la honte au cœur, elle regagna le bureau, estimant que c'était la meilleure chose à faire. Elle devait laisser Kate tranquille et rentrer réfléchir de son côté.

Elle se rassit devant son ordinateur, les mains tremblantes.

Qu'est-ce qui m'a pris ? se demanda-t-elle. Voilà que je me comporte comme Andrew. C'est affreux.

Elle jeta un regard vers Kate par la baie vitrée restée grande ouverte. La pauvre chérie était toujours assise, les pieds dans l'eau, le dos ostensiblement tourné au bureau.

Ses yeux revinrent se poser sur l'écran devant elle. Le texte qui s'y affichait était flou. Du revers de la main, Grace essuya les larmes qui l'aveuglaient. Elle aussi était bouleversée par ce qui venait de se produire.

Je ne pourrai jamais me remettre au travail aujourd'hui, pensa-t-elle tandis qu'au loin Thomas rallumait la tondeuse.

15.
Incroyable

Quatre heures après, elle releva les yeux de son ordinateur.

Incroyable, se dit-elle. Elle s'était remise à écrire sans la moindre difficulté. Après ce qui s'était passé, elle aurait cru cela impossible. Elle examina les huit feuillets fraîchement imprimés. Et dire qu'elle avait craint que son inspiration fût retombée !

Grace se tourna pour jeter un coup d'œil dehors. Kate était toujours sur la terrasse mais elle était partie se mettre à l'autre bout de la piscine, aussi loin que possible du bureau de Grace. Elle avait passé son temps à bronzer, allongée tantôt sur le dos, tantôt sur le ventre, les yeux protégés par d'inamovibles lunettes de soleil. De temps en temps, elle s'était baignée pour se rafraîchir. Grace le savait car elle avait entendu alors des petits bruits d'eau, des clapotis solitaires, puis, après quelques minutes, des ruissellements sur les dalles de la terrasse.

Elle éteignit son ordinateur puis sortit rejoindre Kate en contournant la piscine. Après le départ de Thomas, vers dix-sept heures, Kate s'était débarrassée de son maillot et Grace s'arrêta à quelques pas d'elle pour contempler son corps couleur de miel. Si jamais quelqu'un sur terre avait le droit de vivre nu, c'était bien Kate. Le regard de Grace caressa ses jolis seins, puis descendit le long de son ventre, vers la toison pubienne si peu touffue qu'elle semblait épilée, avant de s'attarder sur ses jambes fines et interminables, d'une féminité si bouleversante.

Grace fut prise du violent besoin de serrer contre elle ce corps si parfait, mais plus encore de sentir la tendresse de Kate, l'amour de Kate. Elle ne bougea pas cependant, de peur d'être repoussée.

– Je vais préparer le dîner, déclara-t-elle après s'être raclé la gorge pour assurer sa voix. Tu veux manger quelque chose de précis ?

Pour toute réaction, Kate chassa du bout des doigts une mèche de cheveux en travers de son front. Puis elle reposa sa main le long de sa cuisse, sans un mot ni un regard.

Pas plus tard qu'à midi, songea Grace, elle se serait précipitée avec moi dans la cuisine, trop heureuse que nous soyons de nouveau ensemble.

Elle soupira, malheureuse.

– Je t'appellerai quand ce sera prêt, d'accord ?

Elle regarda Kate encore un instant, espérant l'entendre au moins dire un mot, mais rien ne vint.

Elle se décida à rentrer.

Dans la cuisine, tandis qu'elle apprêtait une salade de tomates avec de la feta et des fines herbes, elle repensa à l'incident de la piscine.

La violente réaction qu'elle avait eue pouvait s'expliquer par la fatigue qui pesait sur elle depuis qu'elle s'était remise à écrire. Ou par le stress de la page blanche dont elle avait éprouvé comme un retour angoissant une grande partie de la journée. La faute en était donc à son roman qui l'accaparait trop et donnait à Kate, du même coup, l'impression pas totalement irrationnelle d'être délaissée. Mais à bien y réfléchir, l'attitude de Kate n'était pas non plus exempte de critique et semblait même tout bonnement incompréhensible. Pourquoi ces soudaines familiarités avec ce Thomas, un quasi-inconnu ? C'était inexplicable. Ou plutôt non, il y avait une explication. Il apparaissait à Grace que Kate s'était comportée ainsi moins par ennui que pour la rendre jalouse. Pourtant le coup n'avait réussi qu'à moitié ; Grace avait ressenti de la colère bien plus que de la jalousie. On l'avait dérangée alors qu'elle essayait d'écrire, et ce « on » englobait Thomas mais aussi Kate que, bien naïvement sans doute, elle avait cru de son côté. Jamais, bon sang, elle n'aurait imaginé que Kate pût être contre elle !

Quant à ce Thomas, il allait falloir supporter son intrusion tous les vendredis. Cette perspective n'avait jamais rien eu d'agréable. Elle lui avait rivé son clou, mais avec quelle insolence il lui avait tourné le dos. Et puis, Dieu seul savait ce que Kate trouverait la semaine prochaine pour se rendre intéressante. Qu'allait-elle encore imaginer pour l'empêcher d'écrire ? Car c'était là sa motivation, n'est-ce pas ? Lui rendre le travail impossible, la distraire de son roman, la détourner de tout effort.

Bien sûr, pour ce Thomas, on pouvait mettre un terme à ses agissements. Elle n'aurait qu'à se plaindre de lui auprès de Fisto. Son comportement cavalier, son sans-gêne lui étaient restés en travers de la gorge. Ce n'était qu'un petit jardinier, il faudrait le lui rappeler. Oui, elle téléphonerait à Fisto, c'était ce qu'il y avait de mieux à faire. Tant pis pour Kate ! Elles ne verraient plus personne, et alors ? Qu'avaient-elles besoin de voir du monde ? N'avaient-elles pas accepté la Villa des Fisto pour être enfin seules, et pour qu'elle, Grace Austin, puisse écrire en toute sérénité ! Pourquoi Kate ne voulait-elle pas comprendre ? Si elle l'aimait, comme elle le prétendait, elle devait l'aider et l'encourager, plutôt que de passer son temps à la déranger.

Grace soupira.

Elle avait fini de couper les tomates en rondelles et les déposa dans le plat avec les cubes de feta.

Il y avait autre chose qui la chagrinait, et elle sentit qu'elle avait peur d'y venir. Cela concernait son roman. Il lui paraissait très étrange que les difficultés qu'elle avait rencontrées avec *Barbarian State* une grande partie de la journée se fussent évanouies aussitôt après sa violente altercation avec Kate ; il lui paraissait tout aussi étrange, sinon plus encore, que ces difficultés se fussent produites juste *avant*. Un vendredi, de surcroît, c'est-à-dire le seul jour où elles n'étaient pas seules à la Villa. C'était comme si *Barbarian State* s'était refusé à elle dans le seul but de la chauffer à blanc, et de rendre ainsi la dispute avec Kate aussi violente qu'inévitable.

16.
Le dîner

Kate ne prononça pas un mot de tout le dîner.

Elle avait passé une longue chemise rose et chaussé des sandales. Avec sa peau brunie par le soleil, sa mine était superbe, et Grace lui en fit la remarque. Ce fut comme si elle n'eût rien dit. Kate continua de piocher dans sa salade du bout de sa fourchette, les yeux baissés, emmurée dans un silence boudeur.

– Tu vas me faire la tête longtemps ? finit par demander Grace, les coudes sur la table et le menton appuyé sur ses mains jointes.

Pas de réponse.

– Je suis désolée de m'être emportée comme je l'ai fait, Kate, et je te prie de m'en excuser. Je me suis comportée comme une vraie imbécile. J'ai vraiment honte de moi.

Elle crut que l'humiliation de cet aveu lui arracherait au moins un petit sourire de satisfaction, mais non.

Grace la supplia dans sa tête. *Kate, je t'en prie, fais un effort.*

Après le dessert, Kate se leva de table et s'installa devant la télé. C'était la première fois qu'elles la regardaient depuis qu'elles vivaient à la Villa. Le film de première partie de soirée avait déjà commencé. C'était *Troie,* avec Brad Pitt. Grace fit la vaisselle tout en observant Kate de temps en temps. Elle doutait que sa compagne prêtât la moindre attention à la musculature des acteurs.

Quand elle eut fini de ranger la vaisselle, elle vint se placer près du canapé.

– Je vais me coucher, ma chérie. Nous reparlerons de tout ça demain, d'accord ?

Elle n'espérait plus de réponse et n'en obtint pas.

17.
Nuit

A deux heures, Grace se réveilla avec la sensation de ne plus avoir sommeil. Son roman *Barbarian State* s'était remis à s'écrire dans sa tête et, malgré la fatigue qui pesait sur son corps, elle sentit la nécessité de se lever sans attendre le matin. Il fallait qu'elle décharge sur son ordinateur ce flux de mots et d'images.

Se retournant dans le lit, elle constata que Kate ne l'avait pas rejointe. Chose bizarre, elle n'en éprouva pas la déception attendue. Que Kate fût absente lui apparut au contraire une bonne chose. Cela facilitait sa décision. Si Kate avait été couchée près d'elle, Grace savait qu'elle se serait fait scrupule de la laisser seule cette nuit. Sa compagne l'eût retenue ; son absence la délivrait de tout remords.

Elle se leva, enfila un pull par-dessus sa chemise de nuit et se dirigea vers la salle de bains, alluma à l'intérieur. Un losange de lumière s'étala sur le carrelage ocre du couloir, puis se rétrécit et disparut quand elle referma la porte derrière elle.

Elle se passa de l'eau sur le visage et sur la nuque puis se regarda dans la glace et se recoiffa rapidement avec les doigts.

Elle ressortit sans faire plus de bruit qu'elle n'en avait fait jusque-là, et éteignit la lumière, replongeant le couloir dans une parfaite obscurité.

Puis elle se dirigea vers la claire pénombre du salon baigné de lune.

Elle découvrit Kate endormie sur le canapé, le visage à demi éclairé par le téléviseur resté allumé. Elle songea à la réveiller mais n'en fit rien. Après tout, il valait mieux la laisser passer la nuit ici. Elle semblait confortablement installée.

Grace s'approcha et éteignit le poste.

Elle ne peut pas comprendre, pensa-t-elle en la contemplant avec tendresse.

Du reste, elle non plus ne pouvait expliquer ce qui lui arrivait. C'était si étrange. Il y avait encore quelques semaines elle était perdue pour la littérature, incapable d'aligner fût-ce trois mots sur une feuille, et maintenant elle composait ce grand roman qu'était *Barbarian State*.

Un petit sourire s'esquissa sur les lèvres de Grace et, sans bruit, elle alla dans la cuisine se préparer du café.

Le temps qu'il passe, elle contempla dehors, par la grande baie, la terrasse toute bleue dans le clair de lune. Puis elle laissa son regard se porter plus loin, par-delà la vaste pelouse, vers les bouquets de grands arbres, sombres dans la nuit claire, et encore plus loin derrière, vers le haut mur d'enceinte dont on ne voyait que des morceaux, taches grises perdues entre les troncs et les feuillages.

Au-delà c'était la forêt, et après, le monde avec ses villes peuplées d'hommes comme Andrew ou ce jeune Thomas.

Elle soupira et se tourna vers Kate.

– C'est pour toi, mon amour, que j'écris ce livre, murmura-t-elle, les yeux soudain emplis de larmes.

Elle se promit de le lui dédier quand il serait terminé. Pour lui prouver son amour et sa reconnaissance. Pour se faire pardonner, aussi, de s'être montrée dure avec elle, de l'avoir délaissée. *Barbarian State* serait leur récompense à toutes les deux.

La cafetière et une tasse dans les mains, Grace sortit sur la terrasse, longea la piscine et gagna le bureau.

Deux minutes après, elle était au travail et put finir le chapitre commencé quelques heures plus tôt.

Grace Austin, *Barbarian State*

Chapitre 7

Trois jours après son arrivée à Thélème, Stirner se lia avec un client du Marquis-de-Sade qui se faisait appeler le Brésilien. L'homme était, semble-t-il, un riche homme d'affaires sud-américain et un fieffé baiseur marchant au Bandac (un Viagra à la puissance dix) et à l'ultracocaïne (une drogue fabriquée à Thélème et que l'hôtel plaçait avec les comprimés de Bandac sous l'oreiller de ses clients). Cela faisait sept ans que cet homme menait à Thélème une vie de bâton de chaise. Il ne savait plus rien du monde extérieur. Parfois même il se demandait, hébété, les yeux rougis de sommeil, si le Brésil existait encore mais cela n'allait jamais jusqu'à l'inquiéter véritablement. Toute sa vie n'était-elle pas à Thélème ?

Pour cet homme pourri de vices, mais au demeurant très cordial, Stirner ne pouvait s'empêcher d'éprouver un mélange d'aversion et de sympathie, et lorsqu'un soir le Brésilien, vêtu de son smoking, vint le chercher pour un set nocturne, Stirner accepta et alla s'habiller.

– As-tu dîné ? lui demanda le Brésilien dans l'ascenseur.

Et comme Stirner lui répondit que non, il hocha la tête et dit :

– Super, moi non plus.

Ils rejoignirent à pied le Lubrikka, un club privé situé à quelques rues de leur hôtel, sur le front de mer. Le tarif exorbitant du ticket d'entrée se justifia aux yeux de Stirner aussitôt qu'il pénétra dans la salle. Des lampes vertes à l'éclairage tamisé, quelques tables, une dizaine de clients, pas plus, buvant du champagne et fumant des cigares, et au milieu, sous deux puissants projecteurs déversant un flot de lumière rouge, une jeune femme entièrement nue offerte aux regards de tous. Elle était suspendue à quelques centimètres du sol par des chaînes attachées à ses poignets. Ses bras étaient joints et tendus au-dessus de sa tête et ses pieds étaient fermement arrimés au sol par d'autres chaînes, de sorte qu'elle paraissait à la fois suspendue et écartelée. Deux bandeaux de soie noire lui couvraient les yeux et la bouche. Dans l'attente du règlement de son sort, elle semblait terrorisée.

Le cœur de Stirner se mit à battre à l'idée qu'il s'agissait peut-être d'Hélène Blackqueen, la jeune femme qu'il cherchait. Mais en pénétrant plus avant dans la salle (un serveur en livrée les conduisait, le Brésilien et lui, à une table libre), il se rendit compte que ce n'était pas elle et n'en éprouva qu'un faible soulagement.

Le Brésilien, en vieil habitué des lieux, se frottait déjà les mains.

Stirner observa les autres clients. Tous portaient le smoking noir réglementaire, les femmes comprises. Il remarqua trois individus assis au fond de la pièce. Le haut de leur visage était caché sous un masque de satin, couleur rouge pour l'un, blanche pour les deux autres. C'étaient, pour autant que Stirner pût en juger, deux hommes et une femme. Le port du masque n'avait rien d'étonnant ni de rare à Thélème, certains clients aimant aller incognito, le plus souvent par pur goût du secret, mais parfois aussi parce que le masque donnait à son porteur un sentiment de liberté et une excitation sexuelle supplémentaires qui n'étaient pas sans rappeler la licence sacrée des anciens carnavals.

Un de ces clients masqués, celui au loup rouge, se sentant observé, leva sa coupe de champagne dans la direction de Stirner avec un petit sourire éclatant de cynisme. Il avait dans les quarante ans, estima Stirner, et était sensiblement plus jeune que l'homme et la femme masqués de blanc, assis à ses côtés.

Un maître d'hôtel en queue-de-pie traversa la salle pour se ficher devant la fille enchaînée. Il avait un faux air de Dirk Bogarde et ses cheveux gris étaient plaqués en arrière, dégageant son front que sillonnaient deux grosses rides.

– Mesdames, messieurs, le set va commencer. Le personnel du Lubrikka vous souhaite une agréable soirée et... un bon appétit.

Avec une distinction très anglaise, il claqua des doigts. Aussitôt la lumière rouge qui ruisselait sur la jeune femme devint encore plus intense, virant presque au violet. Un gémissement étouffé se fit entendre. La captive se débattait, mais en vain.

Stirner était en proie à un malaise grandissant.

Il n'avait pas seulement conscience que quelque chose de monstrueux se préparait ; il avait aussi la certitude (et cela le terrifiait plus que tout) du caractère proprement inéluctable de l'événement.

Le maître d'hôtel lança un sourire à la ronde puis frappa deux petits coups dans ses mains. Alors un serveur approcha en faisant rouler une desserte recouverte d'une serviette blanche. Le maître d'hôtel attendit d'avoir la desserte devant lui pour continuer :

– Mesdames, messieurs, chers clients, le produit que nous vous proposons ce soir vient de Suisse, des Alpes grisonnes pour être exact. Nous l'avons choisi avec le plus grand soin et espérons qu'il vous donnera entière satisfaction.

Puis il attrapa par un bout la serviette blanche qui enveloppait la desserte et la tira d'un coup tandis que le Brésilien, aux anges, se penchait vers Stirner pour lui glisser :

– J'adore quand il fait ça.

Sur la desserte alors découverte se trouvait un plat en argent dans lequel était posé une espèce de long poignard qui parut à Stirner aussi étrange qu'effrayant.

Après avoir enfilé une paire de gants blancs, le maître d'hôtel souleva le couteau en le tenant par ses deux extrémités, puis il se tourna à droite et à gauche pour le montrer au public comme un objet de liturgie. C'était une dague de vénerie, se mit-il à expliquer pour ceux qui ne le savaient pas encore. La longue lame faisait dans les trente centimètres. Elle avait été forgée en acier chirurgical et son double tranchant était incrusté de lames de rasoir. Quant au manche, en bois noir et noueux, c'était une impressionnante sculpture phallique. Cette dague était une spécialité de Thélème, comme les Malais avaient leur kriss et les Finlandais leur puukko.

Stirner devina à quel usage barbare allait servir cette arme et en frissonna d'horreur. Mais que pouvait-il faire ? Il était certain que, s'il tentait quoi que ce soit, il ne parviendrait pas à sauver la jeune prisonnière et se condamnerait lui-même à une mort tout aussi atroce. Il serait seul contre une dizaine de clients, sans compter les nombreux serviteurs de l'établissement. Et quand bien même, par miracle, il en triompherait, que se passerait-il après, lorsque dehors il lui faudrait faire sortir la jeune femme de Thélème ? Intervenir, c'était non seulement commettre une action désespérée mais aussi condamner sa mission, et sa mission était de sauver Hélène Blackqueen et personne d'autre, quoi qu'il lui en coûtât de mauvaise conscience et de remords.

Le maître d'hôtel se tourna vers la jeune femme et d'une main experte se mit à palper son corps pour en déterminer les meilleurs endroits. L'examen dura plusieurs longues minutes.

Puis, sans le moindre état d'âme, insensible aux gémissements qu'elle poussait à travers son bâillon, il commença avec une grande maîtrise à lui entailler la cuisse gauche dans sa partie la plus charnue. La vue du sang et les cris étouffés de la victime suscitèrent un murmure d'excitation dans la petite assemblée. Stirner, lui, ferma les yeux, le corps trempé de sueur.

Le maître d'hôtel préleva un gros morceau de cuisse puis se retourna pour le mettre dans le plat d'argent sur la desserte. Il fit la même chose avec l'autre jambe puis s'attaqua aux seins qu'il trancha à leur base et déposa dans le plat avec les autres morceaux. Ce fut ensuite le tour des reins. Avec un grand savoir-faire en boucherie, le maître d'hôtel entaillait, découpait, tranchait. Et à travers son bâillon de soie noire, la jeune femme hurlait à n'en plus finir.

Stirner était sous le choc.

Dans sa longue carrière de détective, il lui était arrivé de voir des choses horribles, des cadavres sauvagement mutilés ou bien en état de décomposition avancée, mais jamais il ne lui avait été donné d'assister de si près, et comme en complice, à un meurtre, et à un meurtre aussi effroyable. Pour ne pas se mettre à hurler, il dut se redire qu'il ne pouvait rien faire pour la sauver, qu'il ne ferait qu'y laisser la vie, lui aussi, et que jamais alors il ne retrouverait la jeune Hélène Blackqueen.

Lorsque le maître d'hôtel eut prélevé tous les morceaux désirés, il se retourna vers le public et, pareil à un chirurgien ayant fini d'opérer, reposa la dague sur la desserte et défit ses gants trempés de sang. Les cris étouffés de la victime avaient cessé, et Stirner pria pour qu'elle fût morte. Il y eut des applaudissements. Puis un serveur vint enlever la desserte, et le maître d'hôtel, rajustant son nœud papillon, reprit la parole.

– Mesdames, messieurs, mes collègues et moi nous allons maintenant entrer en cuisine pour vous servir cette viande qui, je l'espère, vous ravira. En attendant quelqu'un souhaite-t-il donner le coup de grâce à notre... produit venu de Suisse ?

Ces derniers mots provoquèrent des éclats de rire dans le public.

Des yeux, il passa en revue la salle et s'arrêta sur l'homme au loup rouge qui tout à l'heure avait souri à Stirner, une coupe de champagne à la main.

– Monsieur serait-il intéressé ?

L'homme au loup rouge se leva et un serveur apporta une autre dague, en tous points pareille à celle dont s'était servi le maître d'hôtel. Le client masqué examina un moment le poignard, comme pour s'assurer de son tranchant, puis il s'avança dans la lumière.

De sa main libre il empoigna la jeune femme par les cheveux et c'est alors que Stirner vit avec horreur qu'elle vivait encore. Elle essaya de se débattre mais son bourreau l'immobilisait fermement et elle avait perdu trop de sang pour résister.

Avec une lenteur infernale et dans un bruit d'os brisés, l'homme masqué de rouge lui trancha la gorge. Pendant un moment, le corps de la jeune femme fut agité de spasmes, puis il cessa de bouger.

Stirner chercha son souffle, submergé par l'horreur.

Tremblant et pâle, il essaya de se maîtriser tandis que les lumières de la salle se rallumaient. Il devait faire bonne figure, ne rien laisser paraître de ses sentiments. Il crut qu'il n'y réussirait jamais, tant il était bouleversé. Mais le Brésilien et les autres convives étaient tout à leur joie et personne ne remarqua son trouble...

18.
Réconciliation

Quand Grace regagna le salon, le jour était levé depuis deux bonnes heures et Kate dormait encore sur le canapé. Grace prépara le petit déjeuner, à la fois fatiguée et satisfaite de sa nuit d'écriture. Le chapitre qu'elle venait d'écrire sur cette pauvre fille dépecée vivante lui semblait aussi horrible qu'excitant, et elle imaginait avec un certain plaisir la tête de son éditeur quand il le lirait. Jack oserait-il encore l'accuser d'avoir un cœur de midinette ? Elle en doutait, un petit sourire aux lèvres.

Avec mille précautions pour ne pas réveiller Kate, elle sortit les tasses, les cuillers, et les disposa sur la table, puis elle ouvrit le réfrigérateur pour en tirer le beurre demi-sel, sortit le pain complet de la huche et les céréales du placard tout en jetant de temps en temps un regard à Kate endormie. Il lui tardait de se réconcilier avec elle. Leur dispute de la veille lui semblait d'autant plus affreuse que le motif qui l'avait suscitée était ridicule, à bien y réfléchir. Et puis maintenant que Grace était tout à fait rassurée sur les progrès de son roman, elle se sentait d'humeur trop joyeuse pour ne pas se montrer conciliante. Elle se promit de manifester plus d'attention et de patience à son amie, même si elle restait bien consciente qu'elle n'était cependant pas prête à rogner ses heures de travail.

Quand la table fut dressée, elle remplit d'eau la bouilloire pour le thé et la mit à chauffer. Puis elle alla s'accroupir près de Kate.

– Ma chérie ! dit-elle doucement en lui caressant la joue.

Kate battit des paupières, puis se frotta les yeux.

– Quelle heure est-il ? fit-elle, se redressant un peu.

Grace se pencha sur le côté pour interroger l'horloge de la cuisine, au-dessus du frigo.

– Huit heures passées d'une bonne quinzaine de minutes, répondit-elle.

– Tu es debout depuis longtemps ? demanda Kate.

Grace la regarda dans les yeux, hésitant à lui avouer qu'elle avait travaillé une grande partie de la nuit. Finalement, elle jugea plus sage de ne pas en parler.

– Tu m'en veux encore pour hier ?

Kate fit non de la tête. Grace sourit.

– Allons déjeuner alors, proposa-t-elle en lui tendant la main.

19.
En vidant les poubelles

Avant de se remettre à son roman, Grace prit sur elle de sortir les poubelles.

Jusqu'à présent c'était Kate qui s'en était toujours occupée, mais cette fois elle voulut s'en charger, le cœur plein des bonnes résolutions qu'elle avait prises ce matin.

Le grand sac-poubelle de la cuisine à la main, elle prit la direction du portail en coupant par la pelouse du parc.

Les éboueurs ne desservaient la Villa qu'une fois par semaine, le mercredi matin, et, comme Fisto le lui avait dit au téléphone, il valait mieux ne pas laisser filer un de leurs passages si on ne voulait pas voir s'amonceler ses ordures. Dans l'intervalle, on stockait celles-ci dans des conteneurs entreposés près des grilles du portail.

En marchant, elle admirait le ciel pur de tout nuage et d'un bleu si intense qu'elle se serait crue en plein mois de juin. Elle se sentait légère, à peine un peu fatiguée par sa nuit d'écriture. Mais comment aurait-elle pu ne pas se sentir bien ? Son roman avançait à grands pas et elle venait de se réconcilier avec Kate.

Quand les hautes grilles du portail furent en vue, Grace calcula que cela faisait maintenant trois semaines qu'elles vivaient enfermées à la Villa. Elles se faisaient toujours livrer leurs courses, et ni Kate ni elle n'avaient encore éprouvé une seule fois le besoin de sortir pour visiter Fontainebleau, par exemple, ou se promener dans la forêt. Cette vie de parfaites recluses ne leur pesait pas le moins du monde. S'il arrivait à Kate de s'ennuyer, Grace savait que ce n'était pas à cause de l'isolement de la Villa, mais seulement parce qu'elles ne passaient pas tout leur temps ensemble. Quant à elle, cette existence solitaire lui apportait la sécurité, le confort et le calme qu'elle avait longtemps recherchés plus ou moins consciemment.

Ayant traversé toute la pelouse, elle rejoignit l'allée principale pour descendre la petite côte qui menait au portail.

A droite, dans un renfoncement du mur d'enceinte, elle aperçut les conteneurs. Ils étaient montés sur deux grosses roues et ressemblaient à des wagonnets tout en hauteur. La Villa s'étant mise au tri sélectif, il y en avait deux à couvercle gris et un à couvercle bleu. Les emballages en papier et les boîtes de conserve finissaient dans le conteneur bleu, le reste des ordures ménagères dans les deux gris. Une fois par semaine, le mercredi, on ouvrait le portail et faisait rouler les conteneurs pleins jusqu'au bord de la route pour l'unique passage des bennes.

A mi-pente, Grace remarqua un petit paquet rouge posé sur l'un des couvercles gris et, finissant de s'approcher, elle constata que c'était un gros morceau de linge (un torchon sans doute ?) qui formait une boule, comme un baluchon mal fermé.

Le visage soudain contracté, Grace se figea.

Le torchon était en fait de couleur blanche. Ou plutôt avait été. S'il était rouge à présent c'était qu'il était trempé de sang.

Grace songea un instant qu'il s'agissait peut-être d'une vengeance de Thomas pour l'histoire de la piscine. Il avait enveloppé le cadavre d'un petit animal et l'avait laissé là avec l'espoir que ce ne serait pas Kate, mais elle, qui viendrait vider les poubelles ce matin... Peut-être. Si Thomas était bien l'auteur de cette mauvaise plaisanterie, Grace se promit de le lui faire chèrement payer en appelant aussitôt les Fisto. Elle s'était mal comportée la veille, sans doute, et elle était prête à le reconnaître et même à s'en excuser auprès de lui, mais il y avait des limites à ne pas franchir.

En attendant, elle devait regarder ce qu'il y avait à l'intérieur.

Elle ramassa un vieux tuteur qui traînait à ses pieds, et, le prenant par une de ses extrémités, commença à enfoncer l'autre bout çà et là dans la boule de linge, avec une grimace de dégoût et en se tenant le plus loin possible.

Le torchon était flasque comme une panse de brebis. Du

sang s'en écoulait à chaque pression du bâton et ruisselait sur le couvercle de la poubelle. Grace eut plusieurs haut-le-cœur mais réussit à ne pas vomir.

Au bout du bâton elle sentit quelque chose de dur. Un objet, pensa-t-elle.

Toujours en se servant du tuteur, elle entreprit alors de dénouer le linge.

Elle essaya par trois fois, sans résultats, puis soudain le nœud du baluchon céda et tandis que le sang qui était encore à l'intérieur se répandait sur le couvercle et les parois de la poubelle, quelque chose tomba aux pieds de Grace avec un petit bruit métallique. Elle bondit en arrière en poussant un cri apeuré.

Le cœur tambourinant dans sa poitrine, elle fixa un moment le sang qui dégoulinait du conteneur puis baissant les yeux, elle vit devant elle l'objet.

C'était un couteau.

Un grand couteau.

Elle s'approcha un peu, avec une infinie prudence comme si elle craignait de voir le couteau lui sauter au visage, puis avec le tuteur elle le poussa vers elle.

– Oh, mon Dieu ! dit-elle, glacée d'épouvante.

Malgré les gouttes de sang qui le couvraient encore par endroits, elle l'avait reconnu tout de suite. C'était le poignard de chasse qu'elle avait décrit dans la scène de son roman, celle où une jeune femme était dépecée vivante.

Elle ne pouvait se tromper.

Une effrayante lame avec ses deux tranchants sertis de lames de rasoir et munie d'un manche obscène, en bois noir et noueux, représentant un membre viril. C'était l'objet tel qu'elle l'avait décrit dans son livre, et c'était cet objet qu'elle avait sous les yeux.

Elle resta un moment pétrifiée en se répétant que c'était impossible.

Ce couteau n'existait pas, elle le savait. Il était tout droit sorti de son imagination.

Oh, mon Dieu, que m'arrive-t-il ? se demanda-t-elle en proie à une confusion grandissante.

Son regard fut attiré par autre chose un peu plus loin. C'était tombé avec le poignard.

Elle battit des paupières, stupéfaite.

C'était un morceau de chair sanguinolente.

Un bout de sein avec le mamelon.

Sous le choc, Grace Austin perdit connaissance.

20.
Ce n'est rien

– Tu es bien sûre de ne pas vouloir voir un médecin ?

Avec une douce application, Kate désinfectait à la Bétadine l'écorchure que Grace s'était faite au front en tombant.

Inquiète de ne pas la voir revenir, Kate était sortie chercher sa compagne, avec au cœur un mauvais pressentiment. Mauvais pressentiment qui s'était pleinement réalisé quand elle l'avait trouvée étendue sans connaissance près des conteneurs.

Il avait fallu quelques secondes à Grace pour reprendre ses esprits et lorsque, avec l'aide de Kate, elle avait pu se remettre enfin debout, elle avait aussitôt cherché des yeux le poignard de chasse et le morceau de sein. Mais nulle part elle n'en avait revu la trace. Elle avait alors tourné son regard vers les conteneurs pour constater, stupéfaite, que les coulées de sang avaient disparu, elles aussi. Un immense soulagement l'avait envahie. Rien de ce qu'elle avait cru voir n'existait réellement, avait-elle soudain compris. Elle avait été victime d'une stupide hallucination.

Les deux femmes étaient maintenant dans la salle de bains de la Villa. Grace était assise sur le rebord de la baignoire, et Kate, à genoux devant elle, lui passait sur son front blessé un coton imbibé de Bétadine.

– Ce n'est qu'une égratignure, la rassura Grace.

– Nous devrions tout de même appeler un médecin, insista Kate en fronçant joliment ses sourcils.

Grace comprit que sa jeune compagne était moins effrayée par sa blessure que par ce qui l'avait provoquée, à savoir sa perte de connaissance. Elle prit ses mains dans les siennes et les pressa.

– Je n'ai rien, Kate, dit-elle doucement. Tu vois bien.

– Tu as fait un malaise. Ce n'est pas rien.

Dressée sur ses genoux, elle paraissait attendre de Grace un début d'explication qui pût la rassurer, mais Grace était tout bonnement dans l'incapacité de le lui donner, malgré le désir qu'elle avait de la réconforter. Elle ne voyait elle-même aucune raison à l'incroyable hallucination dont elle venait d'être la victime, si ce n'est le surmenage.

Kate posa ses fesses sur ses talons, la bouteille de Bétadine dans ses mains.

– Tu as dit que tu avais vu quelque chose...

– Non, je t'ai dit que j'avais *cru* voir quelque chose. C'est différent.

– Et c'était quoi, cette chose ?

– Qu'est-ce que ça peut faire, Kate, puisque ce n'était rien ?

Elle ne désirait pas l'inquiéter davantage en lui avouant qu'elle était maintenant sujette à des hallucinations. Elle-même ne voulait voir dans ce qui lui était arrivé qu'une péripétie sans gravité, un incident presque amusant pour peu qu'on goûte l'humour noir. Un jour elle en parlerait à Jack. Lui apprécierait certainement toute la saveur de la scène : Grace Austin hallucinant alors qu'elle s'apprête à vider ses poubelles... Oui, elle en parlerait avec son éditeur mais pas avec Kate. Kate était trop sensible, elle serait terrorisée, et puis elle s'emparerait aussitôt de ce prétexte pour lui imposer du repos. Ce qui était hors de question. Elle devait finir son roman et elle le finirait coûte que coûte.

– Tu devrais attendre encore un peu, dit Kate timidement.

Grace fit non de la tête et se redressa.

– Mais tu es toute pâle, insista Kate en lui posant la main sur l'avant-bras.

Grace lui prit la tête entre les mains et se pencha pour l'embrasser sur le front.

– Je n'ai rien, Kate. D'accord ?

Kate approuva d'un petit hochement de tête résigné, puis se leva à son tour pour reboucher la bouteille de Bétadine.

21.
Au travail

Aucun autre incident ne marqua les trois jours qui suivirent.

Grace continua à travailler à son roman sans rencontrer de difficultés ni de baisse de régime. Les nuits, elle ne parlait plus dans son sommeil, et aucune hallucination ne venait troubler ses journées. Une très bonne chose, convenait-elle quand elle avait l'occasion d'y penser, comme en ce matin du mardi 2 octobre où elle regardait sa petite imprimante *hp* avaler du papier blanc pour le noircir de mots presque aussitôt.

Bien entendu, la vision qu'elle avait eue près des conteneurs ménagers l'avait sur le moment terriblement secouée, mais elle savait que ce n'était qu'une production de son esprit surmené, une illusion due à la fatigue, rien de plus.

Elle avait bien fait de ne pas tout dire à Kate. Cela n'aurait fait qu'accroître ses préventions contre *Barbarian State*. Et Kate n'avait vraiment pas besoin de cela.

Ni elle, du reste.

Car à la vérité il lui arrivait parfois d'être effrayée par ce qu'elle écrivait et par la manière dont elle l'écrivait. Cette inspiration torrentielle qui lui était soudain venue, faisant surgir un univers à mille lieues du sien, et toutes ces nuits agitées, peuplées par des chapitres du roman, qu'elle transcrivait au matin sur son ordinateur, tout cela pouvait paraître étrange, voire même inquiétant. Et par moments, tandis que ses doigts tapaient frénétiquement sur le clavier de son ordinateur, elle avait l'impression de barrer un gigantesque catamaran filant toutes voiles dehors. Elle était grisée par la vitesse à laquelle il progressait, fascinée par la puissance qu'il déployait, mais en même temps, oui, un peu effrayée.

Devait-elle s'en plaindre pour autant, elle qui avait souffert d'un manque d'inspiration chronique ces trois dernières années ? Bien sûr que non, et si elle voyait des seins tranchés et d'horribles poignards, d'une certaine façon, c'était plutôt bon signe. Jack, du reste, ne lui ferait pas faute de lui rappeler d'illustres précédents. Le petit goût d'arsenic qu'avait Flaubert en écrivant la mort d'Emma, par exemple. Quant au malaise, c'était chose très courante avec cette espèce nerveuse que sont les écrivains, non ? Le grand Proust n'avait-il pas eu un évanouissement devant un Vermeer ? Ce qui était, entre parenthèses, tout de même plus raffiné que devant une poubelle, s'en fit-elle la remarque avec un petit sourire moqueur.

Mais d'ailleurs avait-elle le choix ?

L'ultimatum de Jack expirait en mars. Il ne restait plus que cinq mois, c'est-à-dire presque rien. Si elle ne lui remettait pas un texte à cette date (et c'est ce qui arriverait sans doute si elle renonçait à *Barbarian State*, n'ayant aucun autre projet sous le coude), elle pouvait dire adieu à son contrat d'édition et faire une croix sur sa carrière. Le nom de Grace Austin serait grillé à jamais. Sans parler des deux gros à-valoir que Jack lui avait octroyés l'année dernière pour lui laisser « un peu d'oxygène », comme il disait. Si elle ne publiait rien, elle savait qu'elle aurait au moins la décence de les lui rembourser. Et que ce serait alors très, mais vraiment très difficile. Car elle ne pouvait oublier que, ces trois dernières années, Kate et elle avaient vécu sur les droits de ses précédents livres et que ces droits n'étaient pas inépuisables. Qu'ils allaient même en s'amenuisant franchement. Bientôt ils ne représenteraient plus grand-chose. A peine de quoi payer leur loyer à Londres, et encore, si elle prenait un appartement beaucoup plus petit. Quant à leur séjour à la Villa Marguerite, lui non plus ne durerait pas éternellement. Elle devait penser à l'après. Elle devait penser à leur avenir, et cet avenir (du moins en termes financiers) c'était *Barbarian State* qui devait le leur assurer. Elle ne pouvait pas se permettre de faire l'enfant comme Kate.

L'imprimante s'arrêta. Grace rassembla les quatre feuilles puis les redressa entre ses mains pour en faire une pile.

Depuis le terrifiant chapitre sept où une jeune femme était dépecée vivante, l'histoire avait bien avancé.

Au chapitre suivant, le détective Stirner n'avait toujours aucun renseignement fiable sur Hélène Blackqueen (la jeune femme enlevée qu'il cherchait) mais il apprenait que l'homme au masque rouge, l'homme qui avait donné le coup de grâce à la pauvre fille du Lubrikka, semblait disposer d'informations sur le prêtre orthodoxe grec résidant à Thélème. Stirner savait que s'il y avait quelqu'un dont il pouvait attendre de l'aide, c'était bien le prêtre Pharmakon. Il devait donc tout tenter pour le rencontrer au plus vite, même si cela exigeait un rapprochement avec l'homme au masque rouge. Ce dernier, au sortir du Lubrikka, avait justement convié Stirner et son « ami » le Brésilien à venir prendre un verre dans la suite luxueuse qu'il occupait au quatre-vingt-neuvième étage de l'hôtel Caligula. Il s'était présenté à eux sous le nom de « Vathek » et Stirner, en le suivant à son hôtel, se demandait si le choix de ce pseudonyme était un hommage au livre de William Beckford sans réussir à en acquérir la moindre certitude, faute de pouvoir poser la moindre question.

Le chapitre neuf était consacré à cette invitation et Grace se mit à en relire les quatre dernières pages, celles-là mêmes qu'elle venait d'imprimer.

Le Brésilien fut le premier à parler de la soirée qu'ils avaient passée au Lubrikka Club. Vathek en était très satisfait, lui aussi. Ils avaient massacré une pauvre femme et en discutaient comme d'un concert rock particulièrement réussi.

Le whisky aidant, les langues se délièrent.

Vathek jeta un regard circonspect à droite et à gauche comme s'il s'assurait que personne ne pouvait les écouter parler, puis, se penchant vers ses deux invités, prit un ton de confidence :

– Vous savez la meilleure, les gars ?

Le Brésilien fit l'aveu de son ignorance tandis que Stirner gardait un silence prudent.

– Il paraît qu'il y a un mec à Thélème, un mec qui... (Il se pencha encore un peu plus, et Stirner le soupçonna d'être un brin comédien.) Un mec qui n'est pas là pour les mêmes raisons que vous et moi. Il est pas là pour baiser ni pour voir des trucs comme ce soir.

– Alors qu'est-ce qu'il fout là ? s'enquit le Brésilien. Je pige pas.

A son air ahuri, il était évident que son incompréhension n'était pas feinte. Qu'un homme vînt à Thélème avec une autre raison que le sexe lui semblait aussi étrange que de louer une loge dans un stade et ne pas prendre la peine de jeter un regard sur le match.

Vathek se mit à sourire en les fixant l'un après l'autre.

– Justement, ce mec, il est pas comme vous et moi. (Il se redressa un peu, but une gorgée de whisky puis se pencha derechef :) On dit que c'est un cureton.

– Un quoi ? s'étrangla le Brésilien.

Au dernier mot de Vathek, Stirner dressa l'oreille tandis que son cœur se mettait à battre plus fort dans sa poitrine. Ainsi le père Pharmakon était bien à Thélème. Stirner avait suffisamment de contrôle sur lui-même pour ne rien laisser paraître de son trouble et dissimuler sous une bienveillante indifférence la curiosité qui l'habitait. Il devait laisser les deux hommes mener la conversation à leur façon tout en veillant à ce qu'ils ne changent pas trop vite de sujet.

– Un cureton, répéta Vathek, content de son effet. Un prêtre, quoi !

– Un prêtre, ici ? ! Tu te fous de moi, Vathek. Qu'est-ce qu'un prêtre ferait ici ?

– A ce qu'il paraît (le sourire quelque peu insidieux de Vathek s'épanouit) il s'en fait pour nous.

Le Brésilien tiqua.

– J'pige que dalle, dit-il.

– Pour nous. Pour nos âmes, quoi !

– Quelles âmes ? demanda le Brésilien non sans fanfaronnade.

Cela fit rire Vathek.

– Vous voyez des âmes par ici, les gars ? continua le Brésilien en se tournant à droite et à gauche. Moi, j'vois rien que trois types avec un putain de verre de whisky à la main.

– Faut croire que le prêtre n'est pas de cet avis.

– C'est pas un prêtre, alors, ton gars. C'est un fou. Voilà ce que c'est, un fou.

Le Brésilien semblait ne pas vouloir en démordre et Vathek n'était pas loin de partager cet avis.

Stirner jeta un regard de côté au Brésilien. Il espérait que le Brésilien ne s'arrêterait pas sur ce simple constat de folie. Il avait besoin de l'entendre poser d'autres questions, à sa place. Par chance, le Brésilien se remit à interroger Vathek :

– Comment se fait-il que les autorités l'aient laissé entrer ? J'croyais qu'on ne laissait pas entrer n'importe qui à Thélème.

– Ils l'ont laissé entrer parce qu'il est nulle part indiqué dans leur Constitution qu'un putain de prêtre ne peut venir passer un peu de bon temps à Thélème.

– Il est venu s'envoyer en l'air, alors ?

– Je dis pas ça, mais c'est peut-être ce que se sont dit les autorités en le laissant passer.

– Il fait quoi, alors, ton curé, dans sa chambre, s'il ne baise pas ni rien ?

– Il dit des prières pour nous. (Vathek eut un petit haussement d'épaules en réponse au regard ahuri du Brésilien.) C'est ce qu'on raconte, je te jure.

– Il prie ? Toute la journée ? s'enquit le Brésilien, visiblement incrédule.

– Qu'est-ce que j'en sais. En effet, peut-être bien toute la journée.

– Moi, ça me déplairait de causer à un type qui n'est pas là pour la même chose que moi. C'est comme partir en mer avec un mec qui déteste la flotte. On sait à quoi il ressemble, au moins ?

– A un type plutôt grand, c'est tout ce que je sais. Et puis aussi qu'il se fait appeler « Diké ».

– *Niquer ?*

– Non, Diké.

– Ça veut dire quoi, cette merde ?

Le Brésilien était à la limite de la colère.

– Aucune idée, avoua avec un sourire béat Vathek. T'as une idée, toi ? demanda-t-il en se tournant vers Stirner.

Stirner prit une gorgée de whisky avant de répondre.

– Justice, dit-il, jugeant opportun de relancer la conversation par cet élément d'information.

– Hein ? s'exclama le Brésilien.

Il fixait sur Stirner de gros yeux exorbités.

– Diké veut dire justice en grec ancien, expliqua Stirner.

– Ce mec se fait appeler Justice ? demanda Vathek.

– Oui, en grec, dit Stirner et il regarda dans les yeux ses deux compagnons.

– Et pourquoi il se fait appeler Justice, ce con ? voulut savoir le Brésilien en regardant cette fois non pas Stirner mais Vathek.

– Que voulez-vous que j'en sache ? répliqua l'interrogé.

Mais le Brésilien continuait de le scruter, les yeux mi-clos, presque méchamment.

– C'est toi qui en as parlé, rappela-t-il. Tu devrais savoir.

– Hé, minute, les gars ! Je vous ai simplement raconté ce qui se dit çà et là. Maintenant vous en savez autant que moi. Point barre.

Vathek faisait machine arrière toute.

Il y eut un silence gêné puis Vathek dit avec une emphase peut-être due à l'alcool :

– Quelqu'un a écrit que « Nul ne mérite d'être loué de bonté s'il n'a pas la force d'être méchant ».

Il fit la citation dans un français passable qui cependant trahissait une assez bonne connaissance de cette langue. Les soupçons de Stirner se confirmèrent. Comme le laissait déjà entendre le choix de Vathek comme pseudonyme, il paraissait plus que probable que l'homme était cultivé. De plus, Stirner était sûr que Vathek connaissait l'auteur de la maxime qu'il venait de citer, et qu'il ne l'avait pas nommé seulement parce qu'il avait assez d'éducation (à moins que ce fût par un secret manque d'assurance) pour ne pas chercher à faire étalage de sa culture. Cette certitude quant à la nature véritable de l'esprit de Vathek ne rendit pas pour autant cet homme moins anormal aux yeux de Stirner. Au contraire, parmi tous les hommes dépravés qui peuplaient Thélème, Vathek n'en parut même que plus redoutable au détective. Un individu raffiné pouvait très bien raffiner aussi sur sa cruauté. Il n'était que de se souvenir du Dr Goebbels et de tous les wagnéro-nietzschéens du régime nazi. La pire des brutes ne se montrerait jamais aussi cruelle qu'un esprit imaginatif et appliqué.

– Qu'est-ce que tu baragouines, mec ? fit le Brésilien qui n'avait rien compris aux mots de français prononcés par Vathek.

Avec un sourire désolé, Vathek fit pour lui la traduction en anglais. Le Brésilien n'en sembla pas plus avancé.

– Tu piges quelque chose, toi ? demanda-t-il à Stirner.

Stirner se racla la gorge avant de se lancer.

– Ce que Vathek veut dire, c'est qu'il ne peut pas y avoir de saints. Car pour être vraiment bons, il faudrait aussi qu'ils soient très dangereux.

– C'est ça, dit Vathek, un sourire extatique aux lèvres. Tout prêtre, autrement, est un imposteur, un faux gentil. Les seuls êtres qui soient authentiquement « bons » sur cette putain de planète, ce sont ceux qui sont à Thélème. Ils ne sont pas au Vatican ni ailleurs. C'est nous, les vrais prêtres ! C'est nous, les saints !

Vathek était manifestement fasciné par l'abjection de cette idée.

– T'as p't-être raison, dit le Brésilien en se levant, mais le saint que vous avez devant vous, les gars, il faut qu'il aille pisser un coup.

Un sourire aux lèvres, Vathek suivit des yeux l'évolution du Brésilien jusqu'à la porte des W.-C.

– Il est marrant, ton copain, dit-il en se retournant vers Stirner. (Puis il laissa passer un temps et dit :) J'ai le sentiment très net que ce prêtre t'intéresse beaucoup, l'ami.

Bien qu'il eût pris la précaution de laisser le Brésilien poser les questions dans ces confidences de fin de nuit, Stirner se rendit compte qu'il avait sous-estimé Vathek.

– Il m'intéresse effectivement, avoua-t-il sans ciller.

Il n'était plus temps de finasser.

– Et pourquoi il t'intéresse ? Hein, tu peux me le dire ?
– J'aimerais le rencontrer.
– Le rencontrer ? !
– Oui, le rencontrer.
– Le rencontrer !... Mais pourquoi veux-tu le rencontrer, ce putain de prêtre ?

Stirner se prit à penser que Vathek feignait d'être ivre.

– Par simple curiosité, expliqua-t-il. Pourrais-tu m'aider à le trouver ?
– Peut-être bien.

Vathek leva son verre pour regarder le whisky par transparence puis le portant à ses lèvres, il répéta :

– Peut-être bien.

Stirner, voyant qu'il n'en tirerait rien de plus pour aujourd'hui, regarda sa montre et se leva pour partir.

– Attends, dit Vathek en se levant à son tour. J'ai réservé trois filles. (Il regarda Stirner et sourit des yeux.) Est-ce que ça te dit de rester ?

Stirner déclina la proposition sous un prétexte quelconque.

– Tant pis, dit Vathek. Je te raconterai ça quand on se reverra.

Ils se serrèrent la main par-dessus la table.

– Si tu tiens vraiment à rencontrer le prêtre...

Stirner le fixa attentivement pour sonder ses intentions. Il hocha la tête en signe d'assentiment.

Vathek se pencha pour lui dire à l'oreille :

– Alors retrouve-moi ce soir au salon Gilles-de-Rais. Ne dis rien à ton ami et viens seul. Ça peut être dangereux...

Grace reposa les feuilles imprimées.

Elle aimait bien le « Ça peut être dangereux... » sur lequel se terminait le chapitre. Quant à Vathek, l'homme au masque rouge, elle se dit qu'elle devait faire en sorte que le lecteur se demande sans cesse qui il était véritablement : un auxiliaire potentiel pour le détective Stirner dans sa quête d'Hélène Blackqueen, ou bien un homme aussi dangereux que dépravé ? L'ambiguïté du personnage lui plaisait énormément.

Les doigts de nouveau sur le clavier de son ordinateur,

Grace s'apprêtait à commencer le chapitre suivant quand le téléphone se mit à sonner.

La contrariété puis l'étonnement se lurent sur son visage. Ce n'était pas son mobile qui sonnait, c'était le téléphone de la Villa.

Elle se retourna sur son siège pour interroger des yeux le combiné blanc posé sur une étagère de la bibliothèque. Il y avait un autre poste dans le salon, près de la grande cheminée, et Grace se dit que Kate allait sûrement prendre l'appel.

Mais le téléphone sonna encore une fois... puis une autre... et encore une autre...

22.
Tout avenir est brutal

Il était neuf heures trente, et Kate, toujours vêtue de sa nuisette, se répétait qu'il serait peut-être temps pour elle d'aller s'habiller.

Mais avant, elle voulait finir cette fichue grille trouvée dans un vieux *Elle* près de la cheminée. Elle y était presque, elle le sentait.

Allongée à plat ventre sur l'un des deux grands canapés de cuir blanc, elle mordillait le bout de son crayon tandis que son esprit cherchait.

Son goût pour les mots croisés lui venait de Gracie qui l'avait initiée quand elles vivaient à Londres. Dans l'Eurostar qui les avait conduites à Paris, elles s'étaient amusées à faire ensemble plusieurs grilles, en français cette fois. Gracie avait été des deux la plus rapide, évidemment, mais Kate ne s'en était pas trop mal tirée.

Elle relut la définition : « Les enfants en donnent » et compta une nouvelle fois les cases verticales avec son crayon. Elle avait d'abord pensé à AMOUR, mais ça n'allait pas. Le mot qu'elle cherchait contenait non pas cinq mais dix lettres, et finissait par TUDE.

Si elle le trouvait, elle était assurée de terminer la grille.

Qu'est-ce qui pouvait donc se finir par TUDE en français ? Elle essaya SOLITUDE.

Non. Pas assez de lettres.

Soudain elle trouva et, un sourire satisfait aux lèvres, remplit les cases manquantes. INQUIÉTUDE. C'était INQUIÉTUDE.

Oui, les enfants, en grandissant, en donnaient parfois à leurs pauvres parents. Mais il n'y avait pas que les enfants. La femme que l'on aimait pouvait aussi vous remplir de ce mot de dix lettres se finissant par TUDE. Kate était bien placée pour le savoir.

N'avait-elle pas eu très peur lorsqu'elle avait découvert Gracie étendue sans connaissance près des poubelles ? Mais ce genre d'incident devait un jour arriver, se dit-elle. Il fallait s'y attendre, oui. Gracie travaillait beaucoup trop. Elles avaient eu de la chance, d'une certaine façon, car cela aurait pu être un malaise bien plus sérieux. Alors oui, il y avait de bonnes raisons d'être inquiète. D'autant que Gracie ne voulait rien entendre. Pas moyen qu'elle se repose un peu. Si elle continuait ainsi, elle allait vraiment se tuer à la tâche.

Cette nouvelle inquiétude raviva en Kate toutes les autres.

Celle concernant le temps, notamment. Avec l'arrivée d'octobre, elle devait se préparer à ce qu'il change bientôt, même si pour l'instant il restait au beau. La température de ces derniers jours avait d'ailleurs commencé à baisser un peu, tout en demeurant bien au-dessus de la normale saisonnière. Kate pouvait profiter de la piscine sans claquer des dents, mais pour combien de temps encore ? Elle savait que l'arrivée des mauvais jours serait pour elle comme un petit deuil.

Et la parfaite illustration que tout passe, que tout était l'œuvre d'un « dieu jaloux et sadique », comme le lui avait dit Patricia lors de leur tête-à-tête sur la terrasse.

Kate ne pouvait s'empêcher de découvrir dans la fuite des jours une hostilité à tout bonheur et à toute beauté. A *leur* bonheur, à *leur* beauté, à Gracie et à elle.

Et cette cruauté glaçante l'angoissait plus que tout.

Une expression douloureuse passa sur son beau visage. Elle soupira, se sentant brusquement assaillie de tristesse.

« Tout avenir est brutal. »

Elle avait entendu Grace citer cette phrase un jour qu'elles dînaient ensemble en compagnie de son éditeur (ce méchant Jack qui poussait Gracie à écrire alors qu'il faisait si beau). C'était une phrase tirée d'un roman de Henry James, un auteur dont Grace raffolait presque autant que de Stevenson, et dont elle et Jack avaient parlé ce soir-là. Kate se souvenait d'avoir écouté avec admiration sa compagne qui avait été particulièrement brillante. Elle se souvenait aussi que Gracie lui avait demandé plusieurs fois son avis, par pure gentillesse, pour la mettre dans leur conversation. Et surtout elle se souvenait de cette phrase de James qu'elle avait citée.

Tout avenir est brutal.

Elle l'avait beaucoup marquée. Elle lui avait paru et lui paraissait encore si juste, si en rapport avec ce qu'elle ressentait et avait toujours ressenti.

Elle était le parfait résumé de ses frayeurs. De ce que signifiait pour elle cet affreux mot de dix lettres se terminant en TUDE.

Elle soupira de nouveau, puis jeta un rapide coup d'œil au soleil qui brillait dehors. Il est temps d'aller te laver, se dit-elle, si tu veux profiter de la piscine.

Elle roula sur le côté pour se mettre debout et replaça le magazine *Elle* sur la pile de revues, à côté du téléphone.

Ce dernier se mit à sonner deux minutes plus tard, au moment où Kate refermait sur elle la cabine de douche. Elle ne l'entendit pas.

23.
Jairo Carelli

Le téléphone sonnait toujours.

A la huitième sonnerie, n'y tenant plus, Grace se leva et décrocha.

– Je suis bien à la Villa Marguerite ? demanda une voix d'homme dans un français légèrement accentué.

– Oui, répondit Grace.

– Qui c'est à l'appareil ? fit-il d'un ton direct, presque sans gêne, à moins que ce fût tout simplement de la prudence.

Grace eut un petit froncement de sourcils mais lui donna tout de même son nom.

– Et Fisto vous a prêté sa Villa, c'est bien ça, hein ? Merde ! Je m'en doutais. Je m'en doutais... Ecoutez, je m'appelle Jairo Carelli. Mon nom ne vous dit sans doute rien. (Il attendit un peu avant d'ajouter :) Je résidais à la Villa l'année dernière.

– Ah, oui, s'exclama Grace qui le remettait à présent. Vous êtes le dessinateur !

C'était au tour de son interlocuteur d'être étonné.

– Les Fisto nous ont parlé de vous, expliqua Grace. Vous réalisez des bandes dessinées, c'est bien ça ?

– En effet.

– Pour les enfants.

Il soupira et dit :

– Oui, pour les enfants. J'adore les mômes. (Il y avait de la tristesse dans sa voix.) Et vous ? Vous êtes quoi ? Chanteuse ? Peintre ? Sculpteuse ?

– Seulement romancière.

– Romancière, répéta-t-il d'un ton pensif.

– Oui, confirma-t-elle.

Il y eut un silence puis :

– Je serais curieux de savoir ce qu'ils vous ont dit sur moi ?

– Beaucoup de bien, répondit Grace qui se souvenait que les Fisto lui avaient dit adorer les dessins de Jairo Carelli.

– Beaucoup de bien ? !

Une surprise teintée de colère l'étouffait et Grace crut l'entendre marmonner : « Les salauds ! » mais n'en fut pas certaine. Peut-être avait-elle mal compris.

– Vous avez l'air étonné, dit-elle, incertaine.

– Les Fisto et moi, c'est bien plus compliqué qu'ils ne vous l'ont fait croire.

Il y eut de nouveau un silence, pendant lequel Grace se dit que Jairo parlait étonnamment bien le français avant de se rappeler que la mère de Jairo, selon Patricia Fisto, avait enseigné cette langue au Brésil.

– Monsieur Carelli, pourriez-vous me dire pourquoi vous téléphonez ?

– Appelez-moi Jairo. D'accord, Grace ?

– Très bien mais j'aimerais que vous répondiez à ma question.

Au lieu de quoi, il en posa une autre.

– Où êtes-vous, Grace ? Je veux dire dans quelle pièce de la Villa êtes-vous ?

Grace regarda la piscine un moment. *Je ne suis pas obligée de me plier à un pareil interrogatoire. C'est absurde, à la fin.* Malgré tout, elle s'entendit répondre :

– Je travaille dans le bureau. Pourquoi cette...

Il l'interrompit de nouveau.

– C'est là que je venais dessiner, moi aussi. Vous écriviez quand je vous ai appelée ?

– J'étais en train, oui.

– Ne dites rien, Grace. Laissez-moi deviner un peu. Vous écrivez comme jamais, pas vrai ? Vous avez l'impression d'être au sommet de vos capacités. De réaliser quelque chose que vous n'avez jamais fait, que vous ne pensiez jamais pouvoir faire, quelque chose de... *différent* et d'incroyablement *fort*.

Grace se sentit soudain mal à l'aise. Comment savait-il cela ? Comment pouvait-il savoir ?

Elle demanda, sur la défensive :

– Où vous voulez en venir, Jairo ?

– Je suis sûr que vous le savez très bien. Vous devez être consciente, Grace, que la Villa des Fisto est *particulière.*

– Elle est splendide, en effet, mais...

Il la coupa sans façon.

– Je n'entendais pas « particulière » dans ce sens.

– Et dans quel sens l'entendez-vous ? demanda Grace, irritée.

– Vous comprenez très bien ce que je veux dire.

C'est un fou, pensa-t-elle. *Je vais raccrocher, oui, je vais raccrocher.*

– Tout ça est ridicule, fit-elle observer cependant.

Elle avait besoin de se défendre de la peur qui s'emparait d'elle.

– Je connais la Villa mieux que vous, Grace. Je sais ce qu'elle est, ce qu'elle veut, ce dont elle est capable. Et quand je l'ai compris, j'ai fait tout mon possible pour sortir de ce guêpier. A temps.

– A temps ? répéta-t-elle.

– Oui, Grace. Il y a quelque chose, ou quelqu'un, dans cette maison, qui vous corrompt jusqu'à ce que vous ne puissiez plus rien lui opposer. Est-ce que le vieux Fisto vous a raconté ce qu'il y faisait avec sa femme et leurs amis ?

– Il en a eu l'honnêteté, oui.

– Fisto est bien le dernier homme au sujet duquel je parlerais d'honnêteté, Grace. Vous savez, il m'a fait le coup à moi aussi.

– Quel coup ?

Grace ne comprenait strictement rien.

– Le coup des petites confessions grivoises devant un verre, expliqua Jairo. Mais ce qu'il vous a dit n'est rien en comparaison de la réalité. Ce vieux pervers a beau avoir l'esprit tordu, il est assez prudent pour ne pas tout révéler de ses saloperies.

Grace objecta en pensée que, si Fisto avait été dans ses beaux jours un fieffé débauché, ce n'était pas une raison pour le traiter comme le dernier des criminels. D'abord parce que les anciennes habitudes sexuelles de Fisto ne regardaient que lui. Après tout, c'était du domaine de sa vie privée. Et puis surtout c'était mal récompenser leur mécène de sa générosité. Elle rappela ce petit détail à Jairo Carelli.

– Mécène, mon cul ! cracha-t-il.

– Pardon ? ! fit Grace.

La grossièreté de Jairo la choquait moins que son ingratitude, mais il poursuivit, imperturbable :

– Ce n'est pas lui ni sa femme qui font les *cadeaux* dans cette histoire.

– Ecoutez, je vais raccrocher.

– Raccrochez donc si vous voulez, Grace. D'ailleurs pourquoi ne l'avez-vous pas *déjà* fait ?

– Je...

Grace demeura sans voix. Jairo Carelli venait de marquer un point en relevant ce fait stupéfiant : elle l'avait en effet écouté jusque-là, et quelque chose en elle lui affirmait qu'elle l'écouterait jusqu'au bout.

– Je ne comprends rien à ce que vous me racontez.

– Les Fisto vous ont-ils parlé de leur *ami* Natas ? demanda-t-il. Vous ont-ils parlé du type qui est peint sur le tableau de la chambre bleue ?

Un frisson parcourut Grace. Elle repensa au portrait et au cauchemar que Kate avait fait à son sujet. A ce qu'elle lui avait dit, affolée, quand elle l'avait prise dans ses bras pour la calmer : « Il est là ! Il est là ! »

– C'est leur ami qui fait les cadeaux, Grace. C'est Natas le vrai *mécène* dans l'affaire. C'est lui qui régale à la Villa et qui l'a toujours fait, d'ailleurs, bien avant les Fisto.

Elle déglutit.

– La Villa lui appartient ?

– Non, répondit Jairo, c'est bien la propriété des Fisto, sur l'acte notarié du moins. Mais ils l'ont achetée pour lui, Grace. En son honneur. Pour qu'il puisse y rester.

Et là-dessus il raconta ce qu'il savait de la Villa.

Avant que Bartholomé Fisto n'y organisât des parties fines avec sa femme et leurs amis, la Villa Marguerite avait été, sous son premier propriétaire (un certain Pierre Calatro), le théâtre de meurtres particulièrement barbares.

Des disparitions d'enfants (huit au total) avaient frappé la région de Fontainebleau entre 1962 (date à laquelle on avait fini de bâtir la Villa) et 1968 (année où l'on avait découvert le corps sans vie de Calatro).

Calatro avait fait fortune dans les cosmétiques mais, après son divorce, il avait revendu toutes ses entreprises pour partir vivre seul à la Villa qu'il venait de se faire construire en pleine forêt. Bien plus tard les journalistes devaient souligner à l'envi que le « maniaque de Fontainebleau » (c'est ainsi qu'on allait le surnommer par la suite) avait très mal vécu sa séparation d'avec sa femme, qu'il était devenu un homme profondément déséquilibré, incapable de surmonter l'échec de sa vie. On pensait pouvoir expliquer par des raisons psychologiques son basculement dans la folie.

En janvier 1968, le 12 au matin pour être exact, la gendarmerie de Fontainebleau reçut un coup de téléphone anonyme demandant instamment à ce que quelqu'un se rendît à la Villa. La voix au téléphone était à la limite de l'hystérie. On réussit par la suite à identifier l'auteur de l'appel. C'était un petit voyou du coin, connu pour dc multiples cambriolages et qu'on surnommait le lézard. Le lézard reconnut, lorsqu'il fut arrêté aux fins de l'enquête, avoir pénétré de nuit chez Calatro avec l'intention d'y dérober des tableaux et des meubles qu'il comptait revendre à l'un de ses amis brocanteur. Seulement ce qu'il avait découvert en entrant dans la Villa Marguerite l'avait fait renoncer à ce projet, et pour la première (et sans doute dernière) fois de son existence, il s'était cru moralement obligé d'alerter la police aussitôt de retour chez lui.

L'adjudant Bernard et le gendarme Coudert, qui furent dépêchés à la Villa, sonnèrent plusieurs fois au portail, puis, n'obtenant pas de réponse (comme ils s'y attendaient), ils se décidèrent à enjamber le mur d'enceinte. Ils trouvèrent devant la maison le corps sans vie de Calatro, apparemment décédé d'un infarctus tandis qu'il vidait le coffre de son Range Rover. Dans le salon de la Villa, les deux hommes découvrirent les cadavres des huit enfants disparus. Les corps étaient en décomposition plus ou moins avancée.

Calatro avait poussé l'horreur jusqu'à crucifier l'un d'eux sur la hotte monumentale de la cheminée comme un vulgaire trophée de chasse, et l'autopsie révéla que l'enfant avait été violé, torturé puis mis en croix alors qu'il respirait encore.

A dater de cette effroyable découverte, les deux gendarmes ne furent plus jamais les mêmes. Gravement traumatisé, le gendarme Coudert mit fin à ses jours quelque cinq mois après en retournant contre lui son arme de service tandis que sa femme et leur fils de trois ans l'attendaient pour déjeuner. L'adjudant Bernard ne se suicida pas, mais il connut par la suite toute une série de dépressions qui se soldèrent par plusieurs semaines d'hospitalisation, un divorce et une mise à la retraite anticipée. Quant à la Villa, elle resta inoccupée quelques mois avant d'être vendue en adjudication et… rachetée par Fisto à vil prix, étant donné la réputation des lieux.

Jairo pensait pouvoir affirmer que Fisto en avait fait l'acquisition sur ordre de Natas et que Natas était en fait déjà à la Villa du temps de Calatro. Il s'appuyait sur le rapport des gendarmes, où il était dit qu'ils avaient trouvé la table dressée dans le grand salon et que deux couverts y étaient mis. Jamais l'enquête ne réussit à déterminer qui pouvait bien être cette deuxième personne avec qui Calatro mangeait parmi les cadavres d'enfants. La Villa avait été fouillée de fond en comble bien sûr mais sans qu'aucune autre présence ne fût jamais révélée. Les psychiatres consultés sur l'affaire en avaient déduit que, dans son délire, Calatro s'était inventé un compagnon de tuerie, ou plus exactement un maître, l'enquête ayant établi que Calatro ne mangeait jamais au haut bout de table comme il aurait été logique qu'il le fît. Il laissait cette place (et symboliquement le titre de maître des lieux, selon les psy) à son compagnon imaginaire.

Mais pour Jairo, ce compagnon ou ce maître n'avait rien d'imaginaire. De même, il ne faisait pour lui aucun doute que Fisto et sa femme avaient pris l'habitude de célébrer chaque année ces abominables tueries d'enfants par de grandes orgies où sexe et drogue figuraient au programme des réjouissances et où Natas jouait les grands ordonnateurs.

Grace écoutait Jairo avec le sentiment d'avoir versé dans l'irréalité la plus complète.

Bien qu'elle n'eût aucune raison de mettre en doute ce qu'il lui disait, du moins jusqu'à un certain point, elle ne pouvait s'empêcher de penser qu'il lui parlait d'une autre maison que cette somptueuse Villa qu'elle habitait avec sa compagne. Elle était incapable de la tenir pour ce lieu maléfique que Jairo décrivait et se trouvait dans la position d'une mère de famille qui ne peut accepter physiquement, et tant qu'on ne lui en aura pas fourni la preuve certaine, l'idée que son propre enfant, si calme, si doux, puisse être un véritable monstre.

A la fin des années 1990, les Fisto avaient décidé de prêter leur Villa à des créateurs. Les raisons données par Fisto étaient, au dire de Jairo, proches de la vérité sans être cependant tout à fait exactes. S'il était bien vrai que l'âge des Fisto et l'éloignement de la Villa les avaient poussés à partir vivre en ville, il était faux qu'ils la cédaient par pur amour de l'art et des artistes. S'ils le faisaient, c'était pour continuer à *s'amuser*.

– Pour continuer à *s'amuser ?* releva Grace.

– Vous ne comprenez toujours pas ? Ils se servent de nous, de notre talent comme de nos faiblesses. Nous sommes là pour sublimer leurs saloperies au moyen de nos œuvres. Nos putains de créations et nos putains de vies ne sont autorisées à la Villa que parce qu'elles servent leur putain de maître et ami Natas. Nous sommes là pour le divertir, voilà à quoi nous servons. Et vous, Grace, vous êtes dans le nouveau spectacle. Ou plutôt vous êtes le nouveau spectacle. Ne le sentez-vous pas ? Ne le sentez-vous pas quand il vous regarde ? Il aime regarder. Il aime surtout regarder. C'est un putain de jeu de voyeur pour lui, croyez-moi. Il prend son pied à nous laisser nous détruire comme il prenait son pied quand Calatro torturait pour lui ces pauvres mômes.

– Pourquoi dites-vous qu'il nous regarde nous détruire ? Il ne me semble pas que je me détruise en vivant ici.

– Vous en êtes bien certaine ?

– Tout à fait, dit-elle mais d'une voix moins assurée cependant.

Il lui était revenu à l'esprit une certaine hallucination devant un conteneur à ordures.

– Vous n'êtes qu'au début de votre séjour, Grace. Ça ne va pas durer, croyez-moi. Les Fisto vous ont-ils parlé de Nina et de son groupe, les Crepuscula ?

– Oui, en effet.

Elle se souvint que les Crepuscula, d'après ce qu'avaient dit les Fisto, avaient séjourné à la Villa l'année précédant l'arrivée de Jairo Carelli.

– Savez-vous, Grace, qu'en Allemagne il y a des avis de recherche les concernant ? Personne ne sait là-bas ce qu'ils sont devenus depuis deux ans. Personne ne sait non plus d'ailleurs qu'ils ont séjourné en France, à la Villa Marguerite, juste avant de disparaître.

Grace l'arrêta. Quelque chose ne collait pas dans ce qu'il disait.

– S'il leur est arrivé malheur ici, comme vous le supposez, et que, comme vous le supposez toujours, les Fisto et leur ami Natas en sont responsables, jamais les Fisto n'auraient commis l'imprudence de me parler des Crepuscula.

– Ça ne veut rien dire. Ils adorent jouer avec le feu. Et comme je vous l'ai dit, ils ne racontent jamais qu'une partie de la vérité. Vous ont-ils dit qu'on n'avait plus revu le groupe depuis ?

– Non, mais ça ne signifie pas pour autant qu'ils y soient pour quelque chose. Nina et ses musiciens ont peut-être disparu *après* leur séjour ici, s'ils ont bien disparu. Et puis, je persiste à penser que Fisto ne m'en aurait rien dit s'il avait trempé là-dedans. A moins qu'il soit idiot.

– Détrompez-vous, Grace, il l'a fait parce qu'il ne craignait rien avec vous.

– Qu'entendez-vous par là ? fit-elle en se demandant comment elle devait prendre sa remarque.

– J'entends, dit-il très calmement, que vous ne sortirez pas vivante de la Villa.

24.
Jairo (suite)

– Quoi ?

Le cœur de Grace battait à tout rompre. Elle n'avait pas l'habitude de s'entendre menacée de mort. Jairo Carelli ne s'embarrassait décidément pas de scrupules.

– A moi aussi, Grace, ils ont parlé de Nina et de son groupe. Ils l'ont fait parce qu'ils pensaient que c'était sans risque. Et il s'en est en effet fallu de très peu que je disparaisse à mon tour. C'est, voyez-vous, comme pour l'historique de la Villa, ils s'amusent à vous donner une partie de la vérité tout en prenant soin de vous cacher l'autre moitié, la plus importante. Sous leurs airs débonnaires se dissimulc un caractère extrêmement prudent et rusé. Les Fisto savent parfaitement ce qu'ils peuvent dire et faire, croyez-moi, Grace. Tenez, ils choisissent toujours des artistes étrangers. Je suis brésilien, les Crepuscula étaient allemands et vous aussi, vous êtes étrangère, n'est-ce pas ?

– Irlandaise.

– Vous voyez !

– Les Fisto ont des goûts cosmopolites, tout simplement, rétorqua-t-elle. Il me semble que vous surinterprétez, Jairo. C'est de la paranoïa. Et puis un groupe de rock ne disparaît pas comme ça, sans faire de bruit.

– Attendez, Grace, les Crepuscula, c'était pas Tokio Hotel. Le groupe était en pleine traversée du désert quand ils sont venus à la Villa, et jamais, même au plus fort de leur célébrité, leur nom n'a franchi les frontières de leur pays. C'est la même chose pour moi et pour vous, Grace. Nous représentons parfaitement ce qu'ils recherchent : des artistes talentueux mais pas encore trop célèbres, vous comprenez ?

Nous ne sommes pas assez connus pour intéresser personne d'autre que nos proches et compatriotes. Et puis il y a encore une chose. Ni vous ni moi ne regardons les actualités allemandes, que je sache. Si j'avais disparu moi aussi, la télévision brésilienne en toucherait peut-être un mot et encore c'est pas sûr. Mais pensez-vous que la télé française en ferait ses titres ? Vous n'en sauriez rien, même si vous regardiez la télévision française, ce que je doute que vous fassiez d'ailleurs. Que nous soyons des étrangers, c'est tout bénéfice pour les Fisto et leur maître. Croyez-moi, ces salopards ont pensé à tout. Vous voulez un autre exemple ? Très bien. Avez-vous dit à quelqu'un où vous vous rendiez en France ?

– Non. En fait, personne n'est au courant que je suis en France. J'avais besoin de trouver un endroit tranquille où écrire et...

Elle se tut, se demandant si elle devait continuer.

– Et ? la pressa Jairo. Donnez-moi l'autre raison, Grace.

Elle soupira.

– C'est pour me protéger de mon ex. Nous sommes divorcés mais Andrew ne veut pas le comprendre.

– OK, si je résume, personne, je dis bien personne, ne sait où vous êtes. C'est bien ça, Grace ?

– Oui, dit-elle, comprenant soudain où il voulait en venir.

Aucun de ses amis n'était dans le secret de son escapade en France. Même Jack Murray n'en savait rien. La dernière fois qu'elle avait eu son éditeur au téléphone, elle ne lui avait rien dit. *Il peut nous arriver n'importe quoi à la Villa. Jamais personne n'en saura rien*, pensa Grace avec stupeur.

– Je crois que Kate non plus n'a rien dit à personne.

A vrai dire, elle en était sûre. N'avait-elle pas expressément demandé à Kate la plus grande discrétion sur leur voyage ?

– Kate ? C'est qui, Kate ?

Grace hésita un instant avant de répondre.

– Kate est ma compagne. Elle est avec moi à la Villa.

– Merde, des lesbiennes ! s'emporta Jairo. Manquait plus que ça !

– Quoi ? fit Grace d'un ton un peu froissé.

– Rien, rien, désolé.

– Allez-y, continuez. Ne vous défilez pas maintenant.

– Ecoutez... Vous allez me prendre pour un foutu machiste mais je pense que, si un homme seul et à peu près équilibré est en danger à la Villa... alors deux femmes, en plus amoureuses...

– Effectivement vous êtes machiste, Jairo. « L'homme seul et à peu près équilibré », c'est vous, bien sûr ?

– Je vous avais prévenue que vous me prendriez pour un macho. Mais je n'ai pas tout à fait tort, convenez-en ?

Elle préféra ne pas relever pour demander :

– Comment savez-vous tout ça ?

– Je le sais parce que, moi aussi, quand je suis venu m'installer à la Villa, je n'avais donné l'adresse à personne. Je voulais qu'on me foute la paix. Les Crepuscula ont apparemment commis la même erreur que nous.

Grace réfléchit un instant puis objecta :

– Les Fisto ne nous ont jamais demandé à Kate ou à moi de garder secret notre séjour ici.

– Ils ne me l'ont pas demandé à moi non plus.

– Vous voulez voir une mauvaise intention dans ce qui n'est qu'une série de coïncidences.

– Des coïncidences ? Ça fait beaucoup de coïncidences, Grace.

Elle ne pouvait le contredire sur ce point.

– D'où tenez-vous toutes ces informations ? demanda-t-elle.

– J'ai fait quelques recherches de mon côté. Je voulais comprendre ce qui m'était arrivé à la Villa.

– Si tout ce que vous affirmez est la vérité, vous êtes allé voir la police, je pense.

– Pas encore. Ce que j'ai pu découvrir ne constitue en rien des preuves, Grace. Tout juste un faisceau de présomptions.

– Oui, seulement un faisceau de présomptions, répéta Grace pour mieux lui faire toucher du doigt la fragilité de ses allégations. Que les Crepuscula aient vécu ici ne veut pas dire qu'il leur est arrivé malheur ici, si malheur il leur est vraiment arrivé. De même, que la Villa ait été jadis le théâtre des abominations d'un pédophile ne signifie par pour autant que les Fisto et leur ami Natas soient les monstres que vous dites. Peut-être même ignorent-ils tout des événements passés ? Ce n'est pas parce que vous acquérez la maison d'un criminel que vous devenez un criminel, vous aussi. Vous comprenez, Jairo ? Le vice ne se transmet pas avec le titre de propriété. Ou alors il faudrait raser toutes les maisons où ont été commis des meurtres, des viols, des suicides. A ce train, je vous assure qu'il n'y aurait plus beaucoup de vieilles pierres debout.

– Si vous aviez vécu ce que j'ai vécu dans leur foutue Villa, Grace, vous sauriez que j'ai raison. Mais vous le découvrirez bientôt par vous-même. Reste à espérer que ce ne sera pas trop tard pour vous et votre amie.

Elle repensa avec un certain malaise à son hallucination près des poubelles.

– Dites-moi ce qui vous est arrivé à la Villa.

– Vous tenez vraiment à le savoir ?

– Oui, il faut que je sache si vous voulez que je vous croie.

Elle l'entendit soupirer une nouvelle fois, provoquant de la friture sur la ligne.

– Très bien, Grace. Alors écoutez ça. J'étais depuis deux ans sur une nouvelle bande dessinée pour enfants mais ça n'avançait pas. Les dessins étaient vraiment très mauvais et l'histoire avait quelque chose de bancal qui me déprimait terriblement. J'avais la foutue impression que je n'y arriverais jamais. Alors quand les Fisto m'ont contacté pour me proposer de résider quelque temps dans leur Villa en France, j'ai sauté sur l'occasion. Je me disais qu'un changement d'air me serait profitable. J'espérais que *Les Grandes Vacances* (c'était le titre de mon projet) y trouveraient matière à inspiration. D'une certaine façon, c'est ce qui s'est produit. (Grace l'entendit déglutir.) J'ai eu bientôt un tas de nouvelles idées. Mon projet s'est modifié de plus en plus jusqu'à ne plus ressembler à ce qu'il était au départ. Ce n'était plus un livre pour enfants. Mais vraiment plus du tout… Moi-même, j'ai beaucoup changé durant ce séjour. Je me reconnaissais plus. Je travaillais jusqu'à plus d'heure. Jamais dans ma vie je n'ai connu une pareille fièvre de création. *Les Grandes Vacances* progressaient à une vitesse incroyable. J'en étais le premier étonné mais j'étais loin de m'en plaindre, en tout cas au début.

Avec un malaise accru, Grace se rendit compte que sa situation de romancière, sur bien des points, pouvait se comparer à celle vécue par Jairo. Elle aussi avait connu, avant de venir à la Villa, une situation de blocage et elle aussi traversait maintenant une phase d'inspiration prodigieuse. Il était possible aussi que les Crepuscula aient trouvé le même regain de créativité lors de leur séjour à la Villa. Alors, nouvelle série de coïncidences ? Grace commençait à en douter.

Jairo laissa passer un instant avant de poursuivre :

– La dernière nuit que j'ai passée à la Villa a bien failli être la dernière de ma foutue vie. J'étais mort de fatigue, dans un état très voisin de la folie. Je venais de terminer la partie dessinée de mon album. Il ne me restait plus qu'à le colorier. Je ne cessais de crier et de sangloter comme un damné. J'étais brisé. Depuis des semaines, je n'arrivais plus à trouver le sommeil. Quelque chose me poussait à travailler, à travailler encore et encore. Je dessinais des heures durant, en proie à de terribles fièvres. Une part de moi restait cependant consciente de ce qui m'arrivait, de ce que je *commettais*. J'ai plusieurs fois essayé de résister. Je pensais que la douleur, une douleur physique intense, pourrait me redonner le contrôle de mon esprit et je n'hésitais pas à me lacérer le corps avec un cutter. Le visage et les doigts surtout, pour ne plus pouvoir dessiner. Mais la douleur n'avait pas de prise sur mon délire. Mon sang coulait en vain, Grace. Les blessures que je m'infligeais étaient inutiles, même les entailles que je me faisais aux doigts ne servaient à rien. J'étais possédé par une force mauvaise qui m'avait fait concevoir *Les Grandes Vacances* dans une tout autre direction qu'au début, et qui me poussait à finir le travail coûte que coûte, malgré la fatigue et les mutilations.

– Oh, mon Dieu ! murmura Grace, d'autant plus bouleversée que lui revenait en mémoire ce que Kate lui avait dit de son cauchemar.

Kate avait vu un homme se lacérer le corps, un homme qui sanglotait horriblement, entre désespoir et démence.

– Mais comment est-ce possible ? demanda-t-elle.

– Je crois que c'est l'air qu'on respire à la Villa. Il est contaminé par le Mal. Par ce que Calatro a fait ici, notamment. Mes *Grandes Vacances* ont été « influencées » par toutes ces atrocités. Je pensais écrire une histoire originale mais cette histoire avait déjà eu lieu dans les années 1960, pour de vrai.

– Votre histoire racontait les meurtres d'enfants commis par Calatro ?

– Oui, d'une certaine façon. Et le plus étrange, Grace, c'est que je ne savais encore rien du passé de la Villa. J'ai découvert toute l'histoire de Calatro trois mois après avoir réussi à m'échapper. J'étais parti me réfugier à Londres chez des amis. C'est chez eux que j'ai commencé mes recherches sur la Villa en consultant sur le Net les archives des journaux français de l'époque.

– Vous dites que vous vous êtes *échappé*. Vous étiez enfermé à la Villa ?

– Non, je pouvais sortir comme je le voulais, mais le problème est qu'une partie de moi ne le voulait pas justement. Cette partie-là, cette partie contaminée, ne voulait pas que je sorte. Elle ne désirait qu'une seule chose : que je termine au plus vite *Les Grandes Vacances*, même si je devais en crever pour cela. Un jour, j'ai réussi à reprendre le contrôle et je me suis dit que c'était sûrement la dernière fois que je pouvais me sauver. Alors je l'ai fait sans attendre, de peur de ne plus en être capable deux minutes après. J'ai laissé derrière moi toutes mes affaires et *Les Grandes Vacances*. C'était la seule chose intelligente à faire, croyez-moi. Partir, fuir sur-le-champ, tant que je le pouvais encore. (Jairo soupira profondément.) Grace, vous aussi, vous devriez quitter cet endroit maudit pendant qu'il est encore temps. Je vous assure que c'est vrai. Je n'ai rien inventé.

– Non, mais peut-être que vous dramatisez la situation. Je... enfin il ne me semble pas que nous craignions quoi que ce soit à la Villa.

– Grace, vous me faites penser à cette automobiliste qui a continué de rouler pendant plusieurs kilomètres avec un cycliste encastré dans son pare-brise. Cette femme aussi refusait de voir la réalité en face.

– Je ne suis pas comme ça, protesta Grace.

Mais une voix dans sa tête ricanait : *Oh que si, tu es comme ça, Gracie, et même pire encore. Car, si ce que dit Jairo est bien vrai, ce n'est pas un inconnu qui risque de traverser ton pare-brise, mais Kate, ton amour.*

– Si seulement je pouvais vous montrer mes *Grandes Vacances*, vous comprendriez.

– D'accord mais où est-il, votre album ?

– Je vous l'ai dit, je l'ai laissé à la Villa quand j'ai fui. Les Fisto doivent le garder quelque part. A vrai dire, c'était la raison première de mon coup de fil. Je pensais tomber sur les Fisto et leur demander de me rendre mes dessins.

– Pour les publier ?

– Non, quelle idée ! Non, pour les détruire. Ces saloperies doivent être brûlées. Avec tout ce que je sais, je pensais pouvoir forcer les Fisto à me les rendre, vous comprenez. Vous ont-ils dit où ils les gardaient ?

– Non. Vous pensez qu'ils sont encore à la Villa ?

– Peut-être. Ecoutez, Grace. Je suis de passage à Paris. Je peux être à la Villa dans deux heures. Est-ce que vous accepteriez de me laisser entrer ?

– Oui mais à une seule condition : si nous trouvons votre album, vous me laissez le lire avant de le détruire.

– Je comptais bien vous le montrer, Grace. C'est d'une certaine façon la seule preuve que j'aie à vous soumettre. Vous seriez alors certaine que je ne vous mens pas et vous ne... Vous avez entendu *ça* ?

– Quoi ça ?

– Le petit bruit. Ecoutez. Là, vous avez entendu ?

– Non.

Grace resserra son étreinte sur le combiné. Jairo arrivait à lui faire peur avec toutes ces histoires.

– Il y a quelqu'un d'autre sur la ligne, dit-il.

Grace eut soudain une boule de glace au creux de l'estomac.

– Quelqu'un est en train de nous écouter, dit Jairo. Où est votre amie ?

– Elle doit être quelque part dans la Villa. Kate ?

Grace tira sur le fil du téléphone pour s'approcher de la baie.

– Kate, c'est toi ? Kate ?

– Qui est avec nous, bordel ? s'énerva Jairo.

Se penchant, Grace regarda du côté du salon où était le deuxième poste mais elle ne put voir s'il y avait quelqu'un à l'intérieur, les baies du salon étant pleines du reflet de la terrasse.

– Kate, si c'est toi, réponds. Tu as décroché dans le salon ? Kate ? Vous êtes sûr qu'il y a quelqu'un d'autre ?

– Je... Je ne sais plus, dit Jairo après un silence. Il m'a semblé... Ecoutez, Grace. Je suis à la Villa dans deux heures. A tout de suite.

Il raccrocha.

25.
La décision de Grace

Grace s'empressa de regagner le salon. Elle pensait y surprendre sa compagne mais ne l'y trouva pas. Elle parcourut des yeux la grande pièce sans rien noter d'anormal. Le téléphone près de la cheminée reposait tranquillement sur sa base. Jairo avait très bien pu se tromper.

Tendant soudain l'oreille, elle perçut comme un murmure. Ça venait de derrière la cheminée. Grace comprit avec soulagement que c'était Kate qui chantonnait sous la douche.

Elle alla frapper à la porte de la salle de bains puis l'entrouvrit.

– Le téléphone a sonné tout à l'heure, dit-elle, la main sur la poignée. Tu n'as pas entendu ?

Dans la cabine de douche, Kate ferma les robinets puis ramena en arrière ses cheveux ruisselants d'eau.

– Quand ça ? demanda-t-elle.

– Ça ne fait rien. Tu as bientôt fini ? Il faut que je te parle, ma chérie. C'est... c'est important.

Kate en avait encore pour une minute.

Grace alla s'asseoir sur le lit de leur chambre, face à la piscine, préparant dans sa tête ce qu'elle devait dire. Elle ne savait pas par où commencer. Ce n'était pas que Jairo n'eût pas été clair, mais des sentiments contradictoires l'agitaient.

Elle contempla la piscine qui miroitait au soleil. Il régnait dehors une lumière intense comme en été sur la Côte d'Azur. Tout semblait si calme, si beau, et cette beauté, ce calme jetaient un sérieux doute sur tout ce que Jairo Carelli avait pu dire quelques minutes auparavant.

Vue d'ici, la situation paraissait irréelle. Grace n'arrivait pas à trouver la moindre laideur à la Villa. Qu'avait-elle à lui reprocher pour sa part ? Rien, absolument rien. Kate et elle y étaient heureuses, et libres, enfin libres.

Elle ne discutait pas que Jairo Carelli ait pu vivre ici les tourments qu'il disait avoir vécus. Mais la faute en était-elle à la Villa comme il le prétendait avec tant de certitude ? Les Fisto et leur ami Natas devaient-ils vraiment être tenus pour responsables ? N'était-ce pas fou de le penser ?

Oui, fou, car, après tout, ce que Jairo lui avait dit de la Villa pouvait très bien n'être que le fruit d'un esprit troublé. Devait-elle pour autant verser à son tour dans cette folie, la cautionner ? Devait-elle donner un crédit aveugle à des allégations relevant davantage du délire paranoïaque que d'autre chose ?

D'ailleurs la seule preuve que Jairo disait pouvoir fournir n'était même pas en sa possession, sans parler du fait que ce n'était qu'une bande dessinée. Toutes ses accusations *(ses calomnies)* se fondaient sur de simples impressions (l'impression d'être épié, l'impression d'être contaminé, d'être écouté au téléphone). Et quand Jairo partait d'une information sans doute exacte comme la regrettable affaire du pédophile Calatro, c'était pour échafauder des hypothèses hasardeuses et tirer des conclusions complètement délirantes.

La définition même de la paranoïa, songea Grace en hochant la tête.

Oh, bien sûr, il y avait quelques arguments qui plaidaient en la faveur de Jairo. Le cauchemar de Kate, notamment. Kate l'avait vu se lacérer le visage en sanglotant, à deux doigts de la folie. Il y avait aussi l'hallucination qu'elle-même avait eue près des poubelles. Sans oublier l'étrange visite des Fisto à la mi-septembre. Elle ne pouvait contester qu'elles avaient vécu ces derniers temps des événements inhabituels.

Inhabituels, sans doute, mais tout de même pas au point d'être inexplicables. Pour ce qui était de son hallucination, on pouvait l'imputer à l'état de grande fatigue dans lequel elle était alors. La visite des Fisto qu'elles avaient *devinée* ? Fisto avait très bien pu l'en avertir au téléphone, comme il l'avait dit d'ailleurs. Elle avait zappé l'information, c'est tout. Il n'y avait rien de fantastique là-dedans, simplement un oubli stupide de sa part. Quant au fameux cauchemar, il pouvait s'expliquer par la sensibilité de Kate. Elle avait vu Jairo délirer, bon, très bien, et après ? Grace avait lu quelque part que les hypersensibles comme Kate avaient bien souvent des prédispositions médiumniques. Tout cela, elle était tout à fait prête à l'admettre mais quant à voir dans la Villa Marguerite une espèce de Castel Gandolfo du Diable ou une Amityville française, il y avait de la marge. Les murs de la Villa ne suintaient pas encore de sang, pas plus qu'ils ne bourdonnaient de grosses mouches. Avec ses rangées de baies vitrées et sa piscine hollywoodienne, c'était une grande maison totalement transparente qui ne respirait rien d'autre que la quiétude et l'hédonisme.

Sans doute, mais tu oublies un peu trop vite *Barbarian State*, s'en fit-elle la remarque.

Non, elle ne l'oubliait pas. Elle ne niait pas que ce roman fût aux antipodes de tout ce qu'elle avait pu écrire jusqu'à présent. Mais Picasso aurait-il dû brûler *Les Demoiselles d'Avignon,* sous prétexte que cette œuvre géniale était en rupture avec son passé de peintre modern style ? Oui, *Barbarian State* n'avait rien d'une bluette pacifique, elle en était parfaitement consciente. Le sang y coulait presque à chaque page, et les cris déchirants des victimes ne s'élevaient que pour mieux se mêler aux ahanements de leurs bourreaux.

Mais ce livre, au fond, elle sentait qu'elle le portait en elle depuis longtemps déjà. La Villa ne faisait que l'aider à en accoucher, rien de plus. La Villa n'était pas un lieu maudit, bien au contraire. Elle donnait corps à des potentialités qui lui préexistaient et qui demandaient à s'exprimer.

Et puis, *Barbarian State* n'était et ne serait jamais qu'un livre. Ce n'était pas la réalité. On pouvait écrire des abominations sans pour autant être abominable, tuer dans un roman sans être un tueur dans la vie. C'était ce qu'on appelait la sublimation. Mais Jairo, dans son délire de persécution, confondait les rôles. Il se croyait possédé, « contaminé » parce qu'il avait créé une œuvre apparemment amorale et obscène.

Un fou, pensa-t-elle. C'est un fou, voilà.

Pourtant il se pouvait aussi très bien que Jairo ne fût pas fou, qu'il fût même tout à fait sain d'esprit. Peut-être avait-il cherché tout simplement à s'amuser aux dépens de Grace en lui faisant cette comédie.

L'hypothèse était à considérer. Restait cependant à savoir pourquoi Jairo lui jouerait un tour pareil. Par goût du canular ? Possible. Peut-être d'ailleurs n'était-il pas seul. Peut-être y avait-il quelqu'un d'autre derrière lui.

Un soupçon faisait peu à peu son chemin dans l'esprit de Grace.

Jairo ne lui avait-il pas dit qu'après *s'être échappé* de la Villa, il était parti se réfugier à Londres ? Londres ! Commenı n'y avait-elle pas pensé plus tôt ? A Londres, Jairo avait pu rencontrer Andrew Breach, le délicat poète des *Fleurs d'automne,* et se lier avec lui. Peut-être, oui, qu'Andrew était derrière ce coup de fil. Peut-être qu'avec Jairo, il s'amusait à lui faire peur pour qu'elle revienne en Angleterre.

Un coup monté, songea Grace, presque furieuse. Ou bien seulement une mauvaise blague...

– Tu voulais me dire quelque chose ?

Kate était sortie de la salle de bains et se séchait les cheveux avec une serviette. Grace la regarda un moment sans répondre, comme si elle se demandait ce qu'elle faisait là.

– Non, rien, répondit-elle enfin.

Elle arriva même à sourire. Kate la fixait, visiblement étonnée.

– Tu as dit que c'était important.

– Ça ne devait pas l'être autant que je le croyais.

Elle se leva et prit la serviette des mains de Kate pour lui sécher les cheveux.

– Ah, si, j'allais oublier. Quelqu'un va passer nous voir tout à l'heure.

– Quelqu'un ?

– Jairo Carelli. (Elle arrêta de lui frictionner les cheveux.) Tu sais, le précédent locataire de la Villa.

Kate hocha la tête.

– Que vient-il faire ?

– Il veut me montrer quelque chose. Mais il ne restera pas longtemps, rassure-toi.

Kate sourit et Grace lui ramena ses beaux cheveux en arrière.

– Autre chose, ma chérie. Est-ce que...

Elle se tut, se demandant comment elle allait bien pouvoir formuler sa question et si même elle devait la poser. Mais elle devait le faire, par acquit de conscience.

– Est-ce que tu te sens bien à la Villa ?

– Bien sûr. Pas toi, Gracie ?

– Si, si. Mais comment dire, tu n'as jamais eu l'impression de...

– De quoi, Gracie ?

– Que nous n'étions pas... seules.

– Mais non ! Si tu penses encore au cauchemar que j'ai fait, moi, je l'ai oublié depuis longtemps. Et puis ce n'était qu'un cauchemar. Nous sommes seules ici. Qui veux-tu qu'il y ait avec nous ? Cette maison est en verre. On l'aurait su tout de suite.

– C'est bien ce que je me disais, ma puce.

26.
Grace se remet à écrire

Pour étouffer ses derniers scrupules, Grace se dit qu'il serait toujours temps de repenser à cette histoire quand Jairo serait à la Villa. En attendant, elle retourna à son roman et, à sa grande satisfaction, en écrivit d'un seul jet le chapitre douze.

Grace Austin, *Barbarian State*

Chapitre 12

Stirner *alias* Tamino se rendit au Caligula, avec quelques minutes d'avance sur l'heure fixée par Vathek pour leur rendez-vous.

Le salon Gilles-de-Rais occupait la quasi-totalité du cent vingt-cinquième étage de l'hôtel et était désert lorsque Stirner entra. Il s'en étonna auprès d'un des serveurs qui lui expliqua que les clients du Caligula avaient été conviés à un set dans un des salons situés à l'étage inférieur. Si Monsieur voulait y assister, il était encore temps, lui indiqua le garçon avec un sourire des plus engageants. Stirner déclina l'offre évidemment et commanda un Martini. Il s'installa dans un box et vit Vathek apparaître à l'entrée. Celui-ci portait toujours son masque rouge et semblait très soucieux. Il balaya des yeux la salle plusieurs fois avant de venir s'asseoir à la table de Stirner.

– Vous êtes venu seul ? demanda-t-il.

Stirner le lui assura et voulut savoir où était le prêtre.

– Il ne viendra pas ce soir, mais ne vous inquiétez pas, vous allez rencontrer une personne qui le connaît bien.

Il posa sur la table un petit récepteur qui retransmettait en direct le set en cours à l'étage du dessous. La victime était un homme, cette fois. Il avait les pieds et les mains attachés à une espèce de grande roue. Trois clients en habit de soirée réglementaire se tenaient autour de lui, dont l'un était en train de lui coudre les lèvres avec du gros fil et une aiguille.

– C'est pour savoir où ils en sont, dit Vathek en réponse au regard de Stirner. Quand le set sera fini, nous devrons nous quitter, compris ?

Stirner opina de la tête et ses yeux, malgré lui, revinrent se fixer sur le petit écran qui montrait l'aiguille allant et venant, faisant de grosses perles de sang à chaque pénétration dans les lèvres. C'est alors qu'il reconnut le Brésilien. C'était lui, la victime du set, c'était sur sa bouche qu'on s'acharnait. Stirner en eut le souffle coupé.

– Après lui avoir cousu les lèvres, expliqua Vathek, ils lui crèveront les yeux et lui trancheront les oreilles. Puis ils lui brûleront tout le corps avec des brandons. Il va mourir très lentement et inutile de vous dire que ce ne sera pas sans douleur.

– Vous ne sembliez pas si scandalisé, hier, quand je vous ai vu égorger cette pauvre fille.

– Ecoutez, Tamino. Pour le set d'hier, je n'avais pas le choix. Ici il faut jouer le jeu ou alors c'est vous qui devenez le jeu, à vos dépens. Ne perdez jamais ça de vue. Cet homme que vous voyez là, ce n'est pas une de ces victimes enlevées spécialement pour un set. C'était un client comme vous et moi, Tamino, oui, mais c'était un client un peu trop curieux. Ce pauvre con a voulu savoir qui se cachait derrière un masque. La police de Thélème l'a aussitôt arrêté. Et ce que vous voyez là, c'est la peine à laquelle il a été condamné.

Il y eut un silence durant lequel Stirner, les yeux de nouveau baissés sur le récepteur, songea qu'aucun homme, aussi dépravé fût-il, ne méritait de subir pareilles horreurs.

– Ah, voilà la personne qui peut vous aider, fit Vathek avec un petit mouvement de menton.

Stirner regarda dans la direction indiquée. Quelqu'un

s'approchait effectivement. Au smoking et au loup blanc qu'il portait, Stirner reconnut l'une des deux personnes qui étaient à la table de Vathek la nuit du set au Lubrikka.

– On m'a dit que vous cherchiez Diké, dit l'homme. Que lui voulez-vous ?

– C'est confidentiel, répondit prudemment Stirner.

– Alors vous comprendrez que je ne puisse rien pour vous.

Il salua Stirner d'une petite inclinaison de la tête et commença à s'éloigner.

– Je cherche une jeune femme, dit Stirner en se levant.

– Ici ce ne doit pas être bien difficile d'en trouver, répliqua l'autre avec mordant.

– Non, je ne parle pas de *celles-là*. La jeune femme que je cherche s'appelle Hélène Blackqueen.

A ce nom, l'homme s'arrêta puis revint sur ses pas.

– Vous avez bien dit Hélène Blackqueen ?

– Je sais qu'elle est à Thélème, je ne sais pas où ni si elle est encore en vie mais on m'a dit que le prêtre Pharmakon pourrait m'aider.

– Diké, corrigea l'homme. Ici, il se fait appeler Diké. Rasseyez-vous.

Il prit place en face de Stirner.

– Vathek, dit-il, allez vous poster dans le couloir et prévenez-nous si du monde arrive.

Vathek obéit et sortit.

– Nous devons observer la plus grande prudence, expliqua l'homme masqué. La police de Thélème nous arrêterait si jamais elle venait à découvrir nos desseins. Les plus chanceux d'entre nous seraient simplement expulsés. Quant aux autres...

– Je sais, dit Stirner en désignant le récepteur sur la table. Qui êtes-vous ?

– Quelqu'un qui veut la même chose que vous. Nous sommes un petit nombre ici. Cela fait des années maintenant que nous observons Thélème de l'intérieur. Nous aidons des victimes à sortir de cet enfer.

– Vous travaillez pour qui ? Interpol ? demanda Stirner mais il n'obtint pas de réponse. Et le rôle de Diké dans tout ça ?

– Diké est le chef de notre réseau.

– Hélène Blackqueen est-elle encore en vie ?

– Oui, mais c'est tout ce que je peux vous dire. Seul Diké sait où elle se trouve. Pourquoi voulez-vous aider cette fille en particulier ?

– Je suis détective. Sa mère m'a chargé de la retrouver.

– Mme Margaret Blackqueen n'aurait-elle plus confiance en nous ?

Le visage de Stirner se raidit.

– Vous travaillez pour elle, vous aussi ? demanda-t-il.

Mais la réponse lui sautait aux yeux maintenant et il s'en voulut de ne pas avoir deviné plus tôt.

– Mme Margaret Blackqueen est une femme très avisée, fit observer l'homme avec un sourire. Elle a sans doute estimé que deux précautions valaient mieux qu'une.

– Comment comptez-vous faire sortir sa fille d'ici ?

– Diké a tout arrangé. Je ne suis pas autorisé à vous en dire davantage. Sachez simplement qu'Hélène sera bientôt libre. Vous devriez rentrer chez vous, Tamino, et nous laisser mener cette opération. Votre « mission de contrôle » est terminée.

– Je ne partirai pas sans avoir vu Hélène Blackqueen.

– Je crains, Tamino, que vous ne soyez pas en état d'exiger quoi que ce soit. Appelez donc Mme Blackqueen, et vous verrez qu'elle vous ordonnera de ne compromettre en rien l'évasion de sa fille.

– Vous ne m'avez pas bien compris. Mme Margaret Blackqueen veut que je lui dise si sa fille est vivante et où elle se trouve exactement. Je ne quitterai pas Thélème sans avoir mené à bien ma mission. Il vaudrait mieux pour vous que vous m'aidiez.

L'homme le regarda derrière son masque avec indécision puis il soupira et dit :

– Très bien, je vais tâcher de vous organiser une rencontre avec Diké. Mais pas un mot de tout cela à quiconque. Nous risquons tous notre peau dans cette affaire.

Et à l'appui de sa dernière phrase, il désigna des yeux le petit écran. Stirner regarda à son tour. A l'étage du dessous, on était en train de crever les yeux au Brésilien. Ses lèvres cousues, d'où coulaient du sang et de la salive, l'empêchaient de hurler.

27.
Mauvais tour

A treize heures, Grace alla déjeuner.

Jairo Carelli n'était toujours pas arrivé. Il avait pourtant dit qu'il mettrait deux heures pour venir. Il aurait dû être à la Villa aux environs de midi.

A quatorze heures elle se remit à écrire et n'y pensa plus.

L'après-midi se passa sans que Jairo ne vînt ni même ne rappelât.

Plus tard, en se mettant au lit, Grace acquit la certitude qu'il avait cherché à lui jouer un mauvais tour mais qu'au dernier moment il s'était défilé. Elle en éprouva un peu de contrariété, cependant pas au point de ne pas pouvoir s'endormir. Cette nuit comme les autres, elle rêva de *Barbarian State*.

Jairo Carelli ne se manifesta pas non plus les jours suivants. Mais ce n'était plus très grave car, prise par son roman, Grace l'avait déjà oublié.

II.
Nina

Car pour qui cherche son amante,
Un monstre même est bienvenu.
Goethe
(traduction J. Malaplate)

1.
Kate s'ennuie

Depuis deux jours, un brouillard froid enveloppait la Villa et les bois.

Fini le nu intégral, pensa Kate dans un peignoir de soie rouge. *Adieu, soleil, adieu, chaleur.*

En cette matinée du vendredi 5 octobre, c'est avec une tristesse hébétée que la jeune femme contemplait la piscine par la grande baie du salon. Le bassin avait dans la brume presque des airs d'étang. C'était sinistre.

– Que vais-je faire ? murmura-t-elle, la poitrine oppressée.

Après avoir petit-déjeuné avec elle, Grace était partie s'enfermer dans le bureau. A présent, elle était seule jusqu'à treize heures. Elle ne put s'empêcher de frissonner. Le soleil lui manquait, et Grace toujours autant, voire plus encore que jamais. Avec la fin des beaux jours, elle se voyait privée du seul plaisir qui lui restait.

Elle jeta par-dessus son épaule un regard morne à l'horloge murale de la cuisine. Mon Dieu, pensa-t-elle, dire qu'il n'est pas encore neuf heures !

Elle ne savait quoi faire.

La veille, Fisto avait appelé pour leur apprendre que Thomas ne viendrait pas jardiner cet après-midi, qu'il ne viendrait sans doute pas non plus les vendredis suivants. Grace, qui avait pris l'appel, disait ignorer la raison de cette défection mais Kate la soupçonnait d'en être à l'origine. Elle ne lui en voulait pas cependant et nourrissait même l'espoir que Grace l'avait fait par jalousie et non pas uniquement pour mieux travailler à son roman. Toujours était-il que, privées de la visite hebdomadaire de Thomas, les deux femmes vivaient maintenant dans une totale solitude.

Kate mit la radio pour lui tenir compagnie. L'appareil était réglé sur une station française. Elle l'allumait seulement quand Grace n'était pas là et l'écoutait avec attention d'abord puis de plus en plus distraitement à mesure que ses pensées revenaient l'accaparer.

Sur le canapé, elle feuilleta quelques livres qu'elle avait apportés de Londres, mais se lassa vite. Songeuse, elle effleura du bout des doigts le nom de sa mère qui figurait en gros sur la couverture du luxueux catalogue de l'exposition Magnus[1] à Boston. Sa mère savait-elle qu'elle vivait en ménage avec Gracie ? Bien sûr, se dit-elle avec un petit soupir. Chaque fois qu'elles s'appelaient, elle terminait toujours en lui demandant d'embrasser Gracie de sa part.

Vraiment elle enviait sa mère, comme elle enviait Gracie, d'ailleurs. C'étaient des femmes intelligentes, elles ne s'ennuyaient jamais, ayant toujours mille choses à faire. Sa mère s'occupait d'art, Gracie avait l'écriture. Mais elle, qu'avait-elle pour lui tenir compagnie ? Rien. Elle se sentait stupide, parfaitement inutile, un vrai poids mort pour sa compagne si brillante.

De nouveau elle soupira, déprimée, puis elle se leva. L'horloge indiquait neuf heures cinq. Le temps ne passait pas.

Comme je m'ennuie ! pensa-t-elle, et de nouveau elle fixa d'un regard triste la piscine dans la brume tandis qu'à la radio on annonçait qu'un homme avait été retrouvé mort

1. *Forrest Magnus – Trompe-l'œil Paintings and Still Lifes*, 540 pages, 2006. Textes de Shirley Zimmer, Editions New Arts.

près de Fontainebleau, le corps entièrement dénudé, marqué d'innombrables blessures.

« ... Les services de police ont lancé ce matin un appel à témoin dans toute la région et disent se préparer à une enquête très difficile. En effet, aucun papier ni vêtement n'a été découvert près de la victime. Quant à son visage, il a, semble-t-il, subi des sévices tels qu'il est totalement méconnaissable. Ses agresseurs, selon le rapport du médecin légiste, lui auraient cousu la bouche, tranché les oreilles et crevé les yeux... »

Mais devant la baie, Kate n'écoutait plus depuis longtemps. Elle était perdue dans ses sombres pensées. Les nouvelles du monde lui parvenaient comme un bruit de fond qui n'avait pas plus de sens qu'un bourdonnement de mouche.

2.
Une photo et une clé

Finalement, elle alla prendre une douche puis s'habilla d'un jean et d'un T-shirt.

L'envie la saisit de fouiller dans les placards de la Villa. Elle trouverait peut-être un jeu de cartes ou quelque autre surprise. Un trésor même, pourquoi pas ? L'idée la fit sourire. Tout sauf, bien sûr, un cadavre, songea-t-elle d'une humeur finalement un peu moins morose.

La chambre juste derrière la cuisine (celle où Grace avait relégué le portrait de Natas, l'ami des Fisto) était coquettement meublée. Il y avait un lit à deux places avec un édredon pastel et des coussins assortis, une grande armoire en chêne et une commode où trônait maintenant le tableau. Kate passa devant lui en évitant de le regarder. Ce Natas la rendait nerveuse. Elle se tourna vers l'armoire, ouvrit ses battants et, devant la rangée de cintres accrochés à la tringle, constata qu'elle était vide. Elle se baissa alors pour s'intéresser à la commode et découvrit dans le dernier tiroir deux pochettes Kodak, oubliées là sans doute par un des anciens résidents. Un artiste ou bien un écrivain comme Grace, se dit Kate, les Fisto ne prêtant leur Villa qu'à des créateurs. Ce rappel lui fit prendre conscience que, sans Grace, elle n'aurait jamais été invitée à séjourner dans ce merveilleux endroit, et cela renforça son sentiment de nullité.

En soupirant, elle jeta un coup d'œil à l'intérieur des pochettes.

La première était vide, mais la seconde contenait une photo couleur qui montrait une jeune femme en jean élimé, T-shirt vintage et baskets à la mode. Elle posait devant une grande fenêtre toute ronde, les yeux tournés vers l'objectif, un sourire étrange aux lèvres. Elle tenait une raquette de ping-pong rouge et pointait l'index de son autre main vers les branches des arbres qui s'encadraient derrière elle.

Kate la reconnut sans l'avoir jamais vue. Ce devait être cette chanteuse de rock dont Patricia Fisto leur avait parlé.

Nina. Oui, c'était ça. La jeune femme s'appelait Nina. Kate, maintenant, s'en souvenait très bien.

Patricia Fisto n'avait pas donné son nom de famille, elle avait seulement dit que Nina était allemande et qu'elle avait vécu une année ici, à la Villa, avec ses musiciens. Kate se rappelait aussi l'émerveillement attendri de Patricia devant sa ressemblance avec la chanteuse, et, sur la photo, la ressemblance était en effet troublante, à ce détail près, cependant, que Nina paraissait aussi blonde que Kate était brune. Mais pour le reste, on eût pu les tenir pour des sœurs jumelles. Elles avaient dans leurs attitudes cette même fragilité générale et, dans leurs regards, perçait cette même anxiété, en dépit des sourires affichés.

Immédiatement, Kate éprouva une vive sympathie pour Nina. Il lui semblait la connaître, et presque l'aimer déjà, un peu comme une amie d'enfance. Elle observa l'image avec plus de curiosité encore, étudia chaque détail, comme à la recherche d'indices.

Pour ce qui était de l'endroit où l'on avait pris la photo, il devait être en hauteur, la fenêtre derrière donnant sur des frondaisons. Quant à Nina, que désignait-elle ainsi du doigt ? Ne cessant de scruter le cliché, Kate parvint à discerner dans le fouillis des branches les grandes baies de la Villa, un peu plus loin, en contrebas. La photo avait été prise ici, dans le domaine des Fisto. Sûrement dans le garage, comprit-elle soudain en se rappelant le bâtiment construit à distance de la Villa le long de la grande allée.

Selon toute apparence, Nina et ses amis s'y étaient rendus de temps à autre, et la raquette de ping-pong indiquait ce qu'ils avaient pu y faire.

Un fin sourire rêveur s'attarda sur les lèvres de Kate. Elle était fascinée par ce que lui révélait cette photo. Ainsi, avant elle et Grace, des jeunes gens avaient vécu à la Villa. Elle le savait déjà par les Fisto, mais s'en rendre compte de ses propres yeux, même si ce n'était qu'à travers une simple photo, conférait à ce savoir une réalité tout autre et comme un souffle de vie magique. Ce n'était plus seulement un prénom (Nina) ; c'était un visage, un sourire, une attitude, des gestes de tous les jours.

Oui, d'autres avaient vécu ici, avaient créé, s'étaient aimés, s'étaient ennuyés aussi sans doute. Ce regard un peu perdu qu'avait Nina sur la photo, ce sourire de façade étaient autant de signes, discrets mais bien réels, qu'elle n'était pas complètement heureuse à la Villa, que son enjouement n'était qu'une pose pour dissimuler un manque. Et Kate comprit alors que, par-delà les années, un lien très puissant l'unissait à Nina, un lien que renforçait jusqu'au vertige leur troublante ressemblance.

Quel dommage qu'une seule photo eût été oubliée ! Kate aurait tant aimé découvrir d'autres images, d'autres preuves du séjour de Nina à la Villa. Mais déjà elle pouvait se l'imaginer mangeant dans la cuisine, dormant dans la chambre bleue, se baignant dans la piscine les jours de beau temps. Chaque fois, elle voyait une Nina au visage souriant, presque rayonnant, mais elle savait aussi que c'était pur mensonge, que Nina recelait en son cœur le chancre d'une tristesse profonde. Oui, c'était vraiment dommage qu'il n'y eût pas d'autres photos pour constater cette tristesse...

En tout cas, Kate décida de garder celle-ci. Elle la posa sur le plateau en marbre de la commode, puis, s'emparant des pochettes qu'elle pensait tout à fait vides maintenant, elle s'apprêtait à les remettre où elle les avait trouvées quand il en sortit une petite pièce métallique qui tomba en virevoltant à ses pieds. Etonnée, elle se baissa pour ramasser l'objet puis se redressa, tenant entre ses doigts une clé de porte avec une plaquette d'identification sur laquelle était écrit 609. Elle n'avait aucune idée de ce à quoi correspondait ce chiffre (peut-être ne signifiait-il rien, d'ailleurs), mais elle était certaine que c'était la clé de la pièce où se tenait Nina sur la photo, cette pièce éclairée par une fenêtre ronde, au-dessus du garage, et qui abritait peut-être encore la table de ping-pong sur laquelle Nina et ses amis avaient joué durant leurs heures de loisir.

Lentement Kate posa la clé sur la photo, avec le sentiment que celle-ci venait de se charger d'une nouvelle signification. Le geste de Nina désignant la Villa à travers les frondaisons semblait à présent comme une invitation à la rejoindre. C'était comme si Nina était *encore* là, comme si elle attendait qu'on vienne la retrouver pour jouer avec elle une partie de ping-pong.

Cette impression pleine de mystère en entraîna une autre plus troublante encore : ces objets n'avaient pas été « oubliés » dans ce tiroir par hasard. On les avait laissés exprès pour qu'elle les trouvât. Comme si on avait prévu qu'un jour, elle, Kate Henry, viendrait par désœuvrement fouiner dans cette chambre et ouvrir le tiroir de cette commode. Que ce serait elle et personne d'autre qui les découvrirait.

Allons, c'est stupide, se raisonna-t-elle.

Qu'avait-elle besoin de suspecter un fait exprès ? Elle savait qu'il ne fallait voir là que l'œuvre du hasard le plus pur. Oui, sûrement, mais l'impression d'étrangeté persistait cependant, et il s'y mêlait comme la promesse d'une rencontre attendue, sinon désirée, avec peut-être aussi la menace sourde d'un très grand danger.

3.
Déjeuner

Lorsque Grace, à table, lui demanda comment elle avait occupé sa matinée, Kate estima de son intérêt de ne pas lui souffler mot de ses découvertes. Sans doute parce qu'elle-même ne savait qu'en penser.

– Je suis navrée qu'il fasse si mauvais, dit Grace qui regardait la grisaille par la baie vitrée.

Les deux femmes mangeaient assises à la table du salon, l'une en face de l'autre.

Délaissant le spectacle du ciel ennuagé, Grace ramena ses yeux sur Kate et dit :

– C'est un peu déprimant, tout ça.

– Ça va aller, répondit Kate, un petit sourire à l'appui.

Elle savait que Grace s'inquiétait pour son moral, et non pour le sien propre. Elle avait son roman pour l'occuper, elle.

– Il fallait bien s'attendre à ce que l'automne arrive un jour, soupira la jeune femme.

Grace posa sa main sur la sienne près de son assiette.

– Tu ne vas pas t'ennuyer ?

Kate eut envie de rétorquer qu'elle en avait pris l'habitude mais n'en fit rien, ne voulant pas créer d'histoire. Son cœur était lourd pourtant.

– Que comptes-tu faire cet après-midi ? lui demanda Grace.

– J'ai envie de lire un peu, répondit-elle.

Mais c'était dit seulement pour la rassurer. A la vérité, elle n'avait de goût à rien.

Un demi-sourire aux lèvres, Grace proposa :

– Si tu veux, tu peux venir te mettre dans le bureau. Il y a un canapé très confortable, tu sais ?

– Je préfère rester ici, mentit Kate, les yeux soudain baissés pour ne pas se trahir.

Elle ne voulait pas la gêner comme elle en avait éprouvé l'impression chaque fois qu'elle l'avait rejointe au bureau.

Grace n'insista pas, et cela lui causa de la peine. Elle aurait aimé la voir insister, l'entendre dire : « Reste avec moi cet après-midi. » Elle aurait cédé, bien sûr, avec au cœur un immense soulagement.

Ignorant tout de la détresse dont sa compagne était la proie, Grace lui adressa un petit sourire satisfait, comme quelqu'un qui vient de s'acquitter d'une formalité et ne veut plus en entendre parler, puis elle se remit à manger, l'esprit tranquille ou plutôt ailleurs, sans nul doute à son roman. Kate la regarda un moment, assaillie de tristesse, puis baissa de nouveau les yeux sur son assiette pour cacher les larmes qu'elle sentait monter. Elle ne voulait pas pleurer, en tout cas pas maintenant, pas devant Gracie. Elle ne souhaitait pas lui donner mauvaise conscience une fois de plus. Elle parvint à refouler ses larmes, se promettant de les laisser couler plus tard, dès que Grace serait partie.

4.
Si seule, si malheureuse

Seule, elle pleura un long moment, allongée à plat ventre sur le lit, la tête enfouie dans l'oreiller de Grace.

Jamais elle ne s'était sentie si seule, si malheureuse. Jamais Grace ne lui avait été à la fois si proche et si lointaine. Elles vivaient sous le même toit mais les séparaient des heures interminables et toute la distance qu'instaurait entre elles le roman de Gracie. Cet esseulement paradoxal pesait à Kate plus cruellement encore qu'une complète solitude. Tel un supplice de Tantale, il ne lui montrait Gracie que pour aussitôt l'en priver.

Si au moins Gracie acceptait de lui raconter ce qu'elle faisait. Mais non. Tout ce que Kate en savait, elle l'avait appris quand Gracie s'était mise à parler dans son sommeil.

Sinon, Gracie esquivait les questions qu'à table ou au lit elle pouvait lui poser, et qu'elle lui posait pourtant moins par curiosité que par désir de partager quelque intérêt avec elle. Kate regrettait leur complicité de naguère, où ce que l'une faisait était aussitôt connu de l'autre, partagé avec elle. Kate avait toutes les raisons de se croire tenue à l'écart. A la longue et pénible séparation physique qu'imposaient chaque jour les heures d'écriture et à laquelle elle s'était résignée, s'ajoutait une autre mise à distance, intellectuelle celle-ci et plus cruelle encore car elle prenait le relais de la première, se faisait sentir quand cessait l'autre, c'est-à-dire quand les deux amantes pouvaient enfin se retrouver. Kate n'avait jamais vu son amie si secrète ; elle s'étonnait de la découvrir sous ce jour, pleine de mystères dont elle ne l'aurait pas cru capable. Blessée dans son amour, elle devinait cependant que la faute en revenait moins à Gracie qu'à son roman lui-même. Il ne se contentait pas de l'accaparer ; pareil à un amant jaloux, il exigeait d'elle le plus parfait secret.

Kate le maudissait, ce livre qui la frustrait de sa compagne et semblait se nourrir de leur séparation. Son aversion pour lui grandissait chaque jour. Elle souhaitait que Gracie ne l'eût jamais entrepris, qu'elle n'eût jamais recouvré l'inspiration. Comme elles auraient été heureuses à rester ensemble à la Villa, même par ce temps triste !

Epuisée nerveusement, elle finit par s'endormir, la tête dans l'oreiller de Gracie qu'elle avait trempé de larmes.

Lorsqu'elle rouvrit les yeux quelques instants plus tard, elle se sentit moins faible et moins déprimée bien que, dehors, le ciel ne se fût pas beaucoup éclairci. Restant allongée encore un moment, elle consulta sa montre (quinze heures dix) et se demanda comment elle allait tuer le temps jusqu'au dîner. Lire, ainsi qu'elle l'avait laissé entendre à Gracie ? Non, elle n'en ressentait toujours pas l'envie. Quoi d'autre, alors ? Sortir prendre l'air dans le parc ? Pourquoi pas. Elle repensa à la photo de Nina trouvée dans la matinée et, par association, au garage. Gracie et elle n'y avaient encore jamais mis les pieds. Mais Nina, elle, l'avait fait.

Kate s'étira puis elle se leva et partit chercher la clé laissée sur la commode.

5.
Le garage

Kate descendait l'allée, les yeux fixés sur la silhouette du garage. A chaque pas qu'elle faisait dans sa direction, elle pouvait le voir un peu mieux derrière l'écran des vieux tilleuls qui commençaient seulement à perdre leurs feuilles. C'était une construction assez moderne où se mêlaient avec sobriété le béton et le bois.

A mi-chemin, la fenêtre ronde de la photo apparut parmi les hautes frondaisons et Kate sourit. Il commença à pleuvoir, d'abord quelques grosses gouttes molles et espacées, puis très vite des cordes. Les cheveux et le T-shirt trempés, Kate courut se mettre à l'abri sous l'avant-toit du garage. La porte, montée sur rails, était restée entrouverte. Elle se faufila à l'intérieur et demeura un moment sur le seuil en parcourant des yeux l'espace devant elle, chichement éclairé par la lumière grise d'une fenêtre poussiéreuse. Complètement vide, le garage paraissait encore plus grand qu'il n'était. Une dizaine de voitures pouvaient y tenir sans problème. De vieilles odeurs d'huile et d'essence s'attardaient là, mêlées d'humidité. Tout au fond, un grand escalier en bois était scellé au mur, et Kate se dit que la pièce à la fenêtre ronde devant laquelle Nina s'était fait photographier était là-haut.

Ne bougeant pas du seuil, elle contempla l'escalier avec perplexité. Dépourvu de rampes et de limon, il était seulement fait de planches de chêne fichées par un bout dans le mur. Il grimpait haut et raide.

Kate se sentit soudain moins désireuse de suivre les traces de Nina.

Incertaine, elle se retourna. Dehors, la pluie martelait

avec violence l'allée de terre et Kate comprit qu'elle était bloquée ici le temps de l'averse. En attendant, elle n'avait plus qu'à entrer plus avant dans le garage ; ce à quoi elle finit par se résoudre après encore un moment d'hésitation.

Comme elle s'éloignait de la porte, le crépitement de la pluie se fit plus sourd et elle put entendre ses sandales cliqueter sur la dalle de ciment en produisant un petit écho. A gauche elle découvrit une porte, alla l'ouvrir et tomba sur une resserre à outils. C'était une pièce étroite dont le toit s'abaissait en pente vers une fenêtre tout en longueur, sous laquelle courait un établi.

Elle entra. Derrière la porte, des râteliers supportaient des clés, des marteaux, des pinces mais aussi des outils de jardinage : sécateurs, cisailles, râteaux. Il y avait au fond, à droite, une autre porte, qui donnait dehors, sur l'arrière du bâtiment. Une odeur d'herbe sèche emplissait la resserre et, baissant les yeux, Kate aperçut dans un coin la tondeuse autoportée rangée là, elle aussi.

La petitesse du local et son encombrement la rassurèrent, par contraste avec l'immensité vide du garage qui avait quelque chose de mort et d'oppressant. Ici au moins, elle pouvait imaginer Thomas entrant et sortant pour prendre ou remettre un outil.

Kate avança vers la fenêtre et, se penchant par-dessus l'établi, vit qu'il pleuvait toujours aussi dru. Elle soupira. C'était la première grosse averse de l'automne et il fallait qu'elle soit sortie !

En se redressant Kate fit tomber un des rouleaux de ruban adhésif en polypropylène havane rangés sur l'établi. Elle le ramassa et le remit avec les six autres en se demandant à quel usage étaient destinés tous ces rouleaux.

Elle revint dans le garage, puis s'arrêta pour scruter une nouvelle fois l'escalier. Elle ne savait quoi faire, se sentant tiraillée entre peur et curiosité.

Elle tourna la tête vers la porte entrebâillée. L'averse ne faiblissait toujours pas.

Elle s'approcha de l'escalier, se figea au pied des marches. Il y avait une porte là-haut. Une porte fermée. Elle hésita de nouveau, se demandant si elle ne ferait pas mieux de rentrer à la Villa malgré la pluie. Elle consulta sa montre. Il n'était pas encore quinze heures trente. Elle regarda de nouveau l'escalier puis finalement prit le parti de monter, craignant plus que tout de se retrouver seule dans la Villa, à ne savoir que faire jusqu'au retour de Gracie.

Les marches en chêne étaient solidement fichées dans le mur mais l'absence de rampe donnait une impression de vertige et d'insécurité qui forçait Kate à grimper, le dos collé au mur.

Arrivée devant la porte, Kate sortit la clé de son jean et se pencha pour l'insérer dans la serrure. Le pêne quitta la gâche avec un léger *clic*. La porte s'entrebâilla sur un couloir étroit.

6.
L'atelier

Dans sa partie supérieure, le garage formait une espèce d'atelier relié à l'escalier par un petit couloir en L aux parois lambrissées.

La pièce que découvrit Kate était grande, nue et froide, et bruissait du tambourinement assourdi de la pluie sur la toiture. La lumière grise de cette journée d'octobre entrait par la grande fenêtre circulaire qui donnait sur les frondaisons des tilleuls.

Seule au milieu de l'atelier se dressait une table de camping. Son plateau était d'un vieux rouge qui s'écaillait par endroits. Il n'y avait dessus qu'une assiette en papier contenant une petite balle blanche, unique vestige du passage de Nina en ce lieu. De la table de ping-pong elle-même ne restaient que quatre marques brunes au sol : l'empreinte que ses pieds avaient laissée dans le linoléum gris de poussière.

Kate traversa la pièce pour se rendre à la fenêtre. Derrière le bosquet de tilleuls, elle aperçut sous la pluie battante la longue allée de terre puis la Villa. Elle sentit la tristesse l'envahir de nouveau. Elle n'aurait jamais dû monter ici. C'était une erreur. Elle avait l'impression de s'être éloignée un peu plus encore de Gracie.

La pluie se calma aussi subitement qu'elle s'était déchaînée un instant plus tôt. Il continuait à pleuvoir mais ce n'était plus qu'un crachin.

Allez, rentre maintenant, se dit-elle.

Elle s'écarta de la fenêtre et se retourna. A l'autre bout de la pièce, le petit couloir qui menait à l'escalier était gorgé d'obscurité. Elle essaya de se convaincre que ce n'était rien mais une frayeur indéfinissable l'empêchait d'avancer. Il lui semblait qu'une présence la regardait, tapie dans l'ombre.

Quelque chose bougea. Kate sursauta.

C'était la petite balle blanche sur la table de camping. Elle tournait dans l'assiette en papier.

Kate sentit un frisson glacé lui parcourir l'échine.

Il n'y avait pas le moindre courant d'air dans la pièce et pourtant la balle se déplaçait. Du reste, aucun courant d'air n'aurait pu lui imprimer un mouvement de rotation si régulier.

Kate se mordit la lèvre, les yeux fixés sur les cercles que décrivait la balle tel un fauve tournant à l'intérieur de sa cage.

Soudain la balle de ping-pong jaillit dans sa direction et Kate hoqueta de frayeur. La balle rebondissait à présent sur le linoléum avec un petit bruit sec et irritant. Ses bonds se firent de moins en moins hauts à mesure qu'elle approchait de Kate, et sur les derniers mètres elle roula droit vers elle.

A quelques centimètres de ses pieds, la balle s'immobilisa net comme si une main invisible l'avait arrêtée. Kate déglutit avec peine.

Alors une voix féminine, douce, presque timide, murmura tout près de son oreille :

– Bonjour, Kate.

Elle sut tout de suite quelle était cette voix.

– Nina ? fit-elle dans un souffle.

En réponse, un courant d'air tiède l'enveloppa comme une caresse.

– Nina, c'est toi ?

La balle se mit à tourner sur elle-même.

– Kate, oh Kate, j'aimerais jouer avec toi. Kate, veux-tu jouer avec moi ?

La voix était pleine de douceur et Kate sentit se dissiper un peu sa frayeur sous l'étonnement et la fascination.

– Mais je... Je ne te vois pas, Nina. Où es-tu ?

– Dis oui, Kate. Je t'en prie, dis oui. J'aimerais tant jouer avec toi.

Le visage de Kate s'illumina d'un petit sourire. Un sentiment de bien-être montait en elle. Cet air chaud qui lui effleurait les joues, cette voix si rassurante.

– J'aimerais tant jouer avec toi, Kate. Veux-tu jouer avec moi ?

– Oui, murmura-t-elle dans un élan de tendresse qui la fit frissonner tout entière.

Et la voix de Nina répéta comme une comptine apaisante :

– Je veux jouer avec toi, Kate. Oh, Kate, veux-tu jouer avec moi ?

– Oui, Nina, dit Kate. Oui, je veux bien jouer avec toi.

La petite balle blanche cessa de tourner sur elle-même et il se fit un silence, seulement troublé par le doux bruissement de la pluie dehors.

Puis la balle s'éleva dans les airs, tel un serpent charmé par une flûte magique, pour s'immobiliser juste devant le visage de Kate.

Kate n'avait plus peur.

Elle ne ressentait plus aucune tristesse, non plus. Dorénavant, elle ne serait plus jamais seule à la Villa. Elle s'était trouvé une amie et cette amie, elle le savait, lui tiendrait compagnie lorsque Grace la laisserait pour écrire.

7.
Dîner

La nuit était déjà tombée quand Kate regagna la maison. Grace l'attendait dans la cuisine et descendit à sa rencontre, mi-soulagée mi-inquiète :

– Mais où étais-tu donc, bon sang ?

Kate se blottit dans ses bras.

– Oh, pardonne-moi, Gracie. Je suis désolée. Le temps a passé si vite. Je... j'étais partie me promener dans le parc et je me suis laissée surprendre par la nuit.

Elle préférait ne rien dire à Grace de l'existence de l'atelier en haut du garage ni de son après-midi passé en compagnie de Nina. Peut-être que cela inquiéterait Grace de savoir que quelqu'un d'autre résidait avec elles à la Villa. Peut-être se montrerait-elle jalouse aussi comme elle l'avait été quand Kate s'était baignée avec Thomas.

Habituée à ne rien cacher à sa compagne, Kate sentit qu'elle rougissait sous son bronzage mais Grace ne sembla pas s'en apercevoir et lui demanda avec un sourire encore un peu perplexe :

– Et tu ne m'as pas entendue ?

– Entendue ?

– Eh bien, oui. Comme je ne te voyais pas à la maison, je suis sortie plusieurs fois pour t'appeler.

– Non, je n'ai rien entendu.

Aussi étrange que cela semblât, c'était pourtant la vérité. Elle n'avait rien entendu dans l'atelier. Elle n'avait pas vu non plus la nuit tomber et c'est par hasard, en regardant sa montre, qu'elle s'était rendu compte de l'heure tardive.

– J'ai préparé des spaghetti au parmesan, dit Grace en ouvrant le four où elle les avait mis en attendant son retour. Avec ce temps frisquet, ça nous réchauffera.

Il n'avait cessé de pleuvoir qu'un peu avant cinq heures mais le ciel était resté couvert et vaguement menaçant et, à la tombée de la nuit, la fraîcheur était venue renforcer le fond d'humidité qui régnait dans l'air. C'était vraiment l'automne ; les deux femmes ne pouvaient plus s'y tromper maintenant.

Elles s'attablèrent. Kate sourit de plaisir en humant le délicieux fumet des pâtes. Elle était affamée et joyeuse de l'être. Pour la première fois depuis des semaines, elle reprenait goût à la vie. Quant à Grace, elle aussi semblait contente de sa journée. Ce qui n'avait rien d'étonnant, *Barbarian State* progressant vite et bien.

Elles parlèrent d'abord de choses et d'autres, puis la conversation roula sur les Fisto et Grace dit toute la sympathie et la reconnaissance qu'elle nourrissait pour leurs personnes. Ne leur devaient-elles pas d'être heureuses toutes les deux dans cette magnifique Villa qu'ils leur prêtaient ? Bien entendu, Kate partageait cet avis. Pourtant elle cessa bientôt d'écouter Grace pour réfléchir à ce qu'elle avait vécu cet après-midi.

Elle n'était plus aussi sûre que Nina existât ailleurs que dans sa tête. Peut-être avait-elle eu une hallucination comme Grace l'autre jour près des poubelles. Mais cette hypothèse ne résista pas très longtemps à un examen attentif. Au plus profond d'elle-même, Kate *savait* qu'elle avait parlé à Nina. N'avait-elle pas entendu sa voix, senti sa présence ? Et puis, d'ailleurs, Nina avait même fini par se montrer. Non, non, elle ne pouvait avoir rêvé.

Elle repensait aussi à ce que Patricia Fisto avait dit. Nina lui ressemblait beaucoup, c'était la pure vérité. Pas seulement au physique, d'ailleurs. Patricia avait vu juste aussi en affirmant qu'elles s'entendraient bien toutes les deux. En un rien de temps, Nina était devenue pour elle une amie, une confidente. Il semblait qu'elle pouvait tout lui dire, que Nina pouvait tout comprendre. Que, d'une certaine façon, Nina savait déjà tout.

Quand elles s'étaient quittées tout à l'heure, Nina lui avait demandé si elle reviendrait bientôt la voir. Kate avait répondu par l'affirmative et Nina avait dit dans un sourire : « Tant mieux, j'aurai une surprise pour toi. »

Kate se demandait quelle surprise ce pouvait être quand elle réalisa que Grace lui parlait dans la cuisine où elle était partie chercher quelque chose. Que disait-elle au juste ? Kate n'en savait rien.

– Tu ne m'écoutes pas, ma chérie, constata Grace qui revenait avec deux yaourts allégés.

– Mais si, fit-elle en rougissant de nouveau.

– Mais qu'as-tu à la fin ? Tu sembles étrange.

– Je vais bien, je t'assure.

– J'étais en train de te dire...

Et Grace le lui dit à nouveau.

Kate, cette fois, prit soin de hocher la tête par moments, afin de marquer de l'intérêt à sa compagne, mais si d'aventure celle-ci lui avait demandé de répéter tel de ses propos, elle en eût été bien incapable.

8.
Le manque

Le lendemain matin, samedi 6 octobre, quand elle se réveilla un peu avant huit heures, Kate trouva la place de Grace vide dans leur lit et passa la main sur le matelas pour sentir sa chaleur à défaut de son corps, mais l'emplacement était froid, le drap froissé ne gardant de Grace qu'une vague empreinte.

Ce n'était pas la première fois que Grace se levait de bonne heure pour écrire. Ces derniers jours, cela arrivait de plus en plus souvent mais Kate ne s'y habituait toujours pas et elle sentait qu'elle ne s'y habituerait jamais.

D'un bond, elle se leva comme pour échapper à la vague de tristesse qui l'oppressait. Il faisait encore sombre dans la maison. Dehors pointait une aube terne.

Elle traversa le grand salon, monta les trois marches de la cuisine. Grace lui avait sorti une tasse et une cuiller ainsi que la boîte de céréales, sur laquelle un Post-it jaune était collé. Kate s'approcha pour le lire : « Désolée de ne pas pouvoir manger avec toi. Trop de travail… Je t'aime. Ta Gracie. »

Elle le remit avec soin où elle l'avait trouvé, s'assit devant la tasse et machinalement se versa des céréales et du lait. De sa place, elle pouvait apercevoir les baies éclairées du bureau dans le demi-jour gris du matin.

Le sentiment de son abandon revint la torturer. Elle déjeunait seule, devant un Post-it. Dans un brusque mouvement de révolte, elle arracha le petit carré de papier jaune, le froissa dans sa main puis le jeta au loin vers les canapés du salon. *Je te déteste.* De grosses larmes lui brouillaient la vue. *Oh, comme je te déteste, Gracie !* Grace ne se donnait même plus la peine de déjeuner en sa compagnie.

Elle sentit le cafard la reprendre, et comme une atroce sensation d'étouffement.

Il fallait qu'elle voie Nina, qu'elle lui parle.

Laissant sa tasse sur la table, elle se dépêcha d'enfiler une veste et de sortir.

9.
Chambre 609

La première chose que Kate remarqua en montant les dernières marches de l'escalier qui menait à l'atelier, ce fut le numéro 609 au centre d'un petit losange doré apposé sur la porte. Ce numéro correspondait à celui inscrit sur la plaquette de la clé. Kate était certaine qu'il n'y figurait pas la veille, et s'avançant, elle eut la surprise de se rendre compte que ce n'était pas le seul changement apporté au lieu. En fait rien ne subsistait de la grande pièce vide de la veille. C'était maintenant une très belle chambre avec un lit à deux places recouvert d'un riche édredon, un secrétaire d'époque Louis XVI, deux fauteuils autour d'une petite table ronde du même style élégant et sur laquelle on avait disposé un magnifique bouquet de fleurs blanches et une boîte en plastique entourée d'un ruban rose et bleu.

La chambre baignait dans une demi-obscurité chaleureuse.

Tirés sur l'unique fenêtre, d'épais doubles rideaux rouges occultaient la lumière terne du matin. De part et d'autre du lit, deux lampes avaient été laissées allumées, ainsi qu'une troisième au-dessus du secrétaire, et toutes trois jetaient des petits halos jaunâtres sur la tapisserie saumon à motifs érotiques.

Le décor était aussi luxueux qu'impersonnel, comme dans une publicité. Cette chambre paraissait n'avoir jamais été habitée ou plutôt en attente de l'être. Pas le moindre signe de désordre. Aucun vêtement ne traînait sur les dossiers de chaise, aucun objet intime sur le secrétaire et les tables de chevet. Tout était irréprochable, avec dans l'air une odeur de propreté scrupuleuse, presque douceâtre.

Poussée par la curiosité, Kate s'approcha du secrétaire. Sur le sous-main en cuir étaient posées trois feuilles vierges d'un beau papier à lettres, un papier à l'en-tête d'un palace : le Marquis-de-Sade.

En passant ses doigts sur les feuilles, Kate constata que le logo de l'hôtel figurait aussi sur le sous-main.

C'est une vraie chambre d'hôtel, se dit-elle, l'incrédulité des premières minutes cédant la place à l'émerveillement.

Elle se retourna pour contempler le reste de la pièce et se sentit gagnée par une pure excitation d'enfant découvrant une contrée merveilleuse.

A côté de l'une des lampes de chevet se trouvait un téléphone flanqué d'un petit bristol dont Kate s'empara. Elle lut, inscrits dessus, les numéros des différents services de l'hôtel : réception, petit déjeuner, room service, gouvernantes, direction, restaurant, bar, etc.

Le bristol à la main, elle observa les fleurs sur la petite table puis respira à plein nez leur opulent parfum et du doigt caressa même leurs pétales. Enfin elle saisit à deux mains la boîte en plastique au ruban rose et bleu qui était à côté puis alla s'asseoir sur le lit pour examiner plus à son aise la figurine en chocolat à l'intérieur. Elle montrait deux femmes nues, debout l'une contre l'autre, en train de s'embrasser, l'une avait les cheveux blonds, l'autre noirs. Elles étaient magnifiques de sensualité, et Kate, sous le charme, eût juré que c'était elle et Grace qu'on avait représentées là.

Elle entendit dans son dos : « Sais-tu où nous sommes ? » et se retourna sur le lit.

Immobile près de la porte, Nina l'observait.

– C'est... c'est une chambre d'hôtel, répondit Kate, un sourire s'épanouissant sur ses lèvres.

– Oui mais de quel hôtel ?

Nina parlait avec lenteur, d'un air absent et concentré à la fois. Ses yeux ne cillaient pas et regardaient Kate avec une attention presque douloureuse tant elle était scrutatrice. Nina semblait perdue dans un souvenir où Kate faisait figure de fantôme.

– C'est l'hôtel du roman de Gracie, devina Kate.

Elle avait l'impression d'être Alice au Pays des Merveilles, juste après que celle-ci fut passée de l'autre côté du miroir.

– N'est-ce pas, Nina ?

Nina acquiesça d'un petit signe de tête, ses yeux froids et lointains toujours rivés sur elle.

Puis après un silence, elle dit avec cette lenteur rêveuse où elle semblait s'engluer :

– Est-ce qu'elle te plaît, ma surprise ?

Kate hocha la tête, tout sourire.

– C'est vraiment comme ça ? voulut-elle savoir.

– Dans le roman de Grace ?

Sans la quitter des yeux, Nina délaissa son poste d'observation près de la porte et s'approcha du lit.

– Oui, finit-elle par répondre.

Elle se tenait à présent tout près de Kate et s'accroupit devant elle, les yeux toujours plongés dans les siens.

– Je suis heureuse que cela te plaise, fit-elle avec un semblant de chaleur. Comme tu peux t'en rendre compte, je suis un peu magicienne.

Oui, une magicienne, pensa Kate avec excitation.

– Simplement tu dois me promettre que tu ne diras rien à Gracie.

Le beau sourire de Kate se figea et elle eut un battement de cils.

– Si d'aventure elle l'apprenait, tu sais ce qu'elle en penserait, n'est-ce pas, Kate ?

– Elle penserait que..., commença Kate tandis qu'une inquiétude soudaine assombrissait son visage.

– Que tu es folle, Kate. Oui, que tu es folle à lier. Ou bien encore que tu es allée fouiner dans ses affaires. Que tu as lu des passages de son livre alors qu'elle te l'avait expressément défendu. Voilà ce qu'elle penserait de toi si jamais par malheur tu lui en parlais.

– Oui, approuva Kate dans un souffle.

Grace réagirait ainsi, elle en était certaine. Nina ne faisait que dire à voix haute ce qu'elle savait au fond d'elle-même.

– Mais tu ne voudrais pas que Grace pense cela de toi, n'est-ce pas ?

– Non, répondit Kate et une ride soucieuse se creusa sur son front. Je ne lui dirai rien, ajouta-t-elle. Mais crois-tu que ce soit... bien ?

Nina eut un petit sourire sans joie et lui retourna :

– Crois-tu que Gracie ne te cache rien ? Son roman, par exemple, sais-tu seulement de quoi il parle ?

– Non, admit Kate avec tristesse.

– Et pourquoi, Kate ? Sais-tu pourquoi au moins ?

Kate baissa les yeux.

– Gracie n'aime pas trop en parler. C'est ce qu'elle dit.

– N'aurait-elle pas confiance en toi ?

Kate releva les yeux, juste le temps de jeter un pauvre petit « non » plein de détresse, sous le regard de Nina qui s'appesantissait sur elle.

Puis elle ajouta, les yeux de nouveau baissés :

– Grace préfère attendre d'avoir fini.

Nina se mit à la recoiffer distraitement.

– Tu es bien sûre que cela soit la vraie raison ? (Elle sourit d'un petit sourire froid.) Moi, je sais de quoi ça parle. Ça parle de vous deux.

– De nous deux ? répéta Kate, surprise.

Elle se souvenait que Gracie lui avait affirmé le contraire.

– Oui, le détective Stirner c'est un peu elle dans l'histoire, et quant à toi, tu es la belle Hélène Blackqueen. Stirner veut retrouver Hélène pour la sauver mais, au bout du compte, il ne fera que la perdre.

Un instant, Kate se demanda comment Nina pouvait savoir toutes ces choses. Mais était-ce important ? Nina le savait, c'était l'essentiel.

– Je ne l'aime pas ce roman, avoua Kate en pâlissant. Grace dit elle-même qu'il est étrange.

Nina éclata d'un petit rire méchant.

– Pour être étrange, il l'est ! dit-elle. Ta Gracie écrit un sacré bouquin. Mais tu ne m'as pas répondu, Kate. (Elle arrêta de lui passer les doigts dans les cheveux pour prendre son visage entre ses mains.) Est-ce que Gracie ne te fait pas confiance, puisqu'elle ne te dit rien ? À moins que ce soit (elle sourit de nouveau) de ton jugement qu'elle doute.

– Non, Nina. Gracie n'est pas comme ça. Elle...

Kate ne put aller plus loin, les yeux soudain hagards, près de pleurer, et Nina, dans un geste affectueux, se pencha pour la serrer dans ses bras.

– Je sais que ta Gracie n'est pas comme ça, dit-elle alors avec plus de douceur. Comme tu la défends, Kate ! Comme tu dois l'aimer ! Et je sais, moi, combien cet amour est beau, combien il doit être douloureux et pesant. Mais bientôt (elle l'écarta à bout de bras pour la regarder dans les yeux), bientôt tu souffriras moins, je te le promets. Il faut seulement me faire confiance. Me laisser m'occuper de toi. Je sais ce que tu ressens, Kate. Je suis passée par là, moi aussi. J'ai souffert comme toi maintenant. J'aimais Udo. Je l'aimais plus que lui-même ne pourrait jamais m'aimer. Udo ne pensait qu'à lui. Udo était égoïste. J'étais très malheureuse, Kate. Alors j'ai accepté l'aide qu'on m'a proposée ici à la Villa, et c'est cette aide que je te propose maintenant. Fais-moi confiance et, je te le promets, bientôt tu ne souffriras plus jamais.

Il y eut un petit bruit et Kate sut, avant même de la voir, que c'était la balle de ping-pong qui tournait lentement dans l'assiette. Elle entendit la voix suave de Nina chuchoter à son oreille :

– Je veux jouer avec toi, Kate, et toi, veux-tu jouer avec moi ?

Le lit, le secrétaire, le chocolat et les fleurs blanches, les lourds rideaux rouges, tout avait disparu, et Nina aussi avait disparu.

Kate était assise par terre, seule. Elle regardait avec une fascination stupide la vieille table de camping au centre de la pièce et la petite balle blanche qui tournait dans l'assiette. Elle tournait lentement, lentement, la petite balle blanche, blanche. Et tout près, la voix de Nina qui susurrait :

– Je veux jouer avec toi, Kate. Oh, Kate, veux-tu jouer avec moi ?

10.
Satisfaction de Grace

Grace venait de terminer le chapitre dix-sept et en était très contente. *Barbarian State* comptait à présent plus de 240 pages.

Après avoir posé ses lunettes à côté de son ordinateur, elle se massa les paupières du bout des doigts. Ce samedi matin, elle s'était levée très tôt pour écrire et Dieu seul savait combien elle était fatiguée, mais Dieu seul savait aussi combien elle se sentait fière. Elle avait la certitude d'accomplir un exploit, et cette certitude lui faisait oublier ou plutôt transcendait son état de fatigue.

Elle se leva pour se dégourdir un peu les jambes. Son bonheur était d'autant plus vif qu'elle conservait un souvenir douloureux du temps où les mots se refusaient à elle, où il lui coûtait d'en aligner deux. Les heures qu'elle passait à écrire *Barbarian State* lui étaient faciles et légères

Mais si elle était heureuse, c'est aussi parce qu'elle se sentait soulagée.

Les pseudo-révélations de Jairo Carelli sur les Fisto et leur Villa n'étaient plus qu'un lointain souvenir à présent. Quand elle y repensait (cela ne lui arrivait presque plus), c'était pour s'en vouloir de s'être montrée si crédule, si facile à rouler. Car elle ne doutait plus que Jairo avait voulu lui jouer un mauvais tour en l'effrayant avec des histoires à dormir debout. On ne pouvait nier qu'il avait fait preuve d'une formidable imagination. Le coup de la bande dessinée avait été particulièrement astucieux. Sa mystification avait bien failli réussir, et Grace se dit avec un sourire qu'elles auraient eu l'air fin de décamper comme des poules.

Une bien mauvaise blague, voilà tout.

D'ailleurs, elle ne voyait pas d'autre explication. Sinon, Jairo Carelli aurait rappelé, forcément. Ou alors il serait venu à la Villa comme il l'avait dit, ou bien il aurait prévenu la police. S'il n'en avait rien fait, c'était bien que son appel n'avait été qu'une méchante farce. Jairo Carelli devait encore se tordre de rire.

Elle s'approcha de la baie vitrée et contempla la piscine où se réfléchissait la grisaille du ciel. La Villa est aussi tranquille que cette eau, se dit-elle. Ses murs de verre ne cachaient aucun mystère, n'abritaient aucun fantôme. Ils étaient agréables l'été et un peu tristes à la mauvaise saison, comme n'importe quelle autre maison, du reste.

Grace vit le reflet de son visage sur la vitre. Elle dodelinait de la tête comme si elle approuvait ses propres pensées. Cela la fit sourire.

Elles ne craignaient rien ici. Vraiment rien.

Elle retourna s'asseoir à son bureau et se remit à écrire.

11.
Nina

Le temps resta gris les semaines suivantes, au point que le soleil semblait avoir disparu pour toujours derrière un écran de nuages. Parfois il se mettait à pleuvoir pendant des heures, et c'était une pluie fine et déprimante qui laissait le soir des flaques aux reflets métalliques un peu partout sur la terrasse et le long de l'allée. Avec cela les jours raccourcissaient inexorablement. Dans la solitude où Grace la laissait macérer, Kate eût durement ressenti cette double privation de lumière et de chaleur si Nina n'avait été là pour la soutenir. Maintenant elle était presque impatiente que Grace allât travailler, non pas qu'elle l'aimât moins et qu'elle n'eût préféré rester plus longtemps en sa compagnie si seulement Grace lui en avait laissé le choix, mais comme Grace ne le lui laissait pas, elle s'était résignée à ses absences en trouvant auprès de Nina une compensation dont elle était devenue dépendante. Telle une junkie, elle ressentait le besoin de voir Nina, de parler à Nina, de se confier à Nina, en amie, en sœur. Et Grace aussitôt partie, elle se précipitait dehors sous la pluie, une main tenant sur ses cheveux la capuche de sa veste, et dans le garage elle montait en courant l'escalier qui l'avait effrayée autrefois et pénétrait, sourire aux lèvres et capuche abaissée, dans la chambre 609 du Marquis-de-Sade avec d'autant plus de soulagement qu'elle se rendait alors compte que rien n'avait changé depuis la première fois qu'elle y était entrée et que la certitude s'ancrait en elle que rien ne changerait plus dorénavant. Les jours pouvaient filer, elle se sentait protégée dans cette chambre d'hôtel, à l'abri des pluies d'automne, des souffrances de l'amour et de la morne solitude, comme dans un bunker luxueux à l'épreuve des assauts furieux de la mort.

Nina le lui répétait souvent, d'ailleurs : qu'elles étaient bien ensemble, qu'elles seraient toujours là l'une pour l'autre. Elles s'allongeaient sur le lit, face à face, échangeaient de longues confidences, Kate parlant de Grace et Nina d'Udo. Dès qu'elles avaient envie de quelque chose, Nina se levait et décrochait le téléphone pour commander. On frappait à la porte presque aussitôt et Nina disparaissait dans l'entrée pour en rejaillir les mains chargées d'un plateau avec du thé et des assortiments de cakes. Elle posait le plateau sur le lit, entre elles, et la conversation reprenait où elles l'avaient laissée.

Près de trois semaines se passèrent ainsi dans cette parfaite et délicieuse complicité mais le dernier jeudi d'octobre, le 25, quand Kate revint l'après-midi dans la chambre 609, elle trouva Nina soucieuse et agitée.

– Vous allez bientôt quitter la Villa, lui apprit-elle en prenant ses mains dans les siennes.

Kate sous le choc eut un battement de cils.

– Mais Gracie ne m'a rien dit, fit-elle dans un souffle.

– Elle t'en parlera ce soir. Tu sais, Gracie ne pense qu'à elle. Qu'à elle ! Tiens, si on devait récompenser les égoïstes, les romanciers monteraient sur la première marche du podium. Ils sont pires que les peintres ou même que nous, les musiciens. Leur narcissisme n'a pas d'égal, crois-moi. Elle ne se soucie pas de toi, de ce que tu peux éprouver, ma pauvre Kate.

Elles s'assirent au bord du lit. Kate était effondrée.

– Tu es sûre ? demanda-t-elle.

– C'est ce que mes amis disent.

– Udo ?

– Non, pas Udo. D'autres amis. Ils sont à la Villa avec nous. Ce sont eux qui m'ont aidée ici quand j'en avais besoin. Ils veulent t'aider aussi, Kate. C'est pourquoi ils m'ont prévenue. Ils pensent que...

– Ils se trompent. Ce n'est pas possible.

– Ce dont mes amis sont sûrs, c'est que si vous partez d'ici, Grace et toi, pour retourner vivre à Londres, vous ne serez plus ensemble pour très longtemps.

– Non, non, protesta Kate, terrifiée à cette perspective.

Mais en son for intérieur, elle avait toujours su que Gracie un jour se lasserait d'elle et la quitterait.

– Mes amis ont raison, crois-moi. Ils ont toujours raison. Ils m'avaient prévenue aussi pour Udo. J'étais comme toi. J'étais heureuse à la Villa mais lui ne pensait qu'à retourner à Berlin. Il avait dans la tête de me quitter dès notre retour, il ne me l'a jamais dit mais je le sentais, alors mes amis m'ont aidée à le raisonner... Kate, réfléchis. Si vous partez, dis-toi bien qu'elle finira par te quitter un jour ou l'autre. D'ailleurs, ne t'a-t-elle pas déjà un peu abandonnée pour son roman ? Mais à Londres, ce sera pire. Gracie ne pensera plus qu'à son œuvre, qu'à sa carrière relancée, qu'à sa renommée. Et son éditeur, ce Jack Murray, il l'enverra faire des signatures et des conférences de par le monde, et elle te laissera à la maison, ma pauvre Kate, et elle oubliera de plus en plus souvent de t'appeler le soir de sa chambre d'hôtel. Votre amour n'aura plus la même importance à ses yeux, crois-moi. Et toi, tu pleureras, Kate, mais je ne serai plus là pour te consoler, pour t'aider. Tu seras toujours plus triste et toujours plus seule. Et Gracie finira alors par se lasser de toi, de tes larmes, de tes reproches ô combien justifiés mais qu'elle considérera de son côté comme d'insupportables jérémiades. Et puis surtout... (Nina eut un sourire triste.) Et puis surtout, tu vieilliras, Kate. Et tu vois, ton beau visage se couvrira d'abord de ridules puis de rides de plus en plus nombreuses et profondes, et l'éclat de ton teint se fanera pour toujours. Tu ne seras plus la belle et jeune Kate, ma pauvre chérie. Les années et le malheur te marqueront plus qu'aucune autre car tu es aujourd'hui la Jeunesse et la Beauté aux yeux de Gracie. Mais demain ? Et penses-tu alors qu'elle continuera à perdre son temps avec toi, vieille et pleurnicharde, elle, la romancière si brillante ? Elle te fuira dans les bras d'autres filles, plus jeunes et plus faciles à vivre, avec la bénédiction de Jack Murray, crois-moi. Et plus jamais sa bouche n'étanchera tes lèvres assoiffées. Plus jamais tu ne sentiras ses mains sur ton corps. Tiens, regarde, Kate, regarde.

Kate suivit des yeux le geste de Nina qui montrait le couple de femmes en chocolat dans la boîte en plastique. Elles ne s'embrassaient plus, ne se tenaient plus enlacées. Celle qui ressemblait à Kate avec ses cheveux d'ébène avait les épaules voûtées et le visage enfoui dans ses mains. L'image même du chagrin et de la désolation. Quant à l'autre femme, la blonde Gracie, elle lui tournait le dos et esquissait déjà un pas pour s'éloigner, resplendissante de force et de beauté.

– Non, non, gémit Kate en cachant soudain son visage dans ses mains. Jamais Gracie ne ferait ça. (Elle ôta ses mains et sourit à travers ses larmes.) Non, tu te trompes, Nina. Tes amis se trompent. Gracie ne peut pas envisager de quitter la Villa. C'est impossible. Pourquoi le voudrait-elle ? Elle a son roman à finir.

Nina se contenta de hocher la tête sans répondre et un fin sourire se dessina sur ses lèvres comme si elle savait autre chose mais qu'elle ne dirait rien pour l'instant.

12.
Une bonne nouvelle ?

Ce jeudi 25 octobre, Grace ne rentra que vers vingt heures. Elle trouva Kate dans la cuisine éclairée. La jeune femme regardait fondre un morceau de beurre qu'elle avait mis à cuire dans une poêle. A côté des plaques de cuisson, un sachet de poissons panés était ouvert.

– Désolée, dit Grace en s'approchant. J'ai encore oublié l'heure. Tu aurais dû venir me chercher.

Levant les yeux de la poêle, Kate lui rendit son sourire.

– Ça ne fait rien, dit-elle. Comme tu le vois, je suis en retard, moi aussi.

Grace l'observa, étonnée. Kate semblait ne plus être disposée à lui faire grief de ses absences ni de ses retards.

Elle se colla contre son dos et, lui enlaçant la taille de ses bras, frotta tendrement son menton au creux de son épaule.

– Qu'as-tu fait aujourd'hui ? voulut-elle savoir. Tu es allée te promener ?

Les yeux de nouveau sur la poêle, Kate acquiesça d'un petit hochement de tête tandis que le beurre commençait à grésiller.

Grace ne put réprimer un bâillement.

– Si tu savais comme je suis fatiguée ! s'exclama-t-elle.

– Tu devrais te reposer cette nuit. Ça te ferait du bien.

– Je sais, dit Grace et elle lui déposa un baiser sur la joue avant d'ajouter dans un mouvement de gaieté : J'ai une bonne nouvelle pour toi, ma chérie. *Barbarian State* est bientôt fini.

A ces derniers mots, elle eut la surprise de sentir Kate se raidir dans ses bras.

– Mais... Et après ? demanda Kate d'une voix blanche.

– Comment ça, « et après » ? répéta Grace, visiblement décontenancée. Je pensais que tu serais heureuse.

– Je le suis, dit Kate sans réelle conviction. Simplement...

Elle se tut soudain, les yeux perdus dans la contemplation du beurre qui grésillait.

– Simplement quoi, ma chérie ? demanda Grace.

– Alors la Villa, c'est bientôt fini.

Ses beaux yeux toujours rivés à la poêle, Kate avait prononcé ces mots d'une voix basse, dans un souffle, avec cette espèce de lucidité malheureuse, presque épouvantée, qui nous saisit lorsque l'on prend conscience d'une vérité aussi tragique qu'incontournable.

– Mais non, protesta Grace en écarquillant les yeux. Pourquoi veux-tu donc que ce soit déjà fini ?

Mais elle savait pertinemment que si *Barbarian State* plaisait à son éditeur, comme elle le supposait, d'ailleurs, elle ne résisterait pas longtemps à la tentation de rentrer à Londres pour tout organiser avec lui, trop contente d'être enfin de retour dans le monde de l'édition. Kate la connaissait suffisamment bien pour le savoir, elle aussi.

Ainsi elles passeraient encore quelques semaines ici, un mois peut-être, tout au plus. Puis l'excitation, la fierté, l'impatience seraient trop fortes et Grace, oui, déciderait de retourner en Angleterre.

Kate fit observer tristement :

– Ton éditeur te voudra près de lui pour les corrections. C'est toi qui me l'as dit. Vous aimez en discuter en déjeunant ensemble.

– Et alors, très bien. Je ferai sans doute un saut là-bas mais je serai avec toi, à la Villa, le soir même.

– *Un* saut. Un seul ?

– Oui. Enfin, plusieurs si c'est nécessaire. Tu oublies que nous ne sommes pas si loin de Londres, après tout. Je pourrai aider mon éditeur sans avoir à quitter la Villa.

– Si tu le dis.

L'abattement de Kate était si palpable que Grace crut nécessaire d'ajouter :

– Mais je m'avance peut-être, tu sais. Je peux ne pas avoir bouclé si vite *Barbarian State*. Un blocage peut toujours survenir. Ce n'est pas ce que je souhaite évidemment mais...

Elle se tut, embarrassée.

La réaction de sa compagne la déroutait. Kate semblait s'être attachée à la Villa des Fisto comme si elles devaient y rester pour toujours. Avait-elle oublié que les Fisto ne la leur prêtaient que pour une année, et dans l'unique but, d'ailleurs, que Grace y écrivît un roman ? Si le terme du séjour était encore loin d'être échu, l'objectif, lui, semblait bien en passe d'être atteint. Et quand il le serait, vivre à la Villa ne serait plus aussi intéressant, surtout depuis l'arrivée du mauvais temps.

Etait-ce toujours cette peur de l'avenir, se demandait Grace, qui faisait que Kate s'attachait trop aux choses ? Elle devait pourtant comprendre que les meilleurs moments aussi avaient une fin. Savoir cela, c'était grandir un peu, non ? Mais Grace se sentait ce soir trop lasse pour essayer de la raisonner.

– Hé, regarde ! fit-elle avec un petit rire forcé.

Au fond de la poêle, le beurre avait complètement noirci.

13.
Réflexions

Ainsi Nina avait vu juste, pensait Kate dans la salle de bains où elle se tenait depuis quelques minutes déjà.

Elle avait passé une chemise de nuit en coton, et la glace

ronde au-dessus du lavabo en porcelaine blanche renvoyait l'image d'une jeune femme ainsi vêtue, assise sur le rebord carrelé de la baignoire, l'œil fixe et le visage grave, une grosse brosse noire à la main qu'elle passait sans énergie dans ses beaux cheveux de jais.

Oui, Nina avait dit vrai. *Barbarian State* fini, Gracie enverrait le manuscrit à son éditeur et bientôt celui-ci demanderait à ce qu'elle rentre à Londres pour y suivre l'impression du roman et préparer sa sortie en librairie. Elles allaient donc devoir quitter la Villa plus tôt que prévu, et peut-être même n'y passeraient-elles pas Noël. Du reste, Gracie ne l'avait pas nié tout à l'heure, même si elle s'était efforcée d'atténuer la perspective de leur départ.

Ainsi elles retourneraient vivre à Londres.

A Londres où il faisait plus mauvais qu'ici et où, surtout, il y avait les autres, tous les autres, leurs relations et les inconnus, avec qui il faudrait qu'elles apprennent de nouveau à composer. Alors qu'ici elles étaient libres et heureuses, qu'il n'y avait personne pour les observer ou les juger, il leur faudrait en Angleterre de nouveau essuyer les regards dans la rue, les chuchotements au restaurant, les petits sourires et les clins d'œil salaces dans le métro. Il leur faudrait de nouveau faire attention à leurs gestes, protéger leur amour, taire leurs tendresses. Pour en avoir déjà tellement souffert, Kate savait très bien ce qui les attendait.

Pourtant il y avait quelque chose qu'elle craignait à Londres plus encore que de souffrir de ce qu'elles avaient déjà souffert, c'était cette part de nouveauté que la résurrection professionnelle de Gracie allait forcément introduire dans leur vie.

Avant, lorsque sa carrière était au point mort, Gracie avait consacré à leur amour tout son temps, toute son attention, tous ses soins. C'était une situation nouvelle qu'elles devraient affronter. Kate n'aurait plus Gracie pour elle seule.

Elle se figea, la brosse en l'air, se noyant dans le reflet de son propre regard qui semblait sans fond dans le miroir.

Comme elle avait peur de cet avenir si menaçant, peur de

voir Gracie se déprendre d'elle chaque jour un peu plus. Gracie n'avait-elle pas d'ailleurs déjà commencé à le faire, ici même, en se remettant à écrire ? Mais si elles partaient, les choses iraient en empirant. Nina avait raison. Cela ne pourrait qu'empirer. A Londres, tout ce que Nina avait annoncé se vérifierait forcément. Gracie se lasserait d'elle et de ses jérémiades, oui, et elle la quitterait. Peut-être même en avait-elle déjà l'idée, comme Udo avant elle. C'était peut-être cela, la vraie raison qui motivait son retour à Londres...

Grace entra, vêtue seulement de ses sous-vêtements, et Kate se remit à brosser ses cheveux. Le reflet de Grace vint glisser à côté du sien dans le miroir. Grace se pencha par-dessus le lavabo, approcha son visage de la glace et tendit avec le bout de ses doigts la peau sur ses pommettes.

– Une vraie mine de déterrée, constata-t-elle en adressant un petit sourire à Kate dans le miroir.

Elle semblait ne pas en être trop affligée, mais presque fière au contraire. Passant ses mains derrière son dos, elle dégrafa son soutien-gorge qu'elle posa sur la tablette à côté du lavabo.

Kate cessa de se brosser les cheveux pour contempler les seins de Grace dans le miroir.

– Gracie, dit-elle après un moment. Tu ne voudrais pas que nous achetions la Villa ?

– Que nous achetions la Villa ? répéta Grace distraitement, sans marquer plus de surprise que si Kate lui avait demandé l'heure et qu'elle cherchait simplement, pour pouvoir lui répondre, où diable était sa montre.

Elle attrapa sa chemise de nuit accrochée à la patère de la porte et l'enfila. Puis elle se regarda de nouveau dans la glace tout en arrangeant son col.

– Tu es sérieuse ? demanda-t-elle enfin au reflet de Kate.

Kate se leva pour venir à côté d'elle, devant la glace, et s'appuyer à son bras.

– Oui, dit-elle dans un brusque sourire, comme enivrée par le vertige de son rêve. Songe un peu que, si nous achetions la Villa, nous pourrions passer ici le restant de nos jours, y vivre comme bon nous semble. Oh, ce serait fantastique, non ?

– C'est vrai, ce serait fantastique, ma chérie. Mais les Fisto n'ont pas l'intention de la vendre. Et du reste, nous n'aurions certainement pas les moyens de l'acheter.

Le sourire de Grace dans la glace était celui d'une mère indulgente qui doit cependant ramener à la raison une enfant un peu trop rêveuse.

Kate se mordit la lèvre et lâcha le bras de Grace.

– Dis plutôt que tu ne veux pas.

Dans le miroir, Grace continuait de sourire de ce sourire doux et apitoyé, plein d'une compréhension toute maternelle, et Kate en souffrit plus encore que si sa compagne l'avait insultée.

14.
Au lit

Alors qu'elle basculait dans le sommeil, Grace sentit Kate se tourner et se retourner dans le lit, en proie à une agitation inhabituelle.

Plus tard dans la nuit, elle se réveilla, l'esprit tout engourdi, pour découvrir Kate debout, penchée vers son visage. Elle avait fait le tour du lit et sa silhouette se découpait sur l'intense clair de lune qui, perçant à travers les nuages noirs, baignait en cet instant toute la terrasse.

– Quelle heure est-il ? marmonna Grace en faisant de pénibles efforts pour ne pas refermer les yeux aussitôt tant ses paupières étaient lourdes.

– Je n'ai pas sommeil, expliqua Kate dans un murmure.

Elle se redressa de toute sa taille puis jeta un coup d'œil à la baie qui donnait sur le devant de la maison, avant d'ajouter :

– Je vais marcher un peu. Rendors-toi.

La demi-conscience où flottait l'esprit de Grace l'empêcha

de prendre la pleine mesure du comportement de Kate. Elle avait l'impression d'être engluée dans un songe où rien n'avait d'importance, où rien ne devait en avoir.

– Hmm. N'attrape pas froid, articula-t-elle avec peine.

Elle ne sut trouver que ces mots puis, tandis qu'elle replongeait déjà dans le sommeil, elle crut entendre Kate s'éloigner dans le couloir et sortir de la maison par-devant.

Vers cinq heures, elle se réveilla d'un coup.

Dans le lit la place de Kate était vide.

– Kate ? appela-t-elle, inquiète.

Elle pensa : *Dans la salle de bains, sans doute.*

– Kate ? interrogea-t-elle plus fort.

N'obtenant pas de réponse, elle s'adossa à la tête du lit, et, comme il faisait encore sombre, alluma la lampe de chevet.

– Kate ? répéta-t-elle, de plus en plus inquiète.

Elle se leva d'un bond, enfila sa robe de chambre en regardant dehors par la baie. Il avait plu de nouveau cette nuit. Sur la terrasse, çà et là, stagnaient de petites flaques où se reflétait le ciel noir.

15.
Confirmation

Le salon était plongé dans l'obscurité. Grace y trouva Kate debout et immobile devant la baie, à contempler la piscine. Sa mince silhouette se détachait sombrement sur un grand rectangle de nuit juste un peu plus clair.

D'abord soulagée, puis de plus en plus intriguée, Grace marqua un temps sur le seuil de la pièce et noua la ceinture de sa robe de chambre.

– Tu ne t'es pas recouchée ? lança-t-elle enfin après s'être éclairci la gorge pour manifester sa présence.

Pour toute réponse, la frêle silhouette eut un léger haussement d'épaules, les yeux toujours fixés sur la nuit dehors.

– Es-tu malade ?

– Je n'avais plus sommeil, murmura Kate en tournant son visage lentement vers elle.

Comme Grace allait faire jouer l'interrupteur, elle dit :

– Non, n'allume pas.

Grace hésita mais finalement obéit et, quittant le couloir, traversa le salon pour aller jusqu'à elle.

– Qu'est-ce que tu regardes comme ça ?

– Rien.

Quand elle fut tout près, Grace remarqua que sa compagne était entièrement nue et qu'elle était trempée et frissonnait de froid.

– Bon sang, Kate ! Que t'est-il arrivé ?

L'idée lui vint qu'elle s'était peut-être baignée dans la piscine. Par une nuit pluvieuse d'octobre ? Non, c'était bien sûr absurde.

Elle se dépêcha de rebrousser chemin pour allumer le plafonnier.

Avec la lumière, la grande baie derrière Kate se transforma aussitôt en une surface noire et réfléchissante qui dédoubla l'intérieur du salon en une troublante symétrie alors que la terrasse et la piscine disparaissaient de l'autre côté, comme happées par le néant.

Grace courut à la salle de bains et en ramena une grande serviette blanche dans laquelle elle enroula sa compagne.

– Il pleuvait quand je suis rentrée, murmura Kate tandis que Grace la frictionnait pour la réchauffer.

Sa nuisette gisait à ses pieds, gorgée d'eau.

– Rentrée... Rentrée d'où ? Kate, où es-tu allée ?

Mais au lieu de répondre, Kate tourna vers elle son visage et demanda d'une voix sans timbre :

– Quand l'auras-tu fini ?

– Fini quoi ? interrogea Grace mais elle savait que Kate lui parlait de son roman.

Elle la regarda dans les yeux et pensa : *elle a besoin d'une date pour se préparer à l'idée de notre départ.*

– La semaine prochaine, sûrement, répondit-elle après un moment, en baissant les yeux presque de honte.

Alors Kate murmura d'une voix songeuse :

– Mercredi. Ce sera mercredi...

Ce n'était pas une question, et Grace en ressentit comme un choc. Kate semblait (mais c'était impossible) ne l'avoir interrogée que pour obtenir confirmation de ce qu'elle savait déjà.

16.
Chambre 609

Nina observait les deux figurines en chocolat.

Celle qui représentait Kate avait maintenant une longue serviette en chocolat blanc sur les épaules. Ses lèvres figées étaient entrouvertes et Nina pouvait très bien imaginer ce qu'elle disait. (« Mercredi. Ce sera mercredi. ») La Grace en chocolat l'entourait de ses bras et tentait de la réconforter, en vain. L'inquiétude se lisait sur son propre visage. Quant à la robe de chambre mauve qu'elle portait, elle était rendue à la perfection, avec ses longs plis baroques dignes du Bernin, ses beaux reflets moirés et sa fine ceinture nouée autour de la taille. Une vraie merveille, songea Nina.

Elle sourit et se mit à chantonner :

J'vois le mal
depuis ma chambre
Dans c'pays d'fou
Tout est permis
Car c'est Thélème
Thélème Thélème

On aime la vie
Jusqu'à la mort,
On aime la mort

à perdre la vie,
Au noir Thélème
Thélème Thélème

Elle se tut et son sourire s'accentua.

Quand Kate, trop agitée pour trouver le sommeil, était venue la rejoindre, elle se tenait assise au bord du lit, immobile, les mains posées sur les cuisses, les yeux tournés vers la porte. Elle savait que Kate viendrait la voir cette nuit. Elle ne dormait pas et l'attendait. En fait, elle ne dormait jamais.

Kate était entrée, ses cheveux et sa chemise de nuit trempés par la pluie qui s'était mise à tomber. Elle s'était jetée dans ses bras pour pleurer un long moment.

– Tu avais raison, avait-elle sangloté. Tu avais raison.

Pour la consoler, Nina lui avait parlé de son séjour à la Villa avec Udo, Werner et Konrad. Eux aussi avaient connu ici une expérience qui les avait dépassés par son intensité. Sur le plan sentimental d'abord, comme Kate avec Grace, Nina avait vécu avec Udo une période merveilleuse. Jamais ils ne s'étaient autant aimés qu'à la Villa. Puis il y avait eu cette fièvre créatrice qui s'était emparée d'eux, et ils avaient composé à la chaîne d'incroyables chansons pour leur album intitulé *Résurrection.* C'était elle, comme d'habitude, qui s'était occupée des paroles, laissant à Udo et à Werner le soin de les mettre en musique. Ses textes pour *Résurrection* parlaient d'amour et de haine, de vie et de mort, et d'un pays étrange appelé Thélème comme dans le roman de Gracie. Jamais, avant de vivre ici à la Villa, elle n'avait écrit avec autant de bonheur et de facilité. Jamais non plus les arrangements musicaux d'Udo et de Werner n'avaient été aussi inspirés. En trois mois, ils avaient réussi à boucler les treize morceaux de *Résurrection*. Et c'est alors que les choses avaient commencé à se gâter. Car presque aussitôt Werner et Konrad avaient exprimé le souhait de rentrer à Berlin. Ils voulaient enregistrer l'album dans le studio de leur maison de disques et annoncer enfin au monde entier le grand retour des Crepuscula. Mais Nina les en avait empêchés. Pour leur bien, et par amour pour Udo. Il voulait partir lui aussi car il était comme Werner et Konrad, il ne comprenait pas ce que représentait la Villa. Seule Nina comprenait. Elle seule mesurait la chance inespérée qu'ils avaient d'y vivre. Leur inspiration et leur bonheur venaient de la Villa, dépendaient d'elle. S'ils rentraient à Berlin, ils pouvaient dire adieu à l'une comme à l'autre. Udo, Werner et Konrad faisaient penser à des chercheurs d'or qui se contentent de quelques grosses pépites pour repartir au plus vite en ville, alors que le filon qu'ils ont trouvé peut en donner bien d'autres encore.

Nina se remit à chantonner doucement :

Y a une chambre
Où tout s'révèle
Le vieux, le neuf
Vois ! tout s'emmêle
Mon beau Thélème
Thélème Thélème

L'amour, la haine
Vont et s'enchaînent
Cherch'plus, l'ami
Y a pas de ciel
Gloire à Thélème
Thélème Thélème

Elle avait demandé à Kate cette nuit si elle pensait pouvoir trouver ailleurs ces moments de félicité qu'elle avait connus ici avec Grace. Kate avait fait non de la tête, évidemment.

– Gracie envisage pourtant de partir, avait insisté Nina. Elle est faible malgré ce qu'elle en pense, mais toi, toi, ma Kate, tu es la plus forte des deux et tu ne la laisseras pas tout détruire, n'est-ce pas ? Tu sais que ce qui compte pour vous deux, c'est que vous restiez ensemble à la Villa. Pour toujours. Souviens-toi de ce que Patricia Fisto t'a dit sur la terrasse. Qu'il fallait être capable de se battre pour protéger son bonheur. Tu te souviens de ce qu'elle a dit ? Qu'elle aurait été prête à tuer père et mère pour Barth. Et Barth lui-même s'il le fallait ! Tu te souviens, Kate ?

– Oui, je m'en souviens.

– Je te présenterai bientôt mes amis de la Villa. Ils ont promis qu'ils t'aideront comme ils m'ont aidée quand Udo, Werner et Konrad voulaient détruire notre bonheur. Seulement, Kate, es-tu prête à faire ce que mes amis te demanderont ? Pour Gracie. Pour votre bonheur.

– Oui, s'était exclamée Kate avec espoir. Pour Gracie, oui.

Nina lui avait expliqué que l'amour qu'elle portait à Gracie serait alors hors d'atteinte, préservé pour l'éternité. Comme elle, Grace et Kate ne vieilliraient plus. Elles resteraient à la Villa jusqu'à la fin des temps et leur bonheur toucherait à la perfection absolue, à la plénitude des dieux. Mais pour cela, il fallait que Kate se montre courageuse. Qu'elle accepte la « cérémonie » que ses amis prépareraient pour elle et Gracie, comme Nina l'avait acceptée pour pouvoir rester à la Villa avec Udo.

– La cérémonie ? avait relevé Kate.

– Oui, je t'expliquerai. Nous avons encore quelques jours devant nous.

– Ce sera quand, Nina ?

– La cérémonie est prévue pour mercredi prochain, ma chérie,

– Mercredi.

– Oui, c'est mercredi que Gracie aura fini son roman.

17.
Avant-derniers jours

Les journées suivantes se passèrent sans qu'il y eût d'autre incident. Kate semblait avoir recouvré toute sa raison, et Grace finit par oublier la mauvaise impression que lui avait laissée cette étrange matinée où elle avait trouvé nue sa compagne dans le salon.

Le week-end fut pour elle comme tous les autres jours : extrêmement productif. Elle écrivit pas moins de trente pages à simple interligne. Le détective Stirner attendait toujours que l'homme au masque blanc lui organise une entrevue avec le prêtre Pharmakon. Dans l'intervalle, il découvrait que la mort du Brésilien lors du set de l'hôtel Caligula où on lui avait percé les yeux, cousu la bouche et découpé les oreilles, était le fruit d'une dénonciation calomnieuse et que le dénonciateur n'était autre que l'étrange Vathek. Avec cette révélation, le personnage au masque rouge paraissait encore plus troublant. Grace voulait que, comme son héros, ses lecteurs éprouvent pour ce Vathek une méfiance persistante et avisée. C'est seulement à la fin de *Barbarian State* que la lumière se ferait sur la nature exacte de ses agissements. Grace aimait ménager des surprises à ses lecteurs. Surprendre constituait à ses yeux la motivation première de l'écriture. Il s'agissait d'échafauder des stratagèmes, de tendre des pièges. Il entrait dans la littérature une part de jeu et de sadisme, avec à la clé des gratifications de chasseur. Cependant le piège littéraire avait un aspect doublement paradoxal en ce que ses proies éprouvaient en général du plaisir à se faire prendre et en ce que ce piège se construisait d'ordinaire au détriment de tout plan initial. Ainsi Grace ignorait la manière précise dont son roman se clôturerait. Bien sûr, elle avait sa petite idée mais cette idée pouvait ne plus avoir cours trois pages plus loin et se métamorphoser en une autre. C'était là la différence entre concevoir un simple scénario, où la structure commande à l'écriture, et faire un véritable roman, où c'est le contraire. L'écriture romanesque sécrétait sa propre logique, ses propres exigences, ses propres traquenards, et il était impératif que l'auteur, pour peu bien sûr qu'il ait quelque talent, sache composer avec cette ambiguïté fondamentale. Toute littérature reposait sur ce principe d'incertitude, c'était là sa grâce, c'était là aussi son péril.

Le lundi, Grace entama le long chapitre trente et un à cinq heures du matin et le boucla un peu avant vingt heures le lendemain. Ce chapitre montrait Stirner aux prises avec la police de Thélème. Ses rapports avec le Brésilien (le client qui avait été exécuté pour crime de lèse-discrétion) intéressaient les autorités qui voulaient savoir jusqu'à quel point les deux hommes se connaissaient. A un moment, Stirner était près de subir le même sort que son supposé complice, mais par un rebondissement de dernière minute, Vathek, qui avait eu la bassesse de dénoncer le Brésilien, apparaissait pour blanchir Stirner et le sauver d'une mort aussi horrible que certaine.

C'est seulement ce mardi 30 octobre au soir, lorsqu'elle éteignit son portable, à bout de forces mais heureuse, que Grace repensa à l'étrange conversation qu'elle avait eue avec Kate ce matin où elle l'avait trouvée nue et tremblante dans le salon.

« Mercredi. Ce sera mercredi... » C'est ce que Kate avait murmuré.

Grace regarda son portable éteint sur la table.

Il y avait en effet de grandes chances qu'elle ait terminé *Barbarian State* ce mercredi 31 octobre. Comment Kate avait-elle pu deviner ? « Je le sais, c'est tout », s'était-elle contentée de répondre.

Exactement comme si quelqu'un le lui avait appris.

18.
Le dernier jour

Ce mercredi, dernier jour d'octobre, il faisait encore nuit lorsque Grace, de grand matin, se remit à sa table de travail.

Les baies éclairées du bureau jetaient en travers de la terrasse et sur l'eau de la piscine de grands losanges jaunes, tandis que le reste de la Villa demeurait dans une ténébreuse et tranquille obscurité. Plus tôt dans la nuit, un vent d'est s'était levé. A la façon de spectres, les grands arbres du parc et de la forêt plus loin se balançaient, silhouettes sombres dans l'air à peine moins noir, et le lent bruissement de leurs feuilles se mêlait aux plaintes assourdies du vent.

Travaillant déjà depuis plus de deux heures, Grace profita d'avoir terminé un chapitre pour s'interrompre un moment. Elle se pencha sur le côté afin de jeter un coup d'œil à la Villa, et fut heureuse de n'y voir aucune lumière : Kate dormait encore.

Dors, ma chérie, pensa-t-elle dans un brusque élan de tendresse. *Dors, mon ange.*

La fatigue, ce matin, la rendait sentimentale. Elle avait conscience de s'être montrée dure avec Kate, de l'avoir délaissée, et cela sur tous les plans. Elle s'en voulait, mais cependant pas au point d'oublier que cette prise de distances avait été salutaire, que jamais autrement elle n'aurait réussi à écrire autant et si bien.

Mais demain nous serons de nouveau ensemble, ma chérie, promit-elle.

Elles iraient se promener longtemps, et Kate lui montrerait alors tous les endroits qu'elle avait pu découvrir seule. A force de douceur, Grace se ferait pardonner.

Elle se redressa et, les yeux de nouveau fixés sur l'écran de l'ordinateur, bâilla dans ses deux mains en cornet.

Cette nuit, malgré la fatigue, elle s'était contentée de cinq petites heures de sommeil. Elle ne tenait debout que par la fièvre créatrice qui la brûlait depuis des semaines et à laquelle s'adjoignait ce matin la certitude excitante de finir enfin *Barbarian State*.

Rabaissant ses doigts sur le clavier, elle effectua un saut de page à la fin du chapitre qu'elle venait d'écrire, puis entama le suivant.

Grace Austin, *Barbarian State*

Chapitre 33

Stirner ne savait pas s'il devait se montrer reconnaissant envers Vathek de l'avoir tiré des griffes de la police, peut-être parce qu'il se demandait plus que jamais à quel jeu celui-ci pouvait bien se livrer, mais quoi qu'il en soit, il fut étonné de ne pas le voir au sortir du commissariat. Il aurait pourtant juré que Vathek et son inamovible masque rouge ne rateraient pas cette occasion de parader devant lui.

Alors qu'il avançait vers la chaussée pour héler un taxi et regagner son hôtel, Stirner vit une voiture s'arrêter devant lui.

Le conducteur se pencha pour entrouvrir la portière avant côté passager.

– Dépêche-toi de monter.

La main sur le haut de la portière, Stirner hésita un court instant puis finalement prit place à l'intérieur. Quelle fut sa surprise de découvrir en la personne du conducteur le père Pharmakon. C'était un homme imposant, chauve et joufflu, avec de fines lunettes cerclées d'or derrière lesquelles brillaient des yeux noirs très vifs.

– Pour un peu tu connaissais la même fin que ton ami le Brésilien, lui fit observer le saint homme en regardant Stirner avec un sourire tandis qu'il s'asseyait près de lui.

– Ce n'était pas mon ami, crut nécessaire de rectifier Stirner.

Le religieux soupira.

– Tu aurais dû nous écouter et quitter Thélème. Cela nous aurait évité à toi comme à nous toutes ces complications.

– Les complications ne sont pas de mon fait, répliqua Stirner. J'ai été victime d'une dénonciation, mon père, exactement comme le Brésilien. (En disant ces mots, Stirner visait Vathek mais le prêtre ne releva pas.) Je vous rappelle aussi, mon père, que j'attendais de vous rencontrer. L'homme au masque blanc, cet ami de Vathek, m'avait dit qu'il me ménagerait un rendez-vous.

– Bon, écoute, ne restons pas là, dit le prêtre en mettant son clignotant pour se glisser dans la circulation. Je vais te ramener à ton hôtel. Si tu as des questions, pose-les-moi. Je t'écoute. Mais avant je vais répondre à la première des questions que tu es en droit de te poser me concernant : qu'est-ce qu'un religieux, qu'est-ce qu'un prêtre peut bien faire ici, à Thélème ?

Comme pour appuyer la pertinence de cette question, les

rues dans lesquelles ils circulaient étaient bordées de sex-shops aussi vastes et luxueux que des banques suisses. Il y avait aussi des peep-shows haut de gamme, des clubs sado-maso sélects, des théâtres porno aux somptueuses façades de marbre. Tout à Thélème n'était que luxe et luxure.

– Je crois, commença à expliquer le prêtre, que Dieu n'est absent de nulle part et qu'Il est peut-être même plus présent ici qu'ailleurs, que dans un monastère par exemple. Je te choque, mon fils ? Dis-le-moi si je te choque ? Moi, je t'avouerai que j'ai été choqué la première fois que j'ai compris cela. Mais c'est la pure vérité. Dieu ne déserte aucun lieu. Dieu est ici, à Thélème. Je n'irai pas jusqu'à dire qu'Il est chez lui à Thélème, mais, vrai, Il est ici aussi. *« Là où le péché a proliféré, la grâce a surabondé. »* C'est saint Paul lui-même qui le dit dans son Epître aux Romains, chapitre V, verset 20. Parfois je me demande si ce n'est pas cette vérité qui a été le vrai choc occasionnant son aveuglement sur le chemin de Damas. Que Dieu, le Dieu d'amour et de bonté, puisse être présent n'importe où, jusque dans des endroits d'abomination comme Thélème. Qui ne serait pas désarçonné, mon fils ? Qui ne serait pas aveuglé par cette révélation ?

Stirner hocha la tête. Il comprenait, du moins jusqu'à un certain point. En homme cultivé, il savait que de la longue suite des connections qu'avaient pu entretenir la grâce et le péché, on pouvait évoquer la très antique prostitution sacrée ou la croyance de certains Béguards au XIIIe siècle ou bien encore la pensée religieuse d'un William Blake affirmant sans ciller : *« La route de l'excès mène au palais de la sagesse. »*

Le péché et la grâce, oui, n'étaient pas étrangers, dépendaient peut-être l'un de l'autre, un peu comme deux choses symétriques dont la première ne serait que le reflet déformé de la seconde. Augustin n'avait-il pas connu une jeunesse dissolue avant de devenir un grand saint, la grâce en son âme succédant au péché sans d'ailleurs tout à fait l'effacer ? Mais ce que Pharmakon affirmait allait plus loin encore car, pour lui, Bien et Mal n'étaient plus seulement dans un rapport temporel de succession, ils ne formaient plus une séquence rédemptrice, mais un lien véritablement physique, un voisinage étroit, une coprésence.

Laissant de côté ces questions théologiques, Stirner demanda :

– Où est Hélène, mon père ?

– Rassure-toi. Nous avons réussi à la faire évader de sa cellule.

– Evader ? Vous voulez dire qu'elle est sortie de la Principauté ?

– Non, pas encore mais nous devrions réussir ce soir. (Il pointa du doigt deux voitures de police qui roulaient en sens inverse, sirène hurlante.) Comme tu peux le voir, quasiment toute la police de Thélème est à sa recherche. En fait, si tu as été arrêté c'est parce qu'on te suspectait d'être responsable de son évasion.

– Mais où est-elle maintenant ?

– Dans une chambre, en sécurité. Des amis à moi veillent sur elle.

– Comment comptez-vous la faire sortir d'ici ?

Le père Pharmakon lui jeta un coup d'œil de côté.

– Il me semble que tu as acquis le droit de savoir.

Et il se mit alors à lui expliquer.

Quand la principauté de Thélème avait obtenu son indépendance, après la chute de l'Empire soviétique, elle avait passé un accord avec l'Eglise orthodoxe qui stipulait que la chapelle Sainte-Sophie-de-Thélème (vieille de plus de cinq siècles) ne serait jamais détruite et qu'elle continuerait même à servir Dieu. Les autorités religieuses avaient accepté en échange de ne jamais se mêler de « politique intérieure ».

C'est le père Pharmakon lui-même qui avait demandé à être nommé à la tête de la chapelle Sainte-Sophie. Ce lieu accueillait les funérailles des rares clients de Thélème qui exigeaient dans leurs dernières volontés un enterrement religieux (en contradiction flagrante avec le type de vie qu'ils avaient pu mener). Certains demandaient à être inhumés au cimetière de Thélème, mais la plupart voulaient qu'on rapatrie leur dépouille. C'était le cas du Brésilien, qui, par sa mère d'origine française, avait une concession au Père-Lachaise.

Le plan conçu pour faire sortir Hélène Blackqueen était simple : aussitôt la cérémonie religieuse terminée, on placerait la jeune femme en lieu et place du cadavre puis on scellerait le cercueil et le chargerait à bord du premier avion en partance pour Paris. Le réseau du prêtre Pharmakon avait déjà sauvé plusieurs jeunes femmes de cette manière.

– Il nous fallait donc un mort mais un mort qui réponde à nos souhaits. C'était là le plus difficile car, comme tu peux l'imaginer, la plupart des débauchés qui sont ici n'ont que très peu de contacts avec les choses de la religion. (Il jeta un regard de biais à Stirner.) Margaret Blackqueen savait qu'il nous fallait un mort à rapatrier si elle voulait sauver sa fille. (Il se tut, pour laisser à Stirner le temps d'enregistrer cette information puis il ajouta :) Ça devait être Londres, et non pas Paris.

Et Stirner soudain comprit.

C'était lui qui était censé mourir à Thélème. Margaret Blackqueen l'avait choisi dans ce seul but. Elle voulait non pas un détective expérimenté, mais un homme usé au cœur malade et chrétien de surcroît. Voilà pourquoi, lors de leur premier entretien, à Londres, elle s'était enquise de ses convictions religieuses et de ses dispositions touchant sa dernière demeure.

– Londres ou Paris, peu importe, dit le prêtre. L'essentiel c'est que le cercueil sorte de Thélème. (Il soupira puis reprit :) Au cas où ton pauvre cœur aurait résisté aux horreurs commises ici, Margaret Blackqueen avait projeté de te faire dénoncer par Vathek, mais j'ai jugé moins immoral de sacrifier à ta place ce fripon de Brésilien. Vathek était aussi de cet avis, d'ailleurs. Tu devrais donc le remercier. En dénonçant le Brésilien, c'est toi qu'il a épargné.

Chose bizarre, un sentiment de culpabilité s'empara de Stirner en même temps qu'il prenait conscience que, si on le lui avait demandé, il aurait été prêt à se sacrifier pour sauver Hélène Blackqueen. Depuis qu'il l'avait vue en photo à Londres, son amour, sa pitié pour elle n'avaient cessé de grandir.

Ils étaient arrivés devant l'hôtel. Pharmakon gara la voiture puis se tourna vers Stirner.

– Le cercueil doit quitter Thélème dans la nuit, dit-il. Il y a un avion pour Paris à deux heures trente. Si tu le souhaites vraiment, tu peux voir Hélène avant.

Et il montra du doigt l'hôtel pour préciser avec un indéchiffrable sourire :

– Hélène sera ici. Chambre 609.

19.
Chambre 609

Kate était dans la chambre 609. Elle n'avait pas pris son petit déjeuner. A peine réveillée, elle s'était hâtée de gagner le garage. Il était un peu plus de huit heures ce matin du mercredi 31 octobre et Kate était à la fois anxieuse et impatiente car elle savait que c'était le grand jour.

Nina l'attendait dans l'entrée de la chambre. Derrière elle, au fond de la pièce, deux hommes étaient assis sur les chaises autour de la petite table.

– Regarde, dit Nina, mes amis sont là. Viens, je vais te les présenter.

Kate accepta la main qu'elle lui tendait et se laissa entraîner.

Les deux hommes étaient en smoking noir et chemise blanche à col cassé avec nœud papillon noir. Ils portaient un demi-masque de satin rouge pour l'un, blanc pour l'autre.

A l'approche des deux jeunes femmes, ils se levèrent.

– Ma chère Nina, tu es resplendissante, fit l'homme au loup blanc en ouvrant largement ses bras pour l'accueillir contre sa poitrine.

Sans réserve, ils s'embrassèrent sur la bouche et, dans un premier temps, Kate pensa que ce pouvait être Udo avant de tenir pour improbable qu'Udo eût des cheveux aussi grisonnants que l'étaient ceux de cet homme.

Nina se dégagea afin de présenter Kate.

– Notre belle *Hélène* ! s'exclama l'homme au masque blanc dans un sourire si éclatant qu'il avait quelque chose de vorace. Je suis ravi de vous rencontrer, ma chère.

Et il s'inclina pour lui faire un baisemain dans les règles de l'art.

– Nous nous connaissons, il me semble, observa Kate, intriguée.

Sa bouche, en effet, lui rappelait quelqu'un.

– C'est vrai ? demanda l'homme sur un ton badin.

Kate n'arrivait pas à se souvenir où elle avait pu voir ce visage et se demandait si elle le connaissait vraiment.

– *Hélène*, voici mon ami Vathek, dit l'homme en lui désignant, debout près de lui, son compagnon au loup rouge.

Le dénommé Vathek serra la main de Kate en la dévorant des yeux et dit :

– Comme il me tardait de vous rencontrer.

– Nous sommes passés voir si tout allait bien, précisa aussitôt l'autre à l'intention de Nina puis, se tournant de nouveau vers Kate : J'espère que vous n'êtes pas trop inquiète pour ce soir, chère *Hélène* ?

Ce soir, pensa-t-elle avec émotion. *Ce sera donc ce soir.*

Elle aurait aimé que ce fût plus tôt. Elle allait encore devoir attendre et son impatience d'y être, mais aussi sa peur ne firent que la torturer davantage. Ainsi ce soir, Grace terminerait *Barbarian State*. Ainsi ce soir, tout serait fini... Puis elle pensa : *Pourquoi m'appellent-ils Hélène ? Je suis Kate, je ne suis pas Hélène.*

– Vous devez certainement vous tromper de personne, dit-elle avec embarras. Mon nom est Kate.

La bouche de l'homme au masque blanc s'épanouit en un large sourire paternel et indulgent.

– Non, non, s'exclama-t-il en la couvant lui aussi des yeux derrière son masque. Je vous assure, ma chère enfant, que nous ne faisons pas erreur. C'est vous qui vous trompez. *Vous vous appelez Hélène. Vous êtes Hélène.*

Ces derniers mots, bien qu'ils ne fussent pas prononcés plus fort que les autres, explosèrent dans la tête de Kate et elle dut fermer les yeux tandis que tout son corps était pris de convulsions comme sous le coup d'une puissante décharge électrique.

Quand elle put rouvrir les yeux, elle se vit agenouillée par terre. Les deux hommes avaient disparu avec leurs smokings, leurs masques, leurs sourires entendus, leurs regards affamés. Nina aussi avait disparu. La chambre 609 n'existait plus. Kate était seule dans l'atelier désert au-dessus du garage, et elle était entièrement nue, et elle tremblait de froid.

Elle pensa : *Je suis folle. Oh, mon Dieu, je suis folle.*

Assaillie par le doute, la confusion, la honte, elle jetait dans la pièce des regards égarés. Nina n'était pas plus réelle que la chambre 609. C'était un délire produit par son esprit malade, une terrible hallucination et elle allait se rév...

– Je nous ai commandé du champagne pour ce soir, l'interrompit dans ses pensées la voix de l'homme au masque blanc. C'est un grand jour pour nous tous, vous le savez, n'est-ce pas ? Nous nous devons de fêter ça dignement.

La chambre 609 était de nouveau là, spacieuse, solide, irrécusable.

Et juste devant Kate se tenaient, comme tout à l'heure, Nina et ses amis masqués. Tous trois la regardaient avec la même avidité.

Sans la quitter des yeux, Nina enlaça l'homme au masque blanc par le cou. Il l'étreignit par la taille et lui chuchota quelque chose à l'oreille. Ils sourirent avec ensemble à Kate.

– Ne t'inquiète pas, chérie. Tout se passera bien, assura Nina en restant collée contre l'homme.

– Nous boirons à votre bonheur, chère Hélène, ajouta son compagnon, les yeux rieurs derrière son masque. Nous boirons à votre liberté. Oui, ce soir, nous serons tous là, et notre Maître aussi sera là. Pour vous. Pour vous !

20.
Rien qu'un lapsus

Grace relisait le chapitre qu'elle venait d'écrire et avait bien des raisons de s'en montrer satisfaite. D'abord elle approchait de la fin, ce qui était en soi une très bonne chose. Ensuite, la tournure prise par l'histoire lui plaisait beaucoup en ce que celle-ci annonçait des surprises même pour elle, son auteur.

Grace n'était pas, en effet, de ces romanciers qui ne peuvent écrire qu'en sachant où ils vont. Pour sa part, elle ne dressait jamais aucun plan à l'avance et n'avait encore aucune idée précise de la note sur laquelle se terminerait *Barbarian State*. Elle aimait se laisser porter par l'histoire comme un nageur entraîné de biais par le courant et qui ne touchera au rivage qu'à quelque distance de l'endroit choisi. Pour sûr, cette dérive présentait certains risques mais, seule, aux yeux de Grace, elle garantissait aussi cette part d'inconnu qui faisait la grandeur d'un récit.

Elle savait qu'il y avait là deux écueils à éviter.

D'une part, trop présumer de ses forces en espérant nager toujours en ligne droite jusqu'au rivage, ce qui serait stupide quand cela ne serait pas tout simplement impossible. *A contrario*, s'abandonner par un défaut de volonté au courant et se laisser déporter au large, car ce serait alors sans espoir de retour et la noyade assurée. Il fallait donc avoir confiance et en ses ressources personnelles et dans le courant extérieur, apprendre à tabler sur cette combinaison de volonté et de hasard, savoir ne jamais progresser qu'en diagonale.

Grace n'avait donc d'autre certitude que celle de toucher au rivage ce mercredi. Elle ignorait où et dans quelles conditions elle atteindrait la terre ferme mais elle pressentait l'imminence de ce moment.

Ainsi sans rien savoir par avance du final, elle devinait cependant que la chambre 609 dans laquelle le père Pharmakon donnait rendez-vous au détective Stirner à la fin du chapitre trente-trois serait la chambre des révélations. Tout se jouerait là, tout se dénouerait à ce moment précis seulement. Elle voulait être la première surprise, la première soulagée ou, au contraire, la première catastrophée par ce qui arriverait à Stirner et à la jeune Hélène.

Grace étouffa un bâillement avec sa main puis, les reins cambrés, s'étira longuement sur sa chaise. Les muscles de ses bras et de son cou la faisaient souffrir. La fatigue était tapie dans tout son corps et attendait pour se faire vraiment sentir qu'on sifflât l'arrêt de la partie, cet après-midi peut-être, ce soir au plus tard. Après, c'est une cure de sommeil de plusieurs semaines que Grace se promettait. Mais peut-être que, les premiers jours, l'excitation d'avoir mené à bien ce nouveau roman l'empêcherait de bien dormir. Peut-être ne goûterait-elle vraiment au repos qu'après avoir reçu de son éditeur l'appel enthousiaste qu'elle espérait de lui et qui conforterait sa certitude d'avoir écrit le livre de sa vie. Et peut-être même faudrait-il attendre la sortie de *Barbarian State* en librairie. Alors seulement, oui, elle pourrait commencer à récupérer.

Elle interrogea des yeux l'horloge numérique au bas de l'écran de son ordinateur (onze heures quarante) et décida de terminer la relecture du chapitre trente-trois avant d'en lancer l'impression et d'aller déjeuner.

C'est en relisant les toutes dernières phrases qu'elle prit conscience de son erreur.

Au lieu de : « `Hélène sera ici. Chambre 609` », elle avait écrit : « `Kate sera ici. Chambre 609.` » Elle crut tout d'abord à un lapsus, ce qui était facilement compréhensible, vu la vitesse à laquelle elle écrivait ce roman et le peu d'heures de sommeil qu'elle avait derrière elle. Elle avait dû penser à Kate, et Kate s'était glissée dans son texte, voilà tout.

Joli lapsus, avoua-t-elle avec un hochement de tête presque admiratif. Et un lapsus des plus révélateurs avec ça ! Elle n'avait aucun doute qu'un psy verrait là l'expression symptomatique d'un sentiment de culpabilité envers sa jeune compagne délaissée. De la mauvaise conscience mal refoulée ? Peut-être bien, mais devant sa méprise, Grace ne pouvait s'empêcher d'éprouver un certain trouble et son trouble gagna en intensité quand, reprenant plus haut son texte, elle se rendit compte que le prénom de Kate figurait là encore à la place de celui d'Hélène.

– Impossible, souffla-t-elle, consternée.

Elle se revoyait tapant les lettres H-É-L-È-N-E. Et, du reste, quand elle avait relu ce même passage quelques minutes auparavant, elle n'avait pas relevé une seule fois cette erreur, qui pourtant lui sautait aux yeux maintenant. Comment était-ce possible ? Comment avait-elle pu glisser sur une pareille méprise ? L'état de grande fatigue où son esprit se trouvait pouvait-il à lui seul expliquer cette inattention répétée ?

Elle ouvrit le menu *Edition* de Word et cliqua sur *Rechercher*. Elle tapa « Hélène » puis lança la recherche. Un message apparut : « Vérification terminée pour le document. L'objet de la recherche n'a pu être trouvé. » En clair, elle n'avait pas une seule fois tapé ce prénom. La gorge serrée, se répétant que c'était impossible, elle lança aussitôt une nouvelle recherche mais portant cette fois sur « Kate » et en cochant l'option *Surligner tous les éléments trouvés* afin d'avoir le compte exact des occurrences. Word calcula dans l'instant que le prénom de Kate apparaissait rien moins que 432 fois.

Jamais, à aucun moment, elle n'avait utilisé le prénom d'Hélène mais toujours celui de Kate.

Impossible. C'est impossible, lui répéta une petite voix de plus en plus affolée dans sa tête, mais ce déni avait perdu toute espèce d'autorité. La vérité, c'était ce que venait de lui assener l'ordinateur : aucune occurrence pour Hélène et plus de quatre cents pour Kate. Nom de Dieu, comment avait-elle pu commettre une méprise pareille sans jamais en prendre conscience ?

Bien décidée à réparer son erreur, elle appela le menu *Edition* de Word et cliqua sur *Remplacer* pour substituer « Hélène » à « Kate » partout dans le texte. Elle lança l'opération et une fenêtre Microsoft en annonça la réussite.

Rien qu'un lapsus, voulut-elle se convaincre.

Mais elle n'arrivait pas à se défaire du malaise qui s'était emparé d'elle, sans doute parce qu'elle devinait qu'il y avait autre chose, de plus grave encore. Cela ne concernait plus son texte, non, c'était dans l'atmosphère, c'était dans le bureau, elle le sentait. Et soudain elle crut savoir ce dont il s'agissait et un long frisson lui remonta l'échine.

Il y avait quelqu'un avec elle dans la pièce.

Une présence silencieuse et intolérablement sournoise, qui se dressait juste derrière elle et lisait par-dessus son épaule le texte affiché sur l'écran de son ordinateur...

Elle ressentit une nouvelle poussée d'angoisse en se rappelant ce que Jairo Carelli lui avait dit au téléphone : « Grace, ne le sentez-vous pas ? Ne le sentez-vous pas quand il vous regarde ? »

Et s'il n'avait pas menti. S'il y avait vraiment quelqu'un d'autre avec elles. Si Natas était bien le Maître secret de la Villa.

« Il aime regarder. Il aime surtout regarder. C'est un putain de jeu de voyeur pour lui, croyez-moi. »

Oh, mon Dieu !

« Et vous, Grace, vous êtes dans le nouveau spectacle. Ou plutôt vous êtes le nouveau spectacle. »

Elle ne l'avait pas cru mais maintenant... Grace ferma les yeux, le cœur battant.

C'est mon imagination, essaya-t-elle de se convaincre.

En vain car une autre partie d'elle-même en était à penser que c'était Natas qui avait interverti le prénom de Kate avec celui d'Hélène. *Pour s'amuser*, comme l'avait dit Jairo.

Elle se força à réagir avant d'être entièrement tétanisée par la peur, et tout à coup se retourna, la gorge sèche.

Personne.

Il n'y avait personne.

Une expression de soulagement détendit brusquement son visage et elle sourit. Elle se sentait stupide mais rassurée. Si son cœur battait encore un peu vite, ce n'était qu'un reste de sa frayeur passée, comme après avoir sursauté au claquement d'une porte.

Elle passa sa main sur ses yeux.

Etait-ce la fatigue qui la rendait si nerveuse ce matin et qui lui faisait imaginer des choses ? Possible, se dit-elle.

Elle se conseilla de faire une pause, histoire de souffler et de reprendre tous ses esprits. Cette affaire de substitution de prénoms l'avait troublée. Elle se sentait trop déconcentrée pour se remettre au travail maintenant. Avant de quitter le bureau, elle lança l'impression des pages qu'elle avait écrites ce matin, et la petite *hp* se mit à avaler bruyamment du papier pour le recracher noirci de mots.

Dehors régnait une douceur automnale exquise, le ciel était d'un beau gris tourterelle sans rien de menaçant et Grace pria pour que cette clémence durât au moins jusqu'au soir.

21.
Midi

Kate était en train de dresser la table. Elle se figea en voyant Grace pénétrer dans le salon.

– Mais il n'est pas treize heures, remarqua-t-elle, étonnée.

– Je sais, dit Grace, se sentant presque en faute. Je suis venue voir si tu avais besoin d'aide.

Kate la dévisagea avec encore plus de perplexité.

– Non. J'ai... j'ai préparé le repas.

– Bien, bien, lâcha Grace et un petit sourire fébrile passa de nouveau sur son visage.

Il y eut un silence puis Kate demanda, curieuse et inquiète à la fois :

– Ton livre est fini ?

– Non, pas encore, mais bientôt. (Nouveau petit sourire fugace.) Ce soir, sûrement. Plus que deux chapitres... Ça ne te fait pas plaisir que je sois là ?

– Si, bien sûr. Ça m'étonne simplement.

Et sans quitter Grace des yeux, elle termina de placer les couteaux et fourchettes de part et d'autre des assiettes posées sur la table.

Grace lui tourna le dos et se rendit à la cuisine, espérant ainsi que sa compagne cesserait de la dévisager comme si elle était une criminelle en fuite.

Elle prit les serviettes de table et le dessous-de-plat en forme de cœur, et, les mains ainsi chargées, retourna dans le salon.

Kate, de l'autre côté de la table, la regardait toujours mais, sur son beau visage, l'étonnement des premiers instants avait cédé la place à une attention silencieuse.

Grace déposa les serviettes et le dessous-de-plat.

– Il m'est arrivé quelque chose de bizarre tout à l'heure, dit-elle. J'ai eu l'impression que quelqu'un était avec moi dans le bureau. Que quelqu'un m'observait en train d'écrire. C'était très étrange. Un peu comme dans ton cauchemar.

– Mon cauchemar ? demanda Kate.

Elle avait pâli et sa voix tremblait un peu en disant ces mots, si bien que ce fut au tour de Grace de la regarder avec étonnement.

– Oui, confirma Grace, les mains posées sur le dossier de la chaise devant elle. Tu te souviens, tu as fait un horrible cauchemar une semaine environ après notre arrivée ici... Tu pensais qu'il y avait quelqu'un d'autre à la Villa. Quelqu'un qui prenait son pied à nous regarder vivre. C'était...

Kate la coupa pour lui demander, sur la défensive :

– Pourquoi parles-tu de ça ?

– Je viens de te le dire, ma chérie : parce que j'ai cru ressentir la même chose tout à l'heure, dans le bureau.

Elle fit le tour de la table pour prendre ses mains dans les siennes mais Kate se libéra et recula en secouant la tête.

– Y a-t-il une raison, Gracie, y a-t-il vraiment une raison à ce que tu me tortures de la sorte avec tes histoires ?

Grace en resta sans voix quelques secondes, puis :

– Je pensais que cela t'intéresserait, fit-elle remarquer.

Kate s'était immobilisée à bonne distance de la table.

– Non, cela ne m'intéresse pas, Gracie. Je suis heureuse ici, je suis heureuse avec toi. Alors je t'en prie, ne va pas tout gâcher. Je t'en prie, Gracie.

Elle semblait totalement désemparée.

– Très bien, très bien, dit Grace, conciliante. Je ne cherchais pas à t'effrayer, ma chérie. Comme je te l'ai dit, ce n'était qu'une impression, une impression sans doute due à la fatigue, d'ailleurs.

– Oui, la fatigue. Tu devrais... Tu devrais te reposer, Gracie.

Et rassurée d'avoir trouvé ce terrain d'entente, Kate revint sur ses pas, le visage éclairé d'un brusque sourire.

22.
Après-midi

A treize heures trente, Grace se remit à écrire, sans prendre un peu de repos comme le lui avait pourtant conseillé sa compagne. Durant le déjeuner, celle-ci avait manifesté une joie qui, après la scène qu'elles avaient eue, aurait pu sembler déconcertante à Grace si elle ne l'avait pas tenue pour la conséquence de cette dernière journée de travail. Kate paraissait se réjouir autant qu'elle de la fin prochaine de son roman.

De retour dans le bureau, tout ce qui avait pu lui paraître effrayant dans la matinée lui sembla absurde, infantile, et comme une preuve manifeste de la promptitude de l'esprit humain à verser dans les frayeurs superstitieuses les plus stupides. L'erreur sur le prénom ? un simple et finalement délicieux lapsus. La présence d'un intrus ? qu'un petit tour que lui jouait son imagination échauffée par la fatigue. Combien elle se sentait ridicule d'avoir dramatisé tout cela, de s'être ainsi monté la tête !

A dix-sept heures vingt, Grace leva les yeux de l'écran de son ordinateur. Elle rédigeait le dernier chapitre de *Barbarian State*. Plus que quelques pages et elle en aurait fini avec le détective Stirner et l'effroyable principauté de Thélème.

Le soir tombait. Autour du parc, la forêt ne formait déjà plus qu'une masse noire et compacte dans le camaïeu gris sombre du crépuscule d'automne. L'obscurité avait envahi le bureau, et Grace s'apprêtait à se lever pour allumer le plafonnier quand, sur l'écran de l'ordinateur, un mot qu'elle venait d'écrire accrocha son regard. Ce mot la remplit de stupeur car elle pensait ne plus le retrouver de sitôt dans son texte.

C'était le prénom de Kate.

Etait-ce la dernière étourderie de la journée, signée Grace Austin ? se demanda-t-elle avec irritation. Elle était pourtant persuadée d'en avoir fini avec ce lapsus. La mauvaise humeur l'assombrit, et, le bout de son index glissant sur le pavé tactile de son ordinateur, elle plaça le curseur sur le mot, double-cliqua rageusement puis corrigea. Sa contrariété ne fit que croître lorsque elle aperçut encore, quelques lignes plus haut, le prénom de Kate à la place de celui d'Hélène.

– C'est pas vrai ! marmonna-t-elle.

Elle s'adossa à son siège, stupide et mal à l'aise.

Finalement, avec hésitation, elle tendit une main vers le clavier, se ravisa, puis tendit de nouveau la main et pressa quelques secondes le bouton Marche/Arrêt pour tout stopper en urgence comme si l'ordinateur était la proie d'un virus et qu'il n'existait d'autre solution que de le mettre hors tension. Quand il fut éteint, elle s'adossa de nouveau à son siège, les yeux perdus dans l'obscurité, avec l'impression de vivre un mauvais rêve, ou pire, de le revivre sans être à même d'en sortir.

– Il faut que je me repose un peu, murmura-t-elle.

Elle se leva pour allumer la lumière mais parvenue au milieu de la pièce, à quelque trois mètres de l'interrupteur commandant le plafonnier, elle se figea. Derrière elle venait de se faire entendre un petit *bzz* reconnaissable entre mille.

Elle sut tout de suite que ce n'était pas le produit de son imagination surexcitée, ni une erreur d'appréciation due à la fatigue, comme elle avait cru (ou fait semblant de le croire) ce matin.

C'était l'ordinateur : il s'était remis en marche.

Tout seul.

Le cœur de Grace se mit à battre à grands coups dans sa poitrine. La présence qu'elle avait sentie ce matin était de nouveau dans le bureau. Peut-être cette présence n'avait-elle d'ailleurs jamais quitté la pièce, peut-être avait-elle toujours été là, tapie dans un coin, attendant seulement le moment propice pour se manifester une nouvelle fois.

Et ce moment, semblait-il, était venu.

Grace demeura un long moment incapable de bouger, à l'écoute de sa peur qui grandissait dans sa poitrine comme les métastases d'un cancer foudroyant. Ses sens, aiguisés par la paralysie de son corps, s'étaient placés en alerte rouge, et, au milieu des battements de son cœur, elle entendit bientôt un autre vrombissement presque imperceptible, révélant cette fois le chargement des paramètres, puis les cinq petites notes de démarrage de Windows XP qui s'égrenèrent, atrocement claires et moqueuses.

Rassemblant tout son courage, Grace parvint à se retourner.

Elle n'avait pas rêvé. L'écran était bien allumé, jetant une faible lueur blanche autour de lui.

Avec lenteur, elle revint sur ses pas et contourna le bureau en prenant bien garde de rester le plus loin possible du portable comme si elle courait le risque d'être happée par lui.

Il faisait de plus en plus sombre dans la pièce mais pas au point de ne plus rien distinguer. Grace arrivait encore à voir le fauteuil devant l'ordinateur (il était vide) et les rayonnages de livres (devant lesquels personne ne se tenait).

Quelqu'un était là pourtant, qui s'amusait de la voir le chercher avec des yeux effrayés et stupides.

– Qui est là ? souffla-t-elle, la voix blanche.

Pas de réponse, mais il lui sembla percevoir un rire *silencieux* à travers les battements de son cœur.

Un *rire silencieux* ? Comme c'est idiot, pensa-t-elle, feignant l'agacement dans l'espoir qu'il émousserait un peu cette peur qui la possédait tout entière.

Ses bras cependant se couvrirent de chair de poule et elle eut un sursaut quand, les yeux de nouveau fixés sur l'ordinateur, elle vit le curseur ramper vers la colonne d'icônes dans la partie gauche de l'écran pour double-cliquer sur le fichier *Barbarian State*.

Le fichier s'ouvrit, la dernière page enregistrée apparut.

Une main invisible se mit à pianoter sur le clavier.

Cela dura quelques secondes à peine, mais ce furent des secondes de pure terreur, les pires jamais vécues par Grace Austin, du moins avant cette nuit qui ne faisait que commencer.

Le cliquetis des touches cessa, le clavier retrouva son calme, ce fut de nouveau le silence. Six petits mots venaient d'être ajoutés au texte. Six petits mots qui formaient un message à l'intention spéciale de Grace.

Elle demeura un long moment incapable de réagir, tout en sachant qu'il fallait qu'elle se rapproche si elle voulait en prendre connaissance.

Elle se mordit la lèvre pour réfréner son tremblement et s'approcha finalement. Elle le fit avec la plus extrême prudence, comme on s'approcherait d'un précipice dépourvu de garde-fou.

Les petits mots noirs sur l'écran dansaient devant ses yeux et il lui fallut un instant pour être à même de les lire.

`Personne ne peut quitter Thélème. Personne.`

Une main sur la gorge, elle essaya de retenir le sanglot de pure terreur qui montait de sa poitrine.

23.
Les voix de la chambre 609

Elle courut se réfugier à la Villa. C'est seulement une fois qu'elle fut à l'intérieur, dans le salon, qu'elle prit conscience de l'obscurité qui y régnait. La nuit était tombée mais Kate n'avait allumé aucune lumière.

Le cœur battant la chamade, Grace pressa l'interrupteur et appela :

– Kate !

Elle ne reçut pas de réponse. La grande cheminée qui se dressait derrière les canapés semblait l'observer avec désolation, comme un témoin traumatisé qui a tout vu mais ne peut rien dire. Un silence malsain pesait sur la Villa.

Kate était peut-être en train de se reposer ? Grace traversa le salon pour s'en assurer, enfila le couloir, passa devant la salle de bains entrouverte et déboucha dans la chambre. Personne. Le lit était défait mais était-ce parce que Kate y était venue dormir cet après-midi ou parce qu'elle avait oublié de le faire ce matin ?

La salle de bains, pensa-t-elle dans un éclair. Elle rebroussa chemin, poussa du plat de la main la porte entrebâillée puis alluma la rangée de spots au-dessus de la vasque en porcelaine. Là non plus, personne. La glace ronde lui renvoya le visage d'une femme dévorée d'inquiétude.

Elle retourna dans le grand salon désert.

– Kate, appela-t-elle de nouveau.

En regardant dehors, elle aperçut la silhouette du garage qui au loin se découpait sombrement dans la nuit. Débarrassés de toutes leurs feuilles, les grands tilleuls laissaient voir la haute fenêtre circulaire sur le côté.

Il y avait de la lumière à cette fenêtre.

Grace se dépêcha de sortir. Elle descendit l'allée, les bras croisés sur sa poitrine pour se protéger de l'humidité du soir qui s'infiltrait à travers son chemisier blanc.

La porte du garage était restée ouverte. Deux ampoules nues éclairaient l'intérieur.

Après un bref moment d'hésitation, Grace entra puis se dirigea vers l'escalier.

Parvenue au bas des marches, elle entendit Kate parler, puis des voix lui répondre, dont une voix de femme. Du moins lui sembla-t-il. Elle en eut la chair de poule.

Elle monta l'escalier en tendant l'oreille.

En haut, la porte était ouverte sur un petit couloir sombre au bout duquel filtrait de la lumière. Grace s'enfonça à l'intérieur et eut un long frisson en entendant Kate rire car d'autres personnes riaient avec elle.

Au bout du couloir apparut une grande pièce vide. Kate était assise par terre, le dos tourné à la porte. Elle était seule.

– Kate ? dit Grace en avançant vers elle.

Kate se retourna avec des yeux de daim pris dans les phares d'un camion.

– Mais qu'est-ce que tu fais là ? demanda-t-elle, gênée.

– A qui parlais-tu ?

– Quoi ?

– Il y avait quelqu'un avec toi ?

– Quelqu'un ? (Kate eut soudain l'air d'une enfant prise en faute.) Non, pourquoi ?

Elle se remit debout et parvint à sourire.

– Qui veux-tu qu'il y ait ici ?

Grace regarda de nouveau autour d'elle. La pièce était déserte à l'exception d'une petite table de camping.

L'incompréhension plissait son front.

– Je t'ai entendue parler en montant. J'ai cru qu'il y avait... (elle déglutit) une autre femme et deux hommes avec toi.

Le sourire de Kate s'effaça et son visage contracta une expression de dureté.

– Tu devrais retourner travailler, Gracie.

Grace resta sans voix un instant puis, dans un souffle :

– Je ne peux pas.

– Tu ne peux pas ou tu ne veux pas ?

– Il se passe des choses étranges à la Villa, Kate. Je suis venue te...

– Des choses étranges ? ! l'interrompit Kate.

Elle semblait ne pas être effrayée ni même vraiment surprise, mais plutôt contrariée. Cette réaction inattendue plongea Grace dans la plus grande perplexité. Kate avait-elle bien compris ce qu'elle essayait de lui dire ? Afin de s'en assurer, elle lui raconta alors tout ce qui s'était passé dans le bureau : sa méprise sur son prénom commise tout le long du roman, puis l'impression très nette qu'elle avait eue de cette présence invisible et hostile.

– Jairo Carelli a essayé de nous prévenir mais je n'ai pas voulu le croire. J'étais obnubilée par mon roman et je pensais qu'on essayait de nous effrayer. Mais Jairo ne mentait pas, Kate. Il ne mentait pas quand il disait que Natas, l'ami des Fisto, est toujours à la Villa. Moi aussi, je l'ai senti tout à l'heure dans le bureau. (Elle déglutit et, les bras croisés, se frotta les épaules comme pour se réchauffer.) C'est comme dans ton cauchemar, Kate, tu te souviens ? Jairo avait raison.

Je suis sûre maintenant qu'il lui est arrivé quelque chose. Il voulait nous aider mais on l'en a empêché. Cette… cette Villa est un piège, Kate. Nous devons partir avant que ce piège ne se referme sur nous.

– Tu devrais retourner travailler. Il faut finir ton roman, Gracie.

– Tu as entendu ce que je viens de te dire ?

– Nous parlerons de ça au dîner.

– Kate, bon sang ! Je suis venue te dire qu'il faut que nous partions d'ici. Maintenant, Kate. MAINTENANT, tu comprends ? J'ai peur. J'ai peur qu'il nous arrive quelque chose à nous aussi.

– Il faut finir ton…

Grace la gifla pour la faire taire.

Kate posa une main sur sa joue et regarda Grace, interdite. Puis elle battit des paupières comme si elle reprenait peu à peu pied dans le réel après un trip au LSD particulièrement dépaysant.

Il y avait une petite carte blanche à ses pieds. Grace se baissa pour la ramasser. En la retournant elle lut, le cœur battant : « L'hôtel Marquis-de-Sade vous souhaite un agréable séjour en principauté de Thélème. » La phrase était écrite en anglais, en français, en espagnol, en russe et même en japonais.

– Et ça, Kate, dit-elle en agitant la carte sous le nez de Kate. Tu peux me dire ce que c'est ? Hein, tu peux me dire ce que c'est ?

Elle était terrifiée, à la limite de l'hystérie, puis plaquant une main sur sa bouche, elle se mit à gémir :

– Oh, mon Dieu, Kate ! Que nous arrive-t-il ?

Elle la dévisageait à la recherche d'une réponse, mais sa jeune compagne était en état de choc.

– Il faut que nous partions d'ici, Kate. Tu comprends ?

Mais Kate ne semblait pas comprendre ni même l'entendre.

– Viens ! dit Grace et l'attrapant par la main, elle l'entraîna dans l'escalier.

En descendant, Kate jeta un regard par-dessus son épaule.

En haut de l'escalier, dans l'encadrement de la porte, Nina lui souriait, un doigt sur les lèvres en signe de silence.

24.
L'attente

Grace prit son sac à main posé sur l'un des canapés blancs et en sortit la carte du taxi qui les avait conduites ici à leur arrivée.

« TAXI DE FONTAINEBLEAU – Francis Valentin. Conventionné CPAM. Toutes distances – Gares – Aéroports – Hôpitaux », suivait un numéro de téléphone écrit en très gros, que Grace composa.

– Vous ne deviez pas rester une année ? fit remarquer Francis Valentin après qu'elle lui eut demandé de venir les conduire à la gare.

Elle préféra ne pas répondre.

– Dans combien de temps serez-vous à la Villa ? demanda-t-elle.

– Je ramène un client chez lui, du côté de Rambouillet. Disons que je pourrai être à la Villa au mieux dans trois quarts d'heure.

– Vous ne pouvez pas faire plus vite ?

– A moins d'abandonner mon client sur le bord de la route, je ne vois pas comment. Désolé. Essayez donc un autre taxi.

Grace réfléchit un instant et se souvint qu'à leur arrivée début septembre, Francis Valentin leur avait confié qu'il était le seul taxi de la région à savoir où se trouvait la Villa (il avait même précisé que les meilleurs GPS n'en indiquaient pas l'adresse). Si elle appelait un autre taxi, celui-ci pourrait mettre bien plus de temps à venir que Francis Valentin.

Grace déclara donc qu'elles préféraient l'attendre.

– Je vais faire aussi vite que le code de la route le permet. Disons au plus tard dix-huit heures quarante-cinq, d'accord ?

– D'accord.

– Madame ?

– Oui ?

– Est-ce que... (Il hésita, puis :) Est-ce que tout va bien ?

Sa façon de poser la question, plus que la question elle-même, laissait percer son inquiétude, et Grace se dit qu'il était sans doute au courant pour les événements survenus à la Villa.

– Je... Je vous raconterai, dit-elle, un sanglot dans la voix, et elle raccrocha.

Elle était à bout de forces. Elle passa une main fébrile sur sa bouche et se mit à trembler convulsivement.

Kate se tenait debout près de la cheminée, les yeux hagards, le visage livide. Elle avait la main toujours posée sur sa joue.

Ce n'est pas le moment de craquer, se raisonna Grace. *Kate est en état choc. Il faut que je pense à elle avant tout. Que je la sorte de là.*

Se ressaisissant, elle dit avec douceur :

– Ma chérie, écoute-moi. Le taxi sera bientôt là.

Elle s'approcha et prit Kate par les épaules.

– Nous allons partir. Tu m'entends ? Nous allons quitter cet endroit.

Elle saisit sa main sur sa joue et l'écarta de son visage.

– Je suis désolée, Kate, de t'avoir giflée. Mais tu avais l'air si étrange, si...

Elle l'attira contre elle et la serra dans ses bras. Elle sentait que Kate avait besoin d'être consolée par autre chose que par des mots. Kate demeura encore un instant sans réagir puis elle fut secouée de sanglots et enlaça Grace par le cou.

– Pleure, ma puce, pleure, l'encouragea Grace en lui caressant la nuque.

Elle était en larmes, elle aussi, épuisée nerveusement par

la fatigue accumulée durant des semaines et par tout ce qu'elle avait vécu ces dernières heures.

– *Ils* voulaient que je te... que je te..., dit Kate en hoquetant.

Elle semblait se réveiller d'un rêve atroce pour prendre enfin conscience de la folie qu'elle avait été sur le point de commettre, comme un somnambule se surprenant avec une hache à la main.

Ses sanglots l'empêchaient de parler et saccadaient ses frêles épaules.

– C'est fini, ma chérie, chuchota Grace en la couvrant de baisers. C'est fini. Ensemble nous ne craignons plus rien.

Elles restèrent enlacées encore un moment puis Grace s'écarta un peu.

– Allez, viens, il faut que nous fassions nos bagages.

25.
Sur le départ

Il était dix-huit heures trente-cinq. Elles venaient de faire rouler les deux dernières valises à travers le salon pour les déposer avec les autres près de la baie de devant. Grace avait passé un cardigan par-dessus son chemisier, pour le voyage, et aidait maintenant Kate à enfiler sa veste. Elles étaient prêtes à partir. Elles n'attendaient plus que le taxi.

De temps en temps, Grace plongeait un regard interrogateur dans l'obscurité du parc, espérant apercevoir à tout moment une vague lueur de phares du côté des grilles. Mais il n'y avait toujours aucun signe. Elle consulta pour la cinquième fois sa montre.

– Il ne devrait plus tarder, dit-elle avec un petit sourire confiant à l'adresse de Kate qui l'observait.

Son sourire s'effaça vite. L'attente lui paraissait interminable et, pour dissimuler son anxiété, elle arrangea le col de Kate.

Kate murmura :

– *Ils* disaient que tu finirais par me quitter si nous partions d'ici.

Grace frissonna en repensant aux voix qu'elle avait entendues en montant chercher Kate dans l'atelier.

– Qui sont ces « ils », ma chérie ?

– Nina.

– Nina ? La chanteuse ?

– Oui. Il y avait aussi deux de ses amis.

– Ils étaient avec toi, dans l'atelier ?

Kate hocha la tête puis :

– Ils disaient que tu voulais partir parce que tu en avais assez de moi. Est-ce que... (Des larmes coulèrent de nouveau sur ses joues.) Est-ce que tu veux m'abandonner, Gracie ?

– Non, Kate, non. Jamais.

– Parce que si tu devais me quitter, j'en mourrais, Gracie. Je ne peux pas vivre sans toi. Je ne... Je ne le supporterais pas. Je...

Elle se mordit la lèvre. Son beau visage était baigné de larmes qu'elle laissait couler. Ses yeux fouillaient dans ceux de Grace à la recherche d'une certitude qui pût enfin la sauver.

Grace lui prit le visage entre ses mains.

– Je t'aime, Kate, et je ne quitterai jamais.

Malgré la peur qui lui nouait le ventre, elle parvint à sourire, et Kate en retour lui sourit à travers ses larmes.

– Promets-le-moi, Gracie.

– Je te le promets, Kate. Je te le promets.

A dix-huit heures quarante-deux, une pluie froide commença à tomber.

Quand elle s'en rendit compte, Grace espéra que ce ne serait qu'une averse mais elle se trompait. La pluie devait tomber une grande partie de la nuit.

26.
Sauvées...

A dix-huit heures cinquante, on sonna enfin à l'Interphone.

– C'est votre taxi, annonça la voix de Francis Valentin au milieu de grésillements dus à la pluie.

– Je vous ouvre, répondit Grace tandis que sa main pressait rapidement le bouton commandant le portail.

Elle revint se placer à côté de Kate devant la baie. Un instant passa puis des phares surgirent au loin et, transperçant l'obscurité pluvieuse, se mirent à glisser le long de la grande allée menant à la Villa.

Grace respira.

– Viens, ma chérie, lui dit-elle et, saisissant la poignée, elle fit coulisser la baie.

Le crépitement de la pluie emplit alors tout le salon.

Les deux femmes attendirent dans l'ouverture, près de leurs bagages, que le taxi Mercedes se garât devant la maison.

Là, le chauffeur laissa tourner le moteur, alluma la petite lampe au-dessus de sa tête, et elles purent le voir remonter la fermeture de son K-way et relever la capuche par-dessus sa casquette. Puis il sortit et, contournant le véhicule, courut vers elles en enjambant çà et là des flaques boueuses.

– Montez, dit-il, tout ruisselant d'eau, quand il fut devant elles. Je m'occupe de vos valises.

Grace voulut l'aider mais il s'était déjà emparé des deux grosses Delsey et refusa son concours. Elle prit alors le bras de Kate et toutes deux coururent se mettre dans la voiture. Quand le chauffeur eut fini de placer tous leurs bagages dans le coffre, elles le virent retourner à la Villa pour éteindre la lumière et refermer la baie. Un instant après, il ouvrit sa portière dans un fort crépitement de pluie et se glissa en toute hâte derrière le volant.

– J'espère que c'est pas ce temps-là qui vous chasse, fit-il avec une jovialité manifestement à l'épreuve de la météo. (Il abaissa sa capuche, rajusta sa casquette. Son K-way bruissa quand il se retourna vers elles.) Vous n'avez rien oublié ? demanda-t-il.

Grace allait répondre que non, mais Kate lui pressa le bras, inquiète.

– Ton ordinateur !

– Ça ne fait rien, répondit Grace qui avait hâte de quitter cet endroit.

Ce n'était qu'un vieil ordinateur, après tout. Elle se disait qu'elle en rachèterait un autre à leur retour à Londres.

– Mais ton roman, Gracie ? insista sa compagne.

Grace ferma les yeux.

Oh, merde ! Elle voyait déjà la tête ulcérée de son éditeur quand il apprendrait qu'elle avait laissé le roman de sa vie derrière elle, juste parce qu'elle... quoi ? oui, juste parce qu'elle *paniquait*. Elle entendait d'ici Jack Murray, moqueur, impitoyable et surtout furieux. Ne l'avait-il pas prévenue plusieurs fois ? « Je veux ton prochain livre sur mon bureau dans moins d'un an. Ou tu as intérêt à planquer tes fesses en Corée du Nord pour que je ne te retrouve pas. » Elle prendrait combien ? Dix, vingt ans ? Non, pour « abandon de roman », ce serait perpète. Et Jack Murray, avec son sens bien connu de la mesure, ferait campagne pour rouvrir les bagnes rien que pour elle.

Il y avait ce qu'allait dire et penser Jack Murray, mais plus encore que cela, elle sentait qu'elle-même rechignait à quitter la Villa en y laissant (en *lui* laissant) *Barbarian State*. C'était son roman, elle y avait travaillé des semaines et des semaines, c'était une partie d'elle-même maintenant. Une partie dont elle ne souhaitait pas être amputée.

A travers les longs pointillés de la pluie, elle observa la Villa et ses grandes baies sombres. Elle n'avait aucune envie d'y retourner, et encore moins d'aller dans le bureau.

– Dites-moi où il est, intervint le chauffeur.

Elle lui rendit son regard dans le rétroviseur, muette, hésitante, presque stupide. Il crut qu'elle ne l'avait pas compris et dit, cette fois en détachant un peu les mots :

– Je vais aller vous chercher votre ordinateur, d'accord ? Dites-moi simplement où il est ?

Grace allait refuser mais Kate s'empressa de répondre à sa place en expliquant au chauffeur où se trouvait le bureau.

– OK, dit-il et il refit glisser sa capuche par-dessus sa casquette. J'en ai pour une minute. (Puis il les regarda dans son rétroviseur avec des yeux rieurs et ajouta :) Surtout, n'allez pas jouer dehors, nous partons tout de suite après.

Dans un petit éclat de rire, il sortit.

Il y eut un bruit d'eau furieuse criblant son K-way puis le claquement sec de la portière restaura l'univers feutré de la Mercedes.

Grace et Kate le regardèrent s'éloigner en courant, tête baissée, sombre silhouette brouillée sous la pluie diluvienne.

27.
Une vieille histoire

Ruisselant, il pénétra dans le grand salon et referma la baie derrière lui.

Par le ton dégagé qu'il avait adopté tout à l'heure, il avait réussi à donner le change aux deux femmes installées à l'arrière de son taxi mais Dieu lui était témoin que cette maison lui flanquait la frousse.

Pourtant, à cinquante-trois ans, avec son mètre quatre-vingt-cinq et ses cent dix kilos, peu de choses étaient à même d'effrayer Francis Valentin. La dernière fois qu'il avait eu peur, vraiment peur, remontait au tout début de son adolescence. Il pouvait dater l'événement avec d'autant plus de précision que cela s'était produit le jour même de ses treize ans, un mercredi après-midi très ensoleillé qui aurait dû être l'une des plus agréables journées de son enfance. Pour l'occasion, sa mère avait préparé trois énormes gâteaux et rempli plusieurs corbeilles de toutes ces cochonneries dont il raffolait à l'époque : des bonbons à la menthe et des barres de Toblerone. Comme à chacun de ses anniversaires, il avait invité cinq ou six de ses meilleurs copains vivant comme lui à Fontainebleau, et tout s'était merveilleusement passé jusqu'à ce qu'ils décident de partir faire du vélo dans les bois. C'était lui qui en avait eu l'idée. Il voulait étrenner le casque et les genouillères Adidas que sa mère lui avait offerts.

Ses copains et lui avaient donc enfourché leurs vélos cross et étaient partis rouler sur une sente étroite flanquée des deux côtés par de hauts buissons de fougères, où ils avaient pris l'habitude de venir durant leurs heures de loisir. La sente semblait n'être fréquentée que par eux. Jamais ils n'y avaient rencontré le moindre promeneur ni le moindre cueilleur de champignons. Elle s'étendait sur deux kilomètres, peut-être même trois, et débouchait sur une petite clairière où ils avaient bâti leur cabane.

Ce mercredi, comme chaque fois qu'ils prenaient ce sentier, ils s'étaient mis à pédaler à fond de train car c'était à celui qui arriverait le premier à la cabane. Malheureusement, ce jour-là, Francis avait chuté à mi-chemin, et ceux de ses amis qui étaient derrière lui n'avaient pas jugé utile de s'arrêter, estimant plus drôle de poursuivre leur course en se moquant à tue-tête du gadin qu'il venait de ramasser. Par chance, les genouillères de sa mère lui avaient évité d'être blessé, mais quand il avait voulu se remettre en selle, il avait découvert avec consternation sa roue avant complètement voilée. De cross, dès lors, il ne devait plus être question pour cette journée, il le savait, et faisant avancer devant lui son vélo dressé sur sa roue arrière, il avait commencé à marcher pour rejoindre les autres qui fonçaient toujours au loin et dont il ne distinguait plus que le dos, petits points colorés au bout d'un tunnel de verdure.

Le jeune Francis n'avait pas fait dix mètres que l'homme avait surgi devant lui.

C'était un homme de taille moyenne, trapu, avec des cheveux roux coiffés en brosse. Il n'avait rien dit mais à l'expression bestiale de ses yeux et au gonflement qui bosselait la braguette de son jean, Francis avait tout de suite compris. D'une main ferme, l'homme l'avait saisi par le col de son blouson et de son autre main il avait balancé le vélo par-dessus les fougères pour le faire disparaître. Puis, toujours sans prononcer un mot, il avait entraîné Francis tout tremblant, sous les arbres, comme un misérable paquet. Choqué, Francis n'avait même pas essayé de résister. Son agresseur était bien trop fort pour lui et bien trop décidé, il le savait, mais surtout la peur, une peur totale et atroce, avait inhibé en lui jusqu'aux plus élémentaires réflexes de survie.

Après les genouillères, la chance, décidément bien capricieuse ce jour-là, lui avait souri une seconde fois quand ses copains, pris de remords sans doute, avaient fini par rebrousser chemin et s'étaient mis à brailler son nom depuis la sente. C'est en les entendant l'appeler qu'il avait trouvé le courage de hurler. L'homme avait hésité un instant, puis l'avait lâché en grognant et s'était enfui.

Francis avait passé le reste de son anniversaire à la gendarmerie de Fontainebleau à dresser le portrait-robot de son agresseur. « Tu as eu beaucoup de chance, petit », lui avait dit un des gendarmes avec un hochement de tête songeur. Sur le coup, Francis n'avait pas compris. Comment pouvait-on appeler de la chance ce qui venait de lui arriver le jour de son anniversaire ? C'est un peu plus tard qu'il avait compris, en fait deux semaines après, quand il avait appris à la télévision que huit garçons avaient été enlevés avant lui en Seine-et-Marne et qu'on venait de découvrir leurs corps atrocement mutilés dans cette même forêt où ses copains et lui aimaient faire du vélo. Leur bourreau avait été retrouvé mort lui aussi, des suites d'une crise cardiaque survenue alors qu'il déchargeait le coffre de sa voiture.

Francis avait lu la quasi-totalité des articles écrits sur le « maniaque de Fontainebleau ». L'homme s'appelait Pierre Calatro et n'avait jamais fait parler de lui jusqu'à ce jour. Un détail parmi tous ceux rapportés par les journalistes avait plus particulièrement horrifié Francis Valentin. Les deux gendarmes qui avaient découvert les petits corps en avaient trouvé un fiché en croix sur le manteau de la cheminée du maniaque. « Bon sang, c'était comme un trophée de safari » s'était indigné l'un des gendarmes.

Ce détail, plus que tous les autres, avait convaincu le jeune Francis Valentin que quoi qu'il ait pu en penser sur le moment, il avait effectivement eu de la chance ce jour-là. Sans doute pas assez pour lui éviter de croiser la route de Calatro mais suffisamment tout de même pour lui permettre de ne pas finir sur sa cheminée.

D'être un rescapé lui avait donné la volonté un peu rageuse de tout faire pour ne plus jamais connaître cette peur qui l'avait tenu paralysé un long moment, le rendant incapable de se défendre, de fuir ou même de crier. Et pour ne plus jamais ressentir cette peur et son humiliation, il était devenu assez vite un solide lascar (à seize ans il avoisinait déjà le mètre quatre-vingts) et avait fréquenté les tatamis des salles de sport de Fontainebleau jusqu'à décrocher haut la main sa ceinture noire dixième dan.

Aussi avait-il toutes les raisons de se croire à l'abri de ce sentiment infantile qu'est la peur, et il ne se trompait pas, du moins jusqu'à son arrivée à la Villa en ce soir pluvieux d'octobre.

Etait-ce la nuit qui l'effrayait avec ces bois alentour qui donnaient l'impression d'être enfermé dans un vieux cimetière ? C'était absurde de le penser. Il lui était arrivé bien des fois de traverser la forêt avec son taxi à des heures bien plus tardives que ce soir. Etait-ce toute cette pluie, alors ? Non, il savait que ce n'était ni l'obscurité ni le temps qu'il faisait dehors ni la forêt tout autour, ni même la lugubre association de tous ces éléments. Non, c'était la Villa qui lui inspirait cette frousse de tous les diables. Mais comment aurait-il pu en être autrement ? Parce que les viols, les tortures, les meurtres d'enfants, *ça* s'était passé ici, dans cette Villa.

Et c'était *cette* cheminée.

Et quoique quarante années se fussent écoulées depuis ces abominations, Francis se redisait, avec d'autant plus de conviction qu'il se tenait devant elle, que ç'aurait pu être lui, le gamin cloué en croix.

Il frissonna et dut se répéter que Pierre Calatro était mort et enterré depuis longtemps et que lui-même n'était plus un enfant sans défense. Il était bien conscient aussi que c'était uniquement dans les mauvais films d'horreur qu'on pouvait se laisser aller à croire à l'hérédité d'une maison, à la survivance du mal en ses murs. Dans la vraie vie, ça n'existait pas. Une maison n'était jamais que de la pierre inanimée. D'ailleurs la Villa n'avait plus jamais fait parler d'elle. Ceux qui l'avaient rachetée, les Fisto, jouissaient même d'une excellente réputation en ville. Jamais une histoire avec eux, jamais un problème.

Et pourtant, il ne pouvait nier qu'il avait une peur bleue, et s'il crevait de trouille ce n'était pas seulement à cause des saloperies commises autrefois, c'était aussi à cause de ce qui se préparait là, maintenant. Il suintait une atmosphère étrange et lourde de menace. Francis avait la désagréable sensation d'être sous surveillance, de s'avancer dans un piège sans pouvoir rien y faire. Et ce sentiment de fatalité était insupportable, car il ne lui rappelait que trop un certain gamin de treize ans terrorisé sur une sente forestière et dont on avait jeté le vélo dans les fougères.

Malgré les trombes d'eau qui fouettaient la terrasse et criblaient la piscine, Francis Valentin éprouva un vif soulagement quand il ressortit de la maison.

28.
Dans le taxi

– Ne t'inquiète pas, dit Kate en glissant son bras sous le sien. Ça va aller.

Grace s'arracha à la contemplation de la Villa noyée sous la pluie et sourit à sa compagne en lui pressant la main sur son avant-bras.

– Si tu savais comme je suis fatiguée, soupira-t-elle.

C'était seulement maintenant, en sécurité dans ce taxi,

qu'elle ressentait combien elle pouvait être exténuée. Jusque-là, l'écriture de son roman, puis la peur de ces dernières heures avaient réussi à le lui cacher à grand renfort d'adrénaline.

Kate lui rendit son sourire et dit :

– Nous nous reposerons tout à l'heure, dans le train.

Grace approuva d'un petit hochement de tête, puis, inclinant sa joue sur l'épaule de Kate, les yeux de nouveau tournés vers la Villa, elle se remit à guetter le retour du chauffeur.

Elles étaient bien, se dit-elle. Dehors régnaient la nuit, le froid, la pluie, et tous ces phénomènes si étranges qu'il lui semblait les avoir rêvés. Mais dans l'habitacle robuste et douillet de la Mercedes, il faisait bon, elles se sentaient en sécurité. Le bruit régulier des essuie-glaces faisait écho au tambourinage assourdi de la pluie sur le toit, et exerçait sur l'esprit de Grace une action lénifiante.

Le chauffeur avait laissé l'autoradio ouvert. Un filet de musique s'en échappait, lointain murmure de ce monde extérieur qu'elles avaient voulu fuir en venant ici. C'était un vieux tube de Bryan Ferry, que Grace reconnut avec plaisir. Elle avait dansé dessus il y avait des années de cela.

Bercée par la musique, elle ferma les yeux, les rouvrit, puis les ferma de nouveau, un peu plus longuement cette fois pendant que Bryan Ferry chantait : « *Mama says love is all that matters / beauty should be deeper than your skin / living for the moment – lips and lashes / will I ever find my way again.* »

Un souvenir s'attachait à cette chanson.

Un souvenir délicieux.

C'était dans les années 1980. A cette époque, à Londres, Grace et la mère de Kate, Shirley, sortaient souvent ensemble en boîte de nuit, avec ou sans leurs maris mais toujours « en tout bien, tout honneur », avait précisé Grace la première fois qu'elle avait raconté ce souvenir à son amante. Elle avait dans les vingt ans alors et était mariée au poète Andrew Breach qui devait tant la faire souffrir.

Oui, c'était une de ces nuits passées en boîte, à l'aube. La fermeture avait été annoncée pour dans quelques minutes, et il n'y avait plus grand monde sur la piste. Leurs époux étaient partis prendre un dernier verre au bar quand le DJ avait lancé avec humour : « *Don't stop the dance.* » Grace et Shirley, assises dans un box, avaient échangé un regard rieur, puis, se tenant par la main, étaient allées danser, presque seules, dans les bras l'une de l'autre, tandis que le miroitement de la grosse boule à facettes au-dessus de leurs têtes faisait sur leurs visages, leurs habits et sur la piste tout autour, comme des écailles d'azur et d'argent. Shirley était alors enceinte de Kate et, à un moment, Grace avait senti contre son propre ventre Kate donner un petit coup de pied. Les deux jeunes femmes avaient ri puis s'étaient remises à danser doucement, le bébé entre elles, dans une osmose merveilleuse que parfaisaient la magie de la lumière et la voix veloutée de Ferry.

Ç'avait été là son premier contact avec Kate. Un adorable petit coup de pied.

Elle rouvrit les yeux et battit des paupières. Bercée par la musique, la tête posée sur l'épaule de Kate, elle avait failli s'endormir. Elle interrogea du regard le siège vide du chauffeur puis dirigea de nouveau son attention sur la baie éclairée du salon.

Francis Valentin ne revenait toujours pas.

Kate aussi regardait dans la même direction, et Grace se dit qu'elles devaient ressembler à deux petites filles à l'arrière de la voiture de leurs parents, guettant de tous leurs yeux, à travers la pluie et l'obscurité, le retour de leur père disparu depuis un moment dans un magasin mal éclairé au bout d'un parking sombre.

Ou à deux petites fugueuses qui se réchauffent dans le véhicule de police qui va les ramener chez elles et qui finalement éprouvent une joie secrète, inavouable, d'avoir été enfin retrouvées. Etait-ce cela ? Du soulagement ?

Ses yeux se refermèrent sans même qu'elle en prît conscience, et un petit sourire de bien-être flotta sur ses lèvres tandis que des images continuaient de défiler dans son esprit. C'était fini à présent. Elles étaient tirées d'affaire.

Elles quittaient la Villa et ses sortilèges inquiétants. Et déjà c'était la gare, puis Paris puis Londres. Le mauvais temps avait cessé, pour toujours. Un soleil d'été rayonnait dans le ciel d'un bleu clair infini.

A la radio, comme le morceau de Ferry se terminait, une voix annonça par-dessus :

– Et maintenant tout spécialement pour nos deux amies Kate et Grace, une chanson du groupe allemand Crepuscula. Ça s'appelle *Thélème* et c'est pour vous, les filles !

Mais dans le taxi de Francis Valentin, Grace, appuyée à sa compagne, dormait maintenant et elle ne put donc entendre cette annonce étrangement familière, ni l'intro rugissante des guitares électriques, ni la voix d'ange de Nina chantant les mille dépravations de l'enfer.

29.
Le bureau

Francis Valentin se dépêcha de traverser la terrasse que battait la pluie et pénétra dans le bureau par la baie laissée entrouverte.

Malgré l'obscurité, il repéra tout de suite l'ordinateur au fond de la pièce. Le portable était resté allumé et son écran diffusait une faible lumière sur la table de travail.

Francis rejeta sa capuche en arrière et chercha l'interrupteur du bureau. Ne le trouvant pas, il préféra avancer sans perdre plus de temps. Il n'était pas dans ses intentions de prendre racine ici.

Arrivé à la moitié de la distance qui le séparait de l'ordinateur, il heurta du genou quelque chose et étouffa un juron entre ses lèvres tandis que la douleur irradiait dans toute sa jambe. C'était une table basse en bois noir, quasi indistincte dans l'obscurité. A cloche-pied et suant dans son K-way, il gagna le fond de la pièce et contourna la grande table de travail.

Avant d'éteindre l'ordinateur, il eut l'intelligence de profiter encore un peu de sa lumière pour mettre la main sur le cordon d'alimentation électrique. Il se baissa, tendit le bras vers la multiprise qui gisait au sol.

Alors qu'il s'escrimait sous la table, le crépitement de la pluie sur les dalles de la terrasse se fit soudain plus feutré et il sut avant même de le voir que quelqu'un était entré en refermant la baie derrière lui. A moins que ce quelqu'un eût été déjà là et qu'il n'eût fermé la porte que pour signaler sa présence.

Relevant la tête par-dessus la table, Francis aperçut une silhouette fichée dans l'encadrement de la baie qui n'était plus qu'un mur de pluie.

– Vous n'auriez pas dû quitter la voiture, dit-il bien qu'il se sentît soulagé de ne plus être seul dans cette grande pièce sombre. Je l'ai trouvé, votre ordinateur.

A peine avait-il prononcé ces paroles qu'il comprit sa méprise.

Ce ne pouvait pas être l'une des deux femmes qu'il était venu prendre, pour la simple et bonne raison que la silhouette qui le regardait en silence était bien plus grande qu'il ne l'était lui-même. Dans les deux mètres dix, au moins, estima-t-il.

– Que fais-tu ici, fils ?

Une voix d'homme à vous faire frissonner comme une petite fille, pensa Francis avec un certain malaise. Son regard se porta sur l'écran où quelque chose venait de s'afficher. L'homme reposa sa question et au même moment les mots qu'il prononçait s'inscrivirent sur l'écran :

– `Je t'ai demandé ce que tu faisais là, fils.`

Francis sentit ses testicules se rabougrir comme des abricots desséchés alors que son regard allait de l'écran à l'homme en un va-et-vient plein de stupeur.

– Je... Je suis venu chercher l'ordinateur, bafouilla-t-il.

Et au même moment il lut sur l'écran :

– `Je... Je suis venu chercher l'ordinateur.`

C'est pas possible, pensa-t-il, les yeux toujours rivés sur la machine tandis que, dans l'instant même où il formulait cette pensée, apparaissait sur l'écran :

– C'est pas possible, pensa Francis Valentin.

Non seulement c'était ce qu'il pensait mais il y avait même son nom.

– Comment vous faites ça ? demanda-t-il.

Et frissonnant, il vit du coin de l'œil des phrases s'ajouter au texte déjà écrit. Il ne se donna pas la peine de vérifier si ce qu'il venait de dire était bien sur l'écran. A quoi bon ? Il en avait assez vu pour comprendre que tout dans cette histoire dépassait son entendement et qu'il était terrifié. Oui, terrifié, lui, Francis Valentin, malgré ses cinquante-trois ans, son mètre quatre-vingt-cinq et ses cent dix kilos !

Il déglutit et se dit que ça aussi, ça devait être noté. « Il déglutit » ou « Le chauffeur déglutit ». Mais il s'en tint à sa décision de ne pas vérifier, et un court instant il ferma les yeux pour ne pas avoir la tentation de le faire malgré tout.

– Arrêtez ça, OK ? Arrêtez ça tout de suite.

Son cœur battait aussi vite que s'il venait de courir un cent mètres après un gueuleton monstrueux... ou de faire la course à vélo sur une sente boisée. Il fallait que ça cesse, sinon il allait devenir fou.

Quand il rouvrit les yeux, la grande silhouette avait disparu de devant la baie et il nourrit l'espoir tout à fait puéril d'avoir été entendu. Il la chercha du regard, déjà presque à demi soulagé, mais laissa échapper un petit cri d'animal piégé lorsqu'il la découvrit à côté de lui.

– Qui êtes vous, bordel ? fit-il d'une voix blanche.

– Une vieille, une très vieille connaissance, répondit le géant.

A ces mots, trois rides profondes marquèrent le front de Francis Valentin.

– Non, moi, je ne vous connais pas.

– Tu serais bien le seul, ironisa l'autre. Mais non, fils, je t'assure que nous nous connaissons tous les deux et, au fond de toi, tu le sais très bien d'ailleurs. Un de mes serviteurs a failli t'attraper il y a quelques années sur une petite sente bordée de fougères. Quel dommage qu'il n'ait pas réussi à te ramener ici car je te garantis, mon garçon, que nous aurions fêté tes treize ans d'une très agréable manière. Mais toi et moi, nous allons rattraper tout le temps perdu...

Le géant tenait quelque chose dans sa main, mais c'est seulement quand Francis sentit la pointe lui transpercer la gorge qu'il comprit que c'était une lame.

30.
Dans le taxi

Kate pâlit d'un coup en entendant la voix à la radio leur dédicacer la chanson des Crepuscula.

– Gracie, s'inquiéta-t-elle. Gracie ?

Elle écarta son visage de celui de sa compagne posé sur son épaule et constata avec angoisse que Grace s'était endormie.

– Gracie, réveille-toi, fit-elle en la secouant.

La musique commença puis la voix de Nina se mit à chanter : « *J'vois le mal / depuis ma chambre / Dans c'pays d'fou / Tout est permis / Car c'est Thélème / Thélème Thélème.* »

– Gracie ! cria Kate. Réveille-toi ! je t'en supplie.

Elle ne voulait pas rester seule. *Ils* viendraient la reprendre. Elle était d'accord pour partir. Elle ne voulait pas changer d'avis. Elle faisait confiance à Gracie maintenant. Gracie ne la quitterait pas. Elle le lui avait dit. Elle...

A la radio, Nina chantait : « *L'amour, la haine / Vont et s'enchaînent / Cherch'plus, l'ami / Y a pas de ciel / Gloire à Thélème / Thélème Thélème.* »

– Oh, Gracie, je t'en supplie, répéta Kate, désespérée.

Le sommeil dans lequel était plongée Gracie ressemblait à un profond coma dont aucune prière ni aucun cri ne pouvait la tirer.

Impuissante, affolée, Kate lança un regard vers le salon,

en se demandant ce que pouvait bien faire le chauffeur, puis elle jeta par la lunette arrière un coup d'œil anxieux en direction du garage qu'on distinguait mal à travers le rideau de pluie et la ténébreuse obscurité de cette nuit d'octobre.

Avec l'impression navrante d'agiter une poupée désarticulée, Kate secoua sa compagne une nouvelle fois sans obtenir d'autre réaction de sa part qu'un petit grognement d'aise.

– Oh, Gracie, réveille-toi, pleura-t-elle. Je t'en supplie, réveille-toi. Je t'en supplie. Je...

Elle sursauta. On venait de frapper deux petits coups à sa vitre. Elle tourna la tête et découvrit Nina.

Collée à la glace, la jeune chanteuse la regardait avec un sourire avide.

31.
Sur la terrasse

Ce fut le froid de la nuit qui réveilla Grace en pénétrant sous son chemisier.

Elle rouvrit les yeux et se découvrit assise sur une chaise dans la demi-obscurité de la terrasse. Elle avait devant elle le salon tout éclairé, et dans son dos s'étendait l'eau sombre de la piscine.

Il avait cessé de pleuvoir mais un petit vent froid avait pris le relais et faisait trembler par intermittence les baies dans leur encadrement.

Pleine d'incompréhension, Grace se demanda combien de temps elle était restée endormie. Une heure ? peut-être deux ? Et comment se faisait-il qu'elle n'était plus dans le taxi avec Kate ? Le chauffeur n'était-il donc pas revenu ? Ne les avait-il pas conduites loin de la Villa ? Et Kate, oh Seigneur, où donc était Kate ?

L'esprit encore confus et le cœur battant à tout rompre, elle essaya de se lever mais n'y parvint pas. Ses bras et ses jambes étaient ligotés à la chaise par des lanières de gros ruban adhésif et ressemblaient aux membres de quelque momie égyptienne. Ses bras étaient liés aux montants du dossier ; ses jambes aux pieds avant de la chaise, de la cheville jusqu'au genou. Grace comprit avec stupeur qu'il lui était impossible de se libérer, que si elle le tentait, elle ne gagnerait que de tomber.

Trois autres chaises avaient été sorties et Grace fut saisie d'angoisse en les découvrant alignées devant elle, dans la lumière jaunâtre qui venait du salon. Mais ce qui l'effrayait le plus n'était pas tant ces chaises disposées côte à côte que ce qui se trouvait dessus. Car sur le siège de chacune reposait un loup de satin : à gauche, un rouge ; à droite, un blanc et, au milieu, un noir.

Et ces trois masques l'observaient de leurs grands yeux vides.

Entre eux et Grace se dressait un guéridon qui avait comme un air d'autel. S'il n'y avait rien dessus, ce n'était que provisoire, Grace le savait. Tournant la tête à gauche, elle vit Kate qui la regardait, immobile dans la pénombre.

– Kate ? fit-elle d'une voix pâteuse.

La jeune femme s'approcha et la lumière du salon éclaira à moitié son visage.

– Tu n'as pas trop froid, mon amour ? demanda-elle avec un petit sourire.

– Kate, mais que se passe-t-il ?

– Si tu veux, je peux aller chercher ton cardigan. J'ai été obligée de te le retirer pour pouvoir t'attacher.

– C'est toi qui m'as... Mais pourquoi, Kate ?

– Il le fallait, Gracie.

Et songeuse, Kate passa une main dans les cheveux de Grace.

– Il le fallait ? répéta Grace en frissonnant.

Kate se pencha pour lui glisser à l'oreille :

– Oui, il le fallait, Gracie. Tu voulais que nous quittions la Villa pour m'abandonner à notre retour à Londres, n'est-ce pas ?

Grace la regarda, interdite.

– Je le sais, Gracie. Pas la peine de le nier. Je vois clair maintenant. Tu sais, Udo aussi voulait se séparer de Nina. Lui aussi, pourtant, il lui jurait que c'était faux, qu'il n'avait pas l'intention de la quitter, qu'ils continueraient de s'aimer loin de la Villa. Mais il mentait. (Son visage prit une expression douloureuse et elle répéta :) Il mentait, Gracie.

– Kate, je t'en prie, écoute-moi. Tu ne sais pas ce que tu fais.

– Tu vois. Dès que j'essaie de sauver notre couple, tu dis que je fais la folle.

– Je... Je n'ai pas dit ça, Kate. Il faut seulement que tu te reprennes, ma chérie. Ne laisse pas la Villa nous détruire.

Kate rejeta la tête en arrière avec un petit sourire attendri.

– Mais Gracie, c'est tout le contraire. Cette maison, elle va nous sauver. (Puis désignant de la main les masques sur les chaises :) Tu vois, tous *nos amis* sont là pour nous aider.

Elle prononça ces mots comme si, à la place des masques, il y avait réellement des personnes assises.

Grace ferma les yeux un instant.

– A qui... (Elle déglutit.) A qui est le masque noir ?

– Mais c'est Nina, Gracie, répondit Kate sur le ton de l'évidence.

– Nina ?

– Mon amie Nina oui. *Notre* amie.

– Kate ! s'exclama Grace avec un sanglot dans la voix.

– Tu sais, Gracie, dit Kate. Tu as bien failli réussir. J'étais prête à te suivre tout à l'heure, à accepter mon triste sort. Mais sans toi la vie me serait insupportable, mon amour. Je ne peux pas te laisser partir. Je souffrirais trop. J'en mourrais. Et toi, débarrassée de moi, tu ne serais pas plus heureuse, je le sais. Nina me l'a montré pendant que tu dormais. Non, vraiment, crois-moi, la meilleure solution pour nous deux, c'est que nous restions ici. A jamais.

Epuisée, transie de froid, Grace était incapable de réagir et elle se mit à pleurer en silence.

32.
Un acte d'amour

– Ne pleure pas, Gracie chérie. Nous allons être heureuses, tu vas voir.

– Kate ! je t'en prie, bégaya Grace.

Kate se pencha vers elle pour essuyer ses larmes.

– Calme-toi, mon amour. Tout va bien se passer, je te le promets. (Elle se redressa et sourit.) Il faut seulement que j'aille chercher quelque chose, mais je reviens tout de suite.

Grace vit à travers ses larmes sa compagne s'éloigner puis pénétrer dans le salon où elle tourna à droite pour se rendre à la cuisine.

Frissonnante de froid et de peur, Grace parcourut d'un regard anxieux la vaste pièce éclairée devant elle, à la recherche d'une idée, de quelque chose ou de quelqu'un capable de les aider.

Ses yeux se figèrent sur une forme au-dessus de l'âtre et s'écarquillèrent sous le choc.

Sur le manteau de la cheminée se trouvait le chauffeur de taxi. On l'avait cloué tête en bas, les bras en croix, et apparemment vidé de tout son sang comme une pièce de gros gibier exposée à la devanture d'un boucher.

Horrifiée, Grace détacha son regard du cadavre pour le reporter sur la silhouette de Kate toujours affairée dans la cuisine, à l'autre bout du salon. Kate aussi avait vu le corps, il était impossible qu'elle ne l'eût pas vu en entrant, et pourtant elle se comportait comme s'il n'y était pas. Après un moment, elle ressortit de la Villa en tenant des deux mains un petit plateau qu'elle vint poser sur le guéridon. Un grand verre d'eau s'y trouvait avec deux comprimés bruns posés dans une petite assiette blanche. Il y avait autre chose aussi, mais caché dans un torchon à carreaux rouges et jaunes.

– Est-ce que tu veux prendre un calmant avant ? demanda Kate en se redressant.

– Avant quoi, Kate ?

– Mais avant la cérémonie, Gracie.

– La céré... ?

Grace ne put achever tant cela lui paraissait incroyable. Elle vivait un cauchemar, sans doute. Elle allait se réveiller.

– Tu devrais prendre un calmant, dit Kate en attrapant un des comprimés puis le verre. Tu es trop nerveuse.

Elle lui présenta le calmant devant les lèvres mais Grace le refusa d'un mouvement de tête.

– Tu es bien sûre ? demanda-t-elle avec une patience angélique.

Puis elle reposa le verre sur le guéridon.

– Kate, je t'en prie, écoute-moi. Tu n'es pas dans ton état normal. *Il... Il* se joue de nous.

Kate fronça les sourcils.

– *Il ?*

– Oui, Natas. C'est lui, le véritable maître de la Villa. C'est lui qui m'a donné cette inspiration phénoménale pour mon roman. C'est lui, tu comprends ? C'était un jeu pour lui. Et il joue avec toi maintenant.

– Avec moi ?

– Oui, il te fait croire à certaines choses, mais ces choses n'existent pas, Kate. Elles n'existent pas.

– Mais Nina ?

– Nina est morte, ma chérie. Elle est morte ici à la Villa, certainement avec tout son groupe.

Kate se recula d'un pas, les yeux fixés sur Grace, puis elle éclata de rire.

– Oh, ma Gracie, comment peux-tu dire des choses pareilles alors que Nina est assise là, juste devant toi ? Ne l'entends-tu pas rire, elle aussi ?

– Non, Kate, il n'y a personne d'autre avec nous. Il n'y a que lui. Il n'y a que Natas. Je t'en prie, Kate, crois-moi !

Kate se tourna vers le masque noir.

– Nina dit que tu ne souffriras pas, que tu ne sentiras rien. C'est une sorte de rite de passage, tu sais. Et après (elle sourit de toutes ses dents, blanches et parfaitement alignées), après nous serons heureuses ensemble. Comme elle avec Udo.

– Kate, ressaisis-toi ! C'est Natas. Il...

– Je ne veux pas t'entendre, Gracie chérie. Plus maintenant. C'est trop tard.

Elle sortit de la poche de sa veste le rouleau de ruban adhésif qu'elle avait été chercher dans la resserre à outils et dont elle s'était servie pour attacher Grace à la chaise. Elle en déroula un morceau et le coupa avec ses dents.

– Non, Kate ! Non ! gémit Grace, les yeux pleins d'épouvante.

Kate tendit le morceau avec ses doigts après avoir laissé tomber le rouleau à ses pieds.

– Il faut me laisser faire, Gracie.

Grace secoua la tête pour écarter l'adhésif que Kate approchait de ses lèvres.

– Je t'en prie, dit la jeune femme. Aie confiance.

Elle réussit à lui sceller la bouche. Grace fixa sur elle un regard implorant tandis que le ruban adhésif sur ses lèvres se gonflait et se creusait au rythme de son souffle.

– Aie confiance, répéta Kate en l'embrassant sur le front.

Elle retourna derrière le guéridon pour prendre le paquet que formait le torchon à carreaux.

– Regarde, Gracie.

Kate déroula le torchon, et Grace vit avec horreur qu'il y avait dedans un long couteau.

C'était une dague de vénerie, monstrueuse, la même qu'elle avait cru voir un matin près des conteneurs à ordures, une de celles dont les clients de Thélème, dans son roman, se servaient pour mutiler leurs victimes.

Kate l'empoigna et la leva devant elle pour en observer, fascinée, le manche en bois noir, horrible et obscène, et le double tranchant en acier chirurgical, tout incrusté de lames de rasoir.

Oh, Kate ! je t'en prie, pas ça ! Pas ça !

Kate se mit à sourire.

– Parfait, déclara-t-elle avec une espèce de compétence joyeuse.

Grace secoua la tête violemment et essaya de parler à travers le morceau d'adhésif. Kate la regarda faire un moment, les yeux pleins d'amour.

– Nina dit que tu ne sentiras rien. N'aie pas peur, Gracie.

Elle s'approcha avec le couteau et commença à lui déboutonner son chemisier. Grace la suppliait des yeux en émettant des « won-won » gutturaux et absurdes, qui la firent sourire.

– Calme-toi, Gracie chérie.

Elle écarta les pans du chemisier, mettant à nu son ventre puis les globes de ses seins.

– Toi et moi, nous n'allons faire plus qu'un. Oh, Gracie, je ne serai plus jamais séparée de toi.

Elle posa sa main libre sur le ventre de Grace qui frissonna violemment.

– WON ! WON ! cria Grace.

– Oui, mon amour, dit Kate comme si Grace lui avait donné raison.

Elle retira sa main pour appliquer à sa place la pointe de la dague.

– Regarde-moi. Je t'en prie, regarde-moi.

Grace plongea ses yeux paniqués dans ceux de Kate si beaux, si calmes, et sentit la lame pénétrer lentement dans son ventre.

Elle hurla mais le ruban adhésif sur ses lèvres étouffa ses cris.

Kate la regardait toujours avec dans les yeux un amour plein de confiance.

Le couteau s'enfonça un peu plus, et Grace se dit qu'elle allait s'évanouir. Mais elle ne s'évanouit pas. Peut-être parce qu'une partie de son cerveau pensait que ce serait bien pire si elle perdait connaissance car elle ne pourrait plus rien pour retenir Kate.

Kate se pencha pour embrasser sa bouche scellée.

– Je t'aime, murmurait-elle, je t'aime.

Le couteau s'enfonça encore.

Ce qu'elle faisait était un acte d'amour.

33.
Pourquoi ?

La douleur aveugla Grace. Un froid atroce la saisit. Elle eut un violent spasme et sentit son sang tout chaud mouiller le haut de ses cuisses.

Kate s'écarta un peu et regarda ses doigts trempés de sang.

L'étonnement, l'incompréhension puis la stupeur se peignirent tour à tour sur son visage. Dans un mouvement d'effroi, elle jeta le couteau et leva ses mains tremblantes devant ses yeux incrédules.

– Grace, pourquoi ? fit-elle sans pouvoir détacher son regard des taches rouges. (Elle titubait, en proie à la plus grande confusion.) Nina m'avait dit...

Elle ne termina pas sa phrase et lança un regard égaré à Grace.

La vue du sang la terrorisait. Heureusement, Nina était là. Elle allait tout lui expliquer, comme elle l'avait fait si souvent déjà, mais Kate se demandait tout de même pourquoi elle ne l'avait pas prévenue pour le sang.

Elle se tourna vers les chaises. Nina et ses amis n'y étaient plus. Il n'y avait que des masques qui lui renvoyaient un regard vide.

– Nina ? appela-t-elle, désespérée.

Un petit mouvement sur la gauche capta son attention. Nina était vers la piscine. Kate alla à sa rencontre, les mains levées à mi-hauteur, paumes vers l'extérieur pour montrer le sang.

– Oh, Nina, fit-elle en contournant le bassin. J'ai commencé, regarde. Mais... Mais Nina, oh ma petite Nina, ne m'avais-tu pas dit que Gracie n'aurait pas mal ? Qu'elle ne saignerait pas ?

Nina prit ses mains dans les siennes pour la réconforter et lui parla de sa voix douce. Elle lui dit que c'était comme un accouchement, qu'il y avait une part de souffrance inévitable.

Elle lui dit qu'après seulement viendraient la joie, la plénitude, qu'après seulement elles seraient unies pour toujours.

Elle lui dit aussi qu'elle n'était qu'une enfant à s'inquiéter pour si peu, qu'elle devait s'en remettre à elle pour ce qui était de son bonheur et de Gracie, que toutes les deux dorénavant ne connaîtraient plus jamais ni querelles ni peines ni séparation.

Puis, avec un tendre sourire, elle écarta les bras pour l'accueillir et Kate se blottit contre elle, réconfortée par ses propos pleins d'espérance.

– Comment ferions-nous sans toi, Nina ?

Elle l'enlaça avec reconnaissance.

Et sentit que Nina avait changé. Elle semblait avoir grandi. Et forci.

Et soudain Kate eut la conviction que ce n'était pas Nina qui la serrait dans ses bras.

Elle essaya de se dégager mais l'inconnu la tenait plaquée contre lui. Elle leva alors les yeux vers son visage et découvrit Natas, l'ami des Fisto. Il était gigantesque et tout de noir vêtu. Elle vit avec horreur sa bouche s'ouvrir. Ses dents étaient aussi noires que son habit et toutes étaient taillées en pointes, comme dans le cauchemar où elle l'avait vu les épiant dans leur chambre.

La lumière se fit soudain dans son esprit et cette lumière lui arracha un hurlement, plus encore que la vision d'horreur qu'elle avait sous les yeux. Dans la chambre 609 de l'hôtel Marquis-de-Sade, ce n'avait jamais été Nina. Grace avait raison. Nina n'avait jamais été avec elle. Mais lui, en revanche, avait toujours été là. Du premier jour de leur arrivée à la Villa jusqu'à cette nuit de folie, il les avait surveillées et manipulées. En donnant à Grace l'inspiration qu'elle était venue chercher ici, il avait réussi à les séparer, et cette séparation avait été d'autant plus durement ressentie par Kate qu'il les avait laissées goûter à deux semaines d'intense bonheur auparavant. Kate s'était sentie frustrée, abandonnée et si malheureuse qu'il avait été dès lors facile à Natas de jouer avec sa détresse et ses doutes.

Elle essaya de se retourner pour le dire à Gracie, mais

Natas ne voulait pas la lâcher. Il riait, se repaissant de son effroi et de son impuissance, et son rire était pire que celui d'un dément car c'était la démence même.

– Graciiiie ! hurla Kate. Graciiiie !

Et sa terreur redoubla quand elle sentit se dresser contre sa poitrine le sexe immonde de Natas.

34.
Eau sombre

Kate hurlait.

Grace était sur le point de perdre connaissance quand elle entendit ses cris déchirants. Elle entrouvrit les yeux avec peine. Sa vision était floue mais elle réussit à voir Kate au bout de la piscine. Elle semblait soulevée, écrasée par une force invisible. Elle appelait Grace à l'aide et Grace, dont le bâillon était à moitié décollé maintenant, murmura « Kate ! » mais d'une voix si faible qu'elle semblait n'avoir rien dit.

A force de se débattre, Kate parvint à se libérer. Elle se mit à reculer avec des hurlements de terreur. Que pouvait-elle voir qui la terrifiât à ce point ? se demandait Grace avec l'impression d'être au milieu d'un courant glacial qui l'engourdissait. Elle ne gardait ses yeux ouverts que difficilement, s'accrochant à la vision de Kate comme à une branche emportée par une crue torrentielle. Elle remua les lèvres, d'abord sans qu'une syllabe en sortît, puis, dans un souffle ténu, murmura le prénom de Kate à nouveau.

A l'autre bout de la terrasse, Kate hurlait et reculait toujours.

Dans son affolement, elle ne vit pas la piscine derrière elle, et l'un de ses pieds s'enfonça soudain dans l'eau noire à l'endroit où le bassin formait un angle. Déstabilisée, elle tomba à la renverse et de la tête alla frapper le bord. Ses hurlements cessèrent tout d'un coup. Basculant comme au ralenti, son corps se retourna sur le ventre mollement, flotta sur l'eau sombre et frissonnante.

Grace ferma les yeux, et le froid courant qui déferlait en elle l'emporta au loin avec son limon de ténèbre.

35.
Matin

Quand elle reprit connaissance, c'était le matin. Il faisait déjà jour, un jour gris clair et doux de parfait automne. Dans le ciel immense, comme agrandi par les violentes pluies de la nuit, flottaient de petits nuages et leur passage indolent se reflétait dans la piscine qui y gagnait une luminosité dure, mate, pareille à de l'étain.

Détachée, Grace gisait au pied de la chaise, allongée sur le flanc, le corps secoué de spasmes. Elle avait perdu beaucoup de sang, suffisamment pour que son chemisier blanc en fût tout imbibé, mais pas assez pour être morte et ne plus souffrir.

Une feuille de châtaignier, poussée par le vent léger du matin, traversait par saccades la terrasse. La joue baignant dans le sang, Grace suivit des yeux l'étrange et fébrile araignée. Celle-ci finit par buter sur le rebord du bassin, resta un moment dressée, comme incertaine, puis bascula enfin de l'autre côté pour dériver sur l'eau mêlée de nuages et de ciel.

Un peu plus loin, dans l'angle de la piscine flottait le corps de Kate. Sa veste était gonflée sur son dos. On ne voyait rien de son visage enfoncé dans l'eau comme si, retenant son souffle, Kate s'amusait à scruter le fond du bassin. Ses cheveux étaient répandus tout autour, tel un entrelacs de joncs pourrissants.

Frissonnante sous le coup de la douleur qui lui dévorait le ventre, l'esprit vide de toute émotion et de toute volonté, trop faible même pour pleurer, Grace resta un moment les yeux perdus sur sa compagne. Puis elle entendit les bribes assourdies d'une conversation.

– Occupe-toi de tes affaires, Barth, et laisse-moi travailler, tu veux bien.

Elle plissa les yeux pour accommoder sa vision. Dans le salon, Patricia Fisto passait l'aspirateur le long de la grande baie, son mari était près d'elle.

Grace essaya de sourire. Barth se faisait encore sermonner. Pauvre Barth ! songea-t-elle.

Abruti de douleur, son esprit filait comme en roue libre maintenant.

Fisto ouvrit la baie et le bruit de l'aspirateur se fit plus net. Grace vit le vieil homme sortir, une pelle à la main, puis s'avancer dans sa direction en se grattant la tête. Il semblait ne pas l'avoir remarquée étendue sur la terrasse et, passant derrière elle, il disparut de son champ de vision sans un mot ni un regard.

Il va voir dans le bureau, pensa-t-elle avec ce détachement hébété, irréel, que lui donnait la souffrance.

Elle l'entendit s'essuyer les pieds avant d'entrer dans la pièce. Il n'eut pas besoin de faire coulisser la baie, elle avait été laissée ouverte.

Grace ferma les yeux et, sous le coup du chagrin et de la douleur, son esprit vogua à la dérive.

Un instant, elle crut entendre Holly Johnson chanter *The Power of love*, comme dans le métro parisien à leur arrivée en France, mais ce n'était que le vent. Elle se doutait bien que jamais Holly ne viendrait à la Villa. Il avait autre chose à faire. Et Kate ? Où était Kate ? Elle voulait tant danser avec Kate. Peut-être que Holly jouerait pour elles...

Il faisait maintenant très sombre et elle entendait de nouveau la musique. Cette fois elle en était sûre, c'était bien Holly Johnson qui chantait *The Power of love* avec ses nasillements célestes. Suspendue dans la nuit, une grosse boule à facettes pailletait de bleu et d'argent la terrasse et les baies de la Villa. Et bientôt Holly Johnson s'avança, marchant sur l'eau de la piscine. Il portait un ample costume blanc et des chaussures vernissées, blanches elles aussi. Il semblait ne pas avoir vieilli depuis les années 1980 et Grace se pencha vers son amie Shirley pour le lui faire remarquer.

Elles étaient installées à une table dans un box, assises côte à côte sur une agréable banquette de moleskine rouge.

– C'est son pouvoir, répondit Shirley à sa remarque, avec un sourire radieux et sans que Grace parvînt à savoir si elle parlait du pouvoir de Holly ou du pouvoir dont il était question dans la chanson, celui de l'amour.

Shirley passa une main sur son beau ventre gonflé en adressant un nouveau sourire à Grace.

– Kate aussi aime beaucoup cette chanson, dit-elle.

Tout comme Grace, elle parlait à voix basse car, bizarrement, aucune des deux amies n'avait besoin de hurler par-dessus la musique.

Shirley prit la main de Grace et la posa sur son ventre.

– Tu sens comme elle aime cette chanson ?

Grace hocha la tête et sourit à son tour.

– Grace, tu prendras bien soin d'elle, hein ? Je peux te faire confiance. Ne laisse jamais mon bébé connaître la douleur. D'accord, Grace ?

Les yeux de Grace s'emplirent de larmes.

Kate était là maintenant, à la place de Shirley. Elle avait posé sa tête sur l'épaule de Grace, et toutes deux écoutaient la musique dans une communion muette et sensuelle.

– Veux-tu danser, ma chérie ? lui chuchota Grace dans le creux de l'oreille.

Kate releva son beau visage et Grace vit qu'elle pleurait elle aussi. Elle fit oui d'un petit signe de tête. Alors, l'une à la suite de l'autre elles glissèrent sur la banquette et se levèrent. Puis, main dans la main, elles gagnèrent la piste de danse où Holly Johnson les attendait tel un christ disco, bras tendus vers elles, le visage rayonnant de mille éclats de ciel. Eperdue de tendresse, avec une force pleine de douceur, Grace serra Kate contre elle, s'enivrant de sa fraîcheur et sentant sur sa nuque ses baisers comme des fleurs. A présent elle savait, et Kate aussi savait, que personne, fût-il le diable lui-même, ne pourrait plus défaire leur étreinte.

– Comme je t'aime, murmurait Grace.

– Comme je t'aime, répondait Kate.

Et elles souriaient, la tête inclinée l'une vers l'autre tandis que Holly Johnson chantait que leur amour était puissance et lumière, et qu'il chasserait les ténèbres.

36.
« C'était vraiment une très belle fille »

La musique cessa. La vision s'évanouit.

C'était de nouveau le matin gris, et dans la piscine, il n'y avait personne d'autre que Kate qui fixait toujours le fond comme si elle respirait avec un tuba, ses cheveux flottant doucement autour de sa tête.

Fisto était agenouillé près de Grace. Il tenait *Barbarian State* dans ses mains et semblait profondément absorbé par sa lecture au point de ne pas se rendre compte que Grace était revenue à elle. Le corps parcouru de longs frissons, elle gisait sur la terrasse et observait le vieillard d'un regard hébété, se demandant s'il n'était pas lui aussi une hallucination. Mais Fisto paraissait bien réel. Chaque fois qu'il avait fini une page, pour éviter qu'elle ne s'envole avec le vent, il la glissait sous une statuette d'ébène représentant un loup. Les feuillets lus formaient une grosse pile déjà et Grace réalisa qu'elle avait dû perdre connaissance assez longtemps.

Il leva enfin les yeux vers elle et sourit.

– C'est bien, Grace. C'est vraiment bien. Nous sommes contents que notre Villa vous ait tant inspirée. Notre maître nous a fait votre éloge, vous savez.

Dans les yeux pochés du vieil homme se lisait un mélange d'orgueil et de sympathie.

– Je tiens aussi à vous remercier pour Jairo. Si si, j'insiste. Grâce à vous, on a tout de même fini par l'avoir, ce petit futé. Remarquez que c'est bien fait pour lui. Pourquoi, diable, a-t-il voulu jouer les héros en revenant par ici, hein, je vous demande un peu ? Pour vous épater ? Pour vous montrer qu'il en avait, à vous, une lesbienne ? Ou a-t-il fait cela simplement par devoir ? C'est pour moi un des grands mystères de la nature humaine, vous savez. Toujours est-il qu'à cette occasion votre roman a été très inspirant, ma chère Grace. Coudre la bouche à ce petit fouineur de Jairo puis lui arracher les oreilles, lui percer les yeux et lui cramer le reste du corps, nom de nom ! mais quel programme ! Où donc êtes-vous allée chercher tout ça, Grace ? Je me le demande encore, vous savez. C'est vraiment dingue, cette histoire. D'une femme bien élevée comme vous, qui aurait pu croire un truc pareil ? Tenez, voilà bien encore un mystère de la nature humaine, pas vrai ? Un jour un type a écrit que l'homme n'est qu'un « monstre incompréhensible » ; permettez-moi de vous dire, Grace, que depuis que je suis ici, cette définition m'a toujours semblé fichtrement fondée.

Il sourit de nouveau et tourna la tête vers le corps de Kate.

– C'était vraiment une très belle fille, votre amie.

Il se tut un moment, absorbé dans sa contemplation, puis soupira.

– Je vais vous raconter une petite histoire, Grace. Si vous n'y voyez pas d'objection, bien sûr ? dit-il en lui jetant un regard de biais. Un jour, j'ai acheté une vieille voiture des années 1930. Elle était magnifique. La carrosserie rouge était d'une sensualité renversante et l'habitacle, mon Dieu ! une pure merveille de luxe et de confort. J'ai dit au garagiste qui l'avait : je la veux, et je la veux maintenant. J'étais prêt à débourser n'importe quelle somme pour repartir au volant de cette beauté. Le type du garage a bien essayé de me prévenir mais j'ai rien voulu savoir. Je la voulais, et, croyez-moi, Grace, je l'ai eue, cette foutue bagnole. Bon, parfait. A Paris, aucun problème, elle roulait très bien, mais quand nous sommes arrivés en montagne – Pat et moi, on avait à cette époque un chalet à Megève – la petite merveille s'est mise à souffler comme une forge, et nous avons dû la laisser au bord de la route car, voyez-vous, cette superbe bagnole, elle était d'une fragilité maladive. C'était pire qu'une formule 1. Il aurait fallu tout un staff de techniciens pour la faire avancer. Eh bien, votre Kate, Grace, elle me fait penser à cette foutue bagnole. Je crois qu'elle non plus n'était pas équipée pour la route. (Il se tourna vers Grace et arqua ses sourcils broussailleux.) Grace, vous pleurez ? Il faut pas. Ce que j'essayais de vous faire comprendre, c'est que ça devait finir comme ça.

Il se pencha vers Grace et lui essuya ses larmes du bout de l'index.

– Dites-vous bien que ce n'est pas votre faute, Grace. Vous n'y pouviez rien. Absolument rien.

Se redressant, il l'observa encore un moment avec un doux sourire.

– Bon, dit-il, je vais m'occuper de votre amie maintenant.

Et Grace le vit se lever pour attraper la grande épuisette de la piscine. Il se campa sur le bord du bassin et fit flotter Kate vers lui. Quand il fut certain de pouvoir s'en tirer avec les mains, il jeta l'épuisette, s'agenouilla et sortit de l'eau le corps qui ruissela sur les dalles.

Derrière Fisto, Patricia s'encadra dans la baie du salon et l'appela. Il se releva, essuya ses mains sur son pantalon puis disparut à l'intérieur de la Villa.

Kate gisait sur la terrasse, tête tournée vers Grace. Une longue mèche de cheveux lui barrait le visage telle une horrible cicatrice.

Oh, Kate. Oh, ma chérie.

Grace pria le ciel pour que Barth revînt aussitôt. Elle ne pouvait supporter cette vision. Puis, comme il ne revenait pas, elle essaya de bouger. Peut-être arriverait-elle à ramper jusqu'à Kate. Peut-être arriverait-elle à la recoiffer.

Elle sentit renaître la douleur à son ventre, une immense vague de sang emportant tout sur son passage.

Et ce fut de nouveau le noir.

37.
Ténèbres

La voix de Fisto, à travers les ténèbres :

– Grace ? Vous m'entendez, Grace ?

Elle rouvrit les yeux. Elle était toujours à terre, dans son sang, près de la piscine. Fisto était accroupi et lui caressait la joue. Elle vit que, derrière lui, Kate avait disparu.

Où l'avait-il emmenée ? L'avait-il recoiffée au moins ?

Fisto dit avec un sourire espiègle :

– J'ai cru que vous nous aviez quittés sans nous dire au revoir.

Elle essaya en vain de prononcer le prénom de Kate.

– Vous voulez savoir où j'ai emporté votre amie, c'est bien ça ?

Il montra de la main un endroit du parc derrière elle et elle sut qu'il parlait du vieux châtaignier.

– Avec les autres, ajouta-t-il. Il y a déjà les Crepuscula, vous savez le groupe de musique allemand. C'est Nina, la chanteuse, qui les a tous dézingués, puis elle s'est tiré une balle dans sa belle petite tête. Avant eux, il y a eu deux sculpteurs. Ces deux-là, ils se sont joliment étripés, aussi. Un vrai carnage, nom de nom ! Pat et moi, on a mis une semaine à tout remettre en ordre. C'étaient pas des pédés, juste des copains mais faut croire, Grace, que l'amitié a parfois les mêmes effets que l'amour. Il y a eu aussi des peintres, et, si je me souviens bien, il me semble même que nous avons eu un réalisateur, mais je sais plus qui. Foutue mémoire, va ! Faudra que je demande à Pat. Elle note tous les noms dans son calepin. Toujours est-il qu'ils sont tous enterrés là-bas, sous le châtaignier. Vous verrez, c'est un très bel endroit. Vous y serez bien, je vous le promets.

Il se redressa sur ses jambes. De petits claquements se firent entendre et il se retourna à demi vers le salon d'où venait le bruit. C'était Patricia. Le buste penché à l'extérieur, elle secouait un chiffon avec la dernière énergie dans un nuage de poussière.

– Tu n'as donc pas encore fini, Barth, le gronda-t-elle tandis qu'il la regardait, les bras ballants.

– C'était quoi déjà, le nom du réalisateur ? J'arrive pas à m'en souvenir.

– Barth ! Je te rappelle que nos prochains invités arrivent demain matin à huit heures. Alors tu ferais mieux de t'occuper de Grace au lieu de l'embêter avec nos histoires. Allez, dépêche-toi un peu. (Puis rentrant la tête dans le salon, elle bougonna avant de refermer la baie :) Ah, quelle folie m'a prise de me marier avec un empoté pareil !

Fisto soupira. Ses yeux revinrent se poser sur Grace.

– Pat a raison, vous savez. Faut qu'on se dépêche. On a les nouveaux qui arrivent demain. (Il se pencha pour attraper la pelle qu'il avait ramenée avec dessus encore un peu de terre humide.) Je vais vous mettre avec les autres maintenant. D'accord, Grace ? Mais avant, il faut qu'on en termine, vous et moi. J'ai toujours détesté voir les petites bêtes agoniser trop longtemps. Je... (il hésita puis dans un sourire qui semblait sincère :) J'ai vraiment été ravi de vous rencontrer, Grace.

Et toujours souriant, il empoigna la pelle à deux mains et la brandit au-dessus de sa tête.

TABLE

Cet ouvrage a été imprimé par la
SOCIÉTÉ NOUVELLE FIRMIN-DIDOT
Mesnil-sur-l'Estrée
pour le compte des Éditions Plon
76, rue Bonaparte
Paris 6ᵉ
en mars 2008

La photocomposition de cet ouvrage
a été réalisée par
GRAPHIC HAINAUT
59163 Condé-sur-l'Escaut

N° d'édition : 14297 - Dépôt légal : avril 2008.

N° d'impression : 89680
Imprimé en France